NF文庫
ノンフィクション

新装解説版

鉄の棺

最後の日本潜水艦

齋藤 寛

潮書房光人新社

本書は太平洋戦争末期、伊号第五十六潜水艦に軍医長として乗り組んだ日本海軍軍医中尉の体験が綴られています。

伊五十六潜は、日本軍が連合軍との一大決戦に臨んだ捷号作戦に参加、後には人間魚雷回天を搭載して出撃、昭和二十年三月に著者は退艦しますが、その後まもなくアメリカ駆逐艦により撃沈されます。

潜水艦乗員たちの様子をつぶさに観察し、生き生きと描いたノンフィクションです。

印象

幸田　文

戦闘に参加しない女たちは軍医というものにどんな気もちをもっていただろう。明敏な頭脳と高度の技術、優しい心と勇敢な魂、おそらくこう描いていたとおもう。夫を息子を戦場に出していた人たちは、ことに切実にそう希望したことだろうし、希望は凝っていつのまにかそうときめて理想の像をこしらえていた。勝手なことだった。そのうち戦争はまずくなって負けた。兵だった人たちが皆解かれて帰って来た。その話のなかには私たちの思いどうりの軍医もあったが、一方には「軍医に恨みは数々ござる、ひでえ目にあわせやがった」と磊落かつ皮肉に笑って傷を見せる人もいたし「特権階級だ」とにこりともせず吐きだすように言う人もあった。女たちのつくった影像と男たちの言う現実のそれとのあいだには、はっきり差があることが知らされ、いまさらながら女ははっとうなだれさせられた。私もその一人だった。

著者と私とは直接の交際はないが、その生家と私のうちとは同町内の、しかもすぐ近所に住む二十何年のおなじみである。校正刷を受けとって複雑な気もちがした。雑念を整理して頁を起すと、すぐ胸に来たものがある。二三の雑文しか書いたことのない私が文章の巧拙についてとかくを言えるものではないが、ここにある文章の表情には書き馴れない人のかなしさがしみ出ている。それが私を撃って来るようだった。が、まことに文は人なりだ。馴れなさのなかにおのずから著者の人がらが語られている。ことがらがまた更に親しさをおぼえさせる。この人ははじめて艦に乗るのだ。はじめて軍医の位置につくのだ。すべてが無垢のする経験である。内火艇から自分の艦に乗り移るのにさえそう手際よくは行かない。軍刀をはずしロープをからだへ巻きつけて、やっと乗り移るのだが、服はロープの油でさんざんに汚れてしまう、といったぐあいである。女たちのでっちあげた理想の偶像でもなければ、特権階級的軍医殿でもなく、その父母に兄弟に隣人に愛される温厚な一青年のすがたである。直面する一ツ一ツの新しい環境、新しい事態のなかへ素直にはいって行くのだが、そのまじめさと新鮮さが私をいっしょに艦のなかへ誘いこむ。

艦のなかのことは陸上のものには何もかも珍しい。まして潜水艦は特殊である、生じる事件も異常の連続だ。にもかかわらず、著者の筆がいつも等速度で動いているのはじれったい思いがする。たとえば、死ぬような苦しい潜航五十何時間後の浮上のくだりである。艦内は気圧が高くて、ハッチを開いたとたんに見張員は天蓋まで投げあげられる。と、今度は逆に海面からの清風が風速四十メートルのいきおいで艦内へ流れこむ。甘い空気だ。さっきまで努力しなければ呼吸のできなかった胸はたちまち楽になる。鼠までが生きもの顔をして空気を吸っている。一列にからだをくっつけあって五匹もならんでいる鼠。——こんな劇的な場面を、著者は黙々とした調子で書いている。

人間魚雷の特攻隊員と乗組員との心のあや、転勤になって艦を出て行く人と残る人との心理、いずれもちゃんと見のがさずにいるくせに、見つめつくしたところが書いてない。考えれば、こういう場合、異常は異常に感じられないのがほんとうだし、見つくすということは不可能なのが真実だろう。事件にしてもあえて省いた部分もあるだろうし意見にしても十のものを十二に言うたちの人がらではない。当時のほんとうを語らねばならぬと思っているであろう著者の心構えと人がらが、ものを書き馴れないかなしさとともにうかがわれるのである。潜水艦軍医の書いた戦記を読みおえて、私はほっとし、なお心にのこるものを咀嚼している。

伊号第56潜水艦軍医長として赴任した海軍軍医中尉時代の著者

伊56潜水艦は伊54潜型の2番艦として、昭和19年6月に完成した。本艦は竣工後、第11潜水戦隊に入って訓練を経たのち、10月に比島東方海面進出し、米護衛空母に雷撃を敢行した

昭和19年、東京湾で全力航行中の伊56潜水艦。後甲板に表示された2本の白線は敵味方識別用のものである

上：アドミラルティ諸島をめざして出撃する伊56潜水艦。後方の甲板上に回天４基が搭載されている。白鉢巻の４人は回天搭乗員で、格納筒上に22号電探が見える。下：昭和19年12月22日、回天特別攻撃隊金剛隊の出撃に際し、伊56潜水艦上で『壮行の辞』を読み上げる第６艦隊司令長官。回天基地のある大津島沖で行なわれた

鉄の棺——目次

後編

鉄の棺

最後の日本潜水艦

珊瑚の海深く鉄の棺の中に眠る潜水艦乗員の霊に

前編

伊号第五十六潜水艦

昭和十九年八月初旬のある夜、私は第十一潜水戦隊旗艦「八雲」の舷門に立っていた。風は強く、海は真っ暗で波立っている。飛沫を含んだ強い風が、「八雲」の甲板に、あちこちと張り廻したワイヤーを振わせて、異様な音を立てている。昼から荒れ気味であった海が本格的に荒れて来たようである。だが甲板の舷門から下へラッタル（＊）を降りるにしたがって、風下になっているせいか風も少なくなり、下に待っている内火艇の燈下もそれほど揺れていない。

内火艇は、下級者から乗るのが礼儀なので、私たち三人は一番早くラッタルを降り、内火艇の舷側の細い所に足を置いて、屋根になっている鉄棒につかまって艦長連が乗るのを待った。一団になって降りて来た艦長たちが艇内に入ると、すぐ中から大きな

声で、

「軍医中尉、中が空いてるぞ。遠慮するな。そんな所にいると飛ばされちゃうぞ」

と言う。ちょっとどぎもを抜かれてしまった気持だが、言われたとおり中に入ると、ちょうど三人分ほどの席が空いている。

「失礼します」と声をかけて、腰を掛けると上から、

「もうよろしいですか?」

「よろしい」

「出します」と艇長の下士官の声がする。鈴が鳴って、艇は前進微速で旗艦を離れた。

内火艇の中は思ったより広かった。コの字型に舷側に沿って腰が掛けられるようになっており、その腰掛けにずらりと居並んだ艦長連はあるいは略服に略帽、あるいは防暑服に白い帽子おおいを掛けた軍帽をかぶりして様々であった。母艦の分隊長の話では、この艦長連は、開戦前からの潜水艦乗りだそうである。そう言えば、かぶっている軍帽の錨の前章の辺りは、青い緑青が吹き出て、長い間の苦労を物語っている。それにひきかえて、われわれのほうは、軍帽の金モールもピカピカと光って、真っ白い軍服はなんだかまだ身体にぴったりしていない。誰が見ても新米の軍医中尉だ。艇は艦尾を回って、風上に向かったのであろう。急にぐらぐらと動揺し出した。し

ばらくたつと、さらにうねりは高くなり、手を膝の上に置いておくことができなくなり屋根代わりのケンバス（＊）を張ってある鉄棒につかまり、足を船底につっ張って大きなガブリに備えなければならなくなった。艇は大きくピッチングを繰り返して、その度ごとに鉄棒に頭を打ちつけるか、そうでなければ鉄棒と鉄棒の間のケンバスにバサッという音を立ててぶつかり、軍帽をいやというほど前や後に滑り落ちるくらいに押し付けられる。

間もなく母艦に一番近いイ号第四十七潜水艦に着いて、一人の艦長が艇を降りる。艇が潜水艦を離れると、またすぐ風上に出るので、大きなガブリが来る。そしてそのあとから大きなうねりが来る。うねりの天辺に上ると、頭の上のケンバスが、バタバタと鳴る。

三番目の潜水艦に近づいた。艇長が「イ五十六潜、着きます」と言う。前方の機関室からは、艇長の命令の鈴が、両舷停止、次いで後進を知らせる。艇は相変わらず大きく揺れ動いている。ガブリが大きいので、潜水艦になかなか着けられないようである。艇と潜水艦の間には、何本もの爪竿や、突っ張り棒、それにロープが差し渡されている。潜水艦からはなおも防舷物が投げ込まれている。うねりがいくらか低くなるのを見計って、艇をぐっと潜水艦に着ける。その時を逃がさず艦長が調子を計って潜水艦のほうへ飛び移った。今度は私の番だがあいにくとガブリが強くなり、艇を潜水艦に接近させすぎると水面が低くなった時に、艇が潜水艦の丸く膨らんだ外殻から横に転げ落ちそうになるので、あまり潜水艦に近づけるわけにいかない。

私は左手に軍刀を持って、内火艇の舷側にしがみついていた。軍刀が邪魔になったり、足場が気になったり、潜水艦のほうが暗くて良く分からないので、気遅れがしてしまう。私の荷物のほうは、もう潜水艦のほうに渡ってしまっているらしい。何回か飛ぼうと思っては躊躇してしまう。と、潜水艦のほうから、

「軍医長、軍刀を先に渡せ」と言う声がする。うねりが来て艇がぐーっと浮き上がって艦に近づいた時に、軍刀を潜水艦のほうから差し出された手に渡した。さあ、こんどは体だけだから飛べるだろうと身構えていると、潜水艦のほうから綱を投げてよこした。

「この綱を体に巻いて、近づいた時に飛べ。間に落ちると死んじゃうぞ」と言う声がする。二回、三回、小さなうねりをやり過ごした後で、大きなうねりに艇が乗ったのを利用して、「やー」と気合を入れて、艦のほうに飛んだ。体に巻いた綱がピンと張って力が入り、体がふわりと、タンブリングのように浮いたと思うと、次の瞬間、私の足は潜水艦の狭い舷門のラッタルの一番上の段について、急いで近くにいた人影に

抱きついた。その抱きつかれた人が、私をつかまえながら、大きな声で艇のほうに、「よろしい」と怒鳴る。やっと自分を取り戻して、艦のボーッとした裸電灯の光で見ると、当直将校の腕章をつけた、艦内服の痩せた、眼の鋭く光っている男である。

「当直将校ですか？」

「そうです」

「ただいま着任しました」と言って敬礼をすると、

「御苦労さん。士官室へ行こう」と言いながら、簡単に答礼を終わったその人は、濡れた暗い甲板を案内して、丸いハッチから下へ、艦内へ降りて行く。ハッチのそばで煙草に火をつけていた下士官が敬礼をした。その体を、ハッチの中からもれてくる光が、ボーッと照らしている。

私は濡れて油の浮かんでいる甲板に手をついて、ハッチの中のモンキーラッタル（＊）に足をかけた。ラッタルの鉄棒も潮水と油でベタベタしている。降りて行く途中、あちこちに体をぶつける。そして、馴れないので、肩や腰、それに腰の短剣とかぶっている軍帽が邪魔になる。一段一段艦内に降りるにしたがって、なんとも言えぬ特有の臭いが湿度の高い蒸し暑い艦内の空気に混じって鼻につく。重油やグリース、汗と脂、ペンキと厠の臭いに混じって、何か食物の臭いが一種異様にむっとして鼻をつく。降り切ったところは、艦の中のいくつもある区画の中の兵員室らしく、通路以外は、機械の突起物か、そうでなければベッドである。そのベッドの中から、頭と足がいろいろの角度でつき出ている。電気のついているところには、頭がいくつも集っている。ちょうど汽車の三等寝台をもっと狭くしたようだ。その中で異様に光った眼が、あちこちから新入りの私を覗き見している視線が感じられる。

私は当直将校がくぐって行った隣りの区画との間のバリケット（＊）をくぐるべく、その手前側の台へ左足をかける。穴はハッチより少しは大きいが正円型で、体をよほど屈めないと頭がぶつかる。左足で体を支え、腰をぐっと屈めて、右足をバリケットの向こう側へ体と一緒に出しながら、左足をのばした。やっとぶつけないで通れるほどの穴である。私は向こう側の士官室に入った右足が床につくと同時に、体をのばした。ぐっとのばしたとたんに、私は後頭部をいやというほどグワンと撲られた。ゴツンと音がしたらしく、すぐそばの食卓に座っていた眼球の馬鹿に大きな人が振り向いたくらいだった。

私は帽子を取り頭をさすりさすりうしろを振り返って見ると、直径二十センチくらいの赤く塗った鉄のハンドルがちょうどぶつかりやすそうなところに飛び出している。痛む頭をさすりながら室の中を見回すと、先ほど案内してくれた当直将校が奥の食卓に座っている。その前にチヂミのシャツを着た太った男と、顔にニキビのたくさんある若い防暑服の男に、痩せて顔の小さな頭髪を七三に分けた略服のやさしそうな男が座って話をしている。手前側の食卓では、眼球の馬鹿に大きな男のほかに、真っ黒に陽焼けしたブルドッグそっくりの男と、見るからに剽軽そうな額の大きな男が、雑然と休んでいるようであったが、その眼球の馬鹿に大きい人が、

「痛かったでしょう。うちの船へ来る人は、皆こいつにぶつかるんです」

と、どこか少し間の抜けたような言い方で、だが多分に好意を持って、その大きな眼球をキョロキョロさせながら私を迎えてくれた。その隣りにいたブルドッグのような顔をした人が、当直将校のほうに向かって、

「先任将校、軍医長のベッドはどこにしますか？」と聞く。

私の荷物はその第二卓の上に置いてあり、その上に軍刀が乗せてあった。甲板から私を案内してくれた人が、本艦の先任将校であるのが分かった。私は軍帽を軍刀の上に置いてから、ハンケチで顔を拭いた。

「従兵、砲術長はまだか、早く呼んで来い」と先任将校が座ったままで、第二卓越しに従兵に命ずる。士官室にはだいたい人が揃っているようであるが、砲術長がたりないのだろう。きっと私の紹介がすぐあるのだろうと思い、私は軍服を改めて見るとあ

ちらこちらが油で汚くなっている。ことに胴の回りは、内火艇から艦に飛び移る時に巻いたロープのために、油の跡がついている。

「こんなに汚れちゃいました」と、そばの大眼球の掌長に言うと、

「潜水艦は第二種軍装（＊）は禁物です。掌水雷長なんかは甲板で着がえるんです。上陸の時にね。そうしないとあっちこっち汚れちゃうんです。普通お客さんがあるのが前に分かっている時は、従兵に全部掃除させてハッチからラッタルを使用止めにしておくんですが」と気の毒そうに私に言う。

士官室にはだいたい人が揃ったようである。先任将校が艦長室をノックしてカーテンを開けて一言、二言いってから、第一卓の席に着いた。艦長室といっても、寝台と机をいれて、一坪ちょっとという程度の部屋である。寝台の下が衣類を入れる簞笥になっており、寝台が一段であるのが艦長室とほかとの違いであろう。

燕脂色のカーテンをあけて、艦長が出て来て、第一食卓の奥の、ちょうど艦長室の窓を背にした席に着いた。その頭の上には、短波ラジオの受信機と送風管の口がある。

第一卓は艦長から先任順に交互に、艦長の前が先任将校、艦長の隣りが機関長、その前が航海長、次が砲術長、さらに機関科分隊士となっていた。

私は二卓の席から廊下に立って先任将校に目礼をした。

「士官室に御紹介します」

「ただいま本艦の軍医長が着任しました」と言って、私のほうに目で合図する。私は、

「よろしくお願い申し上げます」と言って、艦長のほうに向かって室内の礼をし、次いで第二卓の連中にも挨拶を交わす。と、先任将校が、

「分隊士の席は明日から第二卓だ」と言う。私のほうが先任になっているんだろう。分隊士はついさっき座った席から立ち上がり、少し頰をふくらませて不気嫌そうに、

「今日から代わりますよ」と言いながら、第一卓の末席から第二卓の先任席に移ろうとする。

第一食卓と第二食卓の間は、食卓と並行した幅十五センチくらいのよりかかり兼用の海図入れで区切られている。第二卓には機械長、掌水雷長、潜航長、電機長の四名の特務士官のグループが座っている。士官室総員は、即ち以上の十名に、私が新しく加わって、十一名となったわけである。

どうも、いろいろと上衣を脱ぎながら考えてみても、機関科分隊士が第一卓に座るほうが、艦の仕事には都合が良いように思われるので、先任将校に、分隊士と私が席を代わり、私が第二卓の先任の席に座ることを提案する。先任将校は少々考えたが、前にいる艦長に相談したようで、艦長がコックリうなずいたようであったので、私は、

すでに第二卓に座ってしまった分隊士に、

「分隊士、席を代わりましょう」と言って、うながした。分隊士も先刻プリッとふくれた手前ちょっと遠慮していたが、機関長が第一卓から太い声で、

「分隊士、貴様がここにいたほうが、機関長は便利だよ」という一言で、心良く席を代わることになった。私は機関長の背中をまたいで、第二卓の端の席についた。そして特務士官の皆に、

「よろしくお願いします」と挨拶して座った。従兵がコーヒーのグラスを配り出す。

「従兵、今夜の小夜食は何だ？」と第一卓の背の高い頭髪を七三に分けたスマートな航海長が、元気のいい声で聞くと、機関長が、

「また、食欲の神様が始まったぞ」と皮肉を言う。コーヒーを第二卓へ配っていた、色の黒い若い従兵が、笑いを噛み殺したように、微笑を口の辺りに浮かべて、

「はい。冷やしうどんであります」と尻上がりに答えると、機関長がまた、

「航海長のは大食器にしろよ。いくら従兵だってそう何回もお代わりされちゃ困るだろうからな」と言う。従兵は答えに窮したらしく、コーヒーを配り終えると、掌水雷長のうしろにある四分の一坪ほどの配膳室へ入って、冷やしうどんを盛り始めた。掌水雷長は、自分の脇の下段のベッドが彼のものらしく、手を入れてもそもそとやって

いたが、新聞紙に包んだ四角い物を取り出し、うどんを食器に盛りつけている従兵に、なにやら手まねをして、

「おい、これを出せよ」と言ってから、食卓のほうへ振り向いて、新聞紙を破りウイスキーの瓶の首を出し栓を開けた。そこへ従兵が小さなコップを五つ出す。

「軍医長がこっちに来ていただいたほうが、私たちにはいいんですよ。一ついかがですか」と言いながら、皆のグラスにウイスキーを注ぐ。

第一卓では、艦長と先任将校が、今日の艦長会報（会議）の話をしているようであったが、艦長が座を立って、砲術長のうしろをまたいで艦長室に消えた。砲術長は、電機長ほどではないが、顔の割に大きな眼球で、顎に生えかかった山羊鬚を気にして、右手で盛んに撫でていた。分隊士はうどんを食い終わって、何か細長く折った厚い紙を揃えていたが、私のほうを振り向くと、

「軍医長、唯一の部下の閻魔帳だ」と言ってその中の一つを私に差し出した。

「機関で預ることになっているんだ。終わったらここへ入れておいてください」と言う。

私はこの時はじめて、部下の存在に気がついた。私は渡された真新しい細長い厚での紙の表に眼を落とした。その表には、赤いインクの跡も新しく、

「戦闘ニヨリ失イ、新調」と書いてある。

敵の攻撃により乗船が沈没することすでに二回。その間に記載はしてない危険が何回かあったであろう。私は履歴書を見ているうちに、まだ会ったこともない「看護長」と呼ばれる二等衛生兵曹に会ってみたくなった。

第二卓では機関長と電機長が、小夜食を食べ終わり煙草を吸いに甲板に登って行った。

と、前の掌水雷長が、

「軍医長、用があれば、すぐ呼びましょう」

と言う。私も、今夜会っておいたほうが良いと思って、

「会っときましょうか」と言うと、

「従兵、看護長を呼べ」と従兵に命じる。従兵は士官室の食卓と反対側の舷側に沿ってできているトンネルのような裏通路を通って、発令所へ入ったが、間もなくその伝声管より、

「後部、……看護長、急ぎ士官室に来れ」と呼ぶ声が聞こえる。私もうどんの箸を取って食べ始めた。

しばらくして、「衛生兵曹まいりました」と言う声がする。見ると少し痩せぎすの、

卵のような顔をした白い艦内服を着た男が、右手に白線の一本入った黒い帽子を握って、分隊士の前に立って敬礼をしている。

「軍医長が着任した。そっちだ」と顎で第二卓の私のほうを示した。私は口の中のうどんを飲み込んで、「こっちだ」と声をかけた。看護長は機関長のそばに立って、私のほうに頭を下げた。

「御苦労、よろしく願います。くわしいことは明日話すから」と言って、ウイスキーのグラスを渡そうとすると、遠慮してはにかむように体をもじもじさせる。機関長が、

「なんだ、貴様。ウイスキーをコップで飲んでる奴が、遠慮するな」と毒舌を吐く。

「軍医長、看護長は、本艦随一の流行歌手だよ」と次いで先任将校が説明を加える。

早く一杯飲んで引き上げるのが賢明と考えたのか、再び差し出したグラスを受け取って少し赤い顔をしている。ウイスキーをついでいると、機関長が私に、

「何しろ知らない歌っていうのはないんだからね。大学ノートに三冊も流行歌を書き集めているんだ。なあ看護長」

と言って、下から看護長を見上げている。看護長はますます赤くなってきたが、手に持っていたウイスキーをぐっと一息に飲み干すと、ピョコリと頭を下げて、

「ありがとうございました。衛生兵曹帰ります」と言ってから、ホッとしたような顔

をして、発令所のほうに出て行った。これが私が、私のたった一人の部下に会った最初であった。

うどんを食べ終わる頃になると、一人、二人と各自のベッドにもぐり込み、本を読み出す者もいれば、はいり込むとすぐカーテンを引いてしまう者もいた。そのうしろで、私は第二種軍装を脱いで下着だけになり、従兵が用意してくれた防暑服と着かえて、艦内靴と呼ばれる皮底のズックをはいて、外の空気を吸いに出ようと、食卓を離れると、隅のところにしゃがんでいたのか、従兵が、

「軍医長、厠ですか？」と言う。

「そうだ。厠も教えといてもらわなきゃ困るなあ」

「御案内します」と言って、さっき頭をいやというほどぶつけたバリケットをくぐって、前部兵員室からラッタルを登って甲板に出た。

甲板は風が強く、真っ黒い海が大きなうねりを相変わらず繰り返している。

瀬戸内海碇泊中は、艦上厠を使うことになっているという説明を聞きながら、艦橋を後部のほうに回る。艦橋後部の二連装機銃座の下に、両舷に大小厠が対称的に各々一個ずつあり、それが中で続いている。この厠は、特別に掃除をする必要がないという。潜航すれば、海水で掃除したよりもずっときれいに洗われてしまうからだという。

まったく潜水艦でなければできない芸当である。

用を足してから、電灯のともっている艦橋に上って行くと、暗い天蓋の中から腕に赤と黄の腕章を巻いた当直の信号兵が出て来て敬礼をする。

艦橋の中央には、昼間用と夜間用の潜望鏡の出る穴のある出っ張りがある。小さな太い傘の骨組のような柱が、対空電探のポールであろう。艦橋正面の天蓋の上には、四角い回転する蜜柑箱ほどの大きさの防水の双眼望遠鏡がある。艦橋後部の中央には、機銃が銃口を上に向けて無気味に座っている。その左右と後部には、それぞれ回転装置を取り付けられた防水の中型望遠鏡がある。

艦橋の天蓋の前方は急に低くなって、偵察機の格納庫が、円筒型に艦首のほうへ伸びて行き、この格納庫の中からカタパルトの鉄路が艦首のほうにだんだん高くなりながら続いている。艦橋から降りて、カタパルトに沿って艦首のほうへ歩いて行き、なんの気なしにわが艦の艦首を見ると、先端が左舷のほうに曲がっている。私の乗った潜水艦は鼻曲がりだった。

艦内に入って、長さ一・八メートル、幅六十センチの寝台に横になってみる。上の寝台は大眼球の電機長だ。その電機長のベッドの下の板と私の鼻の先とが五十センチくらいのものである。毛布を一枚腹の上に乗せてカーテンを引く。カーテンの隙間から向こう側の下のベッドに寝ている機関長の毛ずねが見え、艦の中はまったく静かになってしまった。腕時計を見ると、ネジを巻くのを忘れたためか止まっている。士官室の時計を見ようと、カーテンから顔を出して見回したが、士官室には時計が見当たらない。前部兵員室に通ずるバリケットの上のほうに緑色の小さな黒板があり、

（＊）
（＊）

予定作業

一、軍医長紹介
二、配置訓練
三、海面移動
四、酒保開ケ

と書いてある。

と、いきなり頭をポカリと打たれた。驚いて上を見ると、上の段に寝ていた電機長の手だ。その手に腕時計が動いている。十二時十五分だ。

艦内生活第一日

「ハイ」と言う元気の良い従兵の声で眼が覚めた。カーテンの隙間から見ると、士官室は食事が始まったようであった。馴れない木箱のようなベッドに寝たので、肩や腰が変にだるいように痛い。これは少々寝過ごしたなと思いながら、カーテンを開けた。寝ていたままですぐ右手の届くところが自分の席なので、寝台からずるずると這い出る。室を見渡すと、機関長はまだ寝ている。やれやれ私ばかりではなかったわいと、着任早々寝坊して申し訳ないと思っていたが、いくらか気が楽になる。第二卓の連中に黙礼してから、掌水雷長に昨夜のウイスキーのお礼を言って、前に出ている味噌汁に箸をつける。飯茶碗が馬鹿に小さい、とてもこれでは五、六杯食わなけりゃ腹一杯になりそうにもない。

「随分小さな茶碗ですね」と言うと、前の電機長が、

「出撃しますと食欲がなくなり、この茶碗にせいぜい一杯になってしまいますよ。航海長はどうだか分かりませんがね」と言う。

朝食をすましてからトランクを開き、私物を指定された士官室裏廊下の引き出しに入れようと引き出しを抜き出したまま整理をしていると、裏廊下の交通を妨害することはなはだしい。これはいかんと思い、引き出しを抜いて食卓の上に持ち出して整理をする。引き出しの中には鼠の糞がたくさん落ちている。チリ紙の上に鼠の糞をとって包んでおく。鼠がこんなにたくさんいるんじゃ、鼠退治をやらなければいけないと考えながら、昨日の白い軍服を出すと、とても人前で着られないほど汚れている。昨夜すでに汚れているのには気がついたのだが、興奮していたのだろう。今朝になって良く見てみると、とてもひどく汚れているので、しかたなく新しい服を着はじめる。それにしても白地にあの油の汚れじゃうまく洗濯できるかしらと、つまらないことに気をつかいながら、着任の挨拶のために盛装する。

従兵が食器洗いから帰って来て、

「軍医長、何か御用ありませんか?」

「何もない」と言うと、

が聞こえる。

「短剣だけ上に持ってっときます」と言って短剣を持って、バリケットを出ていく。と間もなく、伝令がハッチから艦内へ「総員上甲板、総員上甲板」と怒鳴って歩く声が聞こえる。

後部甲板で、型のごとく乗員一同に紹介され、予定作業の第一は、物の二分もかからないで終わった。その後で看護長を呼び、医療品の整備状況を聞く。

「軍医長がいないと、備品も消耗品もほんの少ししか受けられないので、現在、これだけです」

と用意していた受払簿を開く。なるほど備品も消耗品も、ごく少ししかない。

「呉に入港したら、早速必要品を受けよう」

「はい」

「それまでに、書類だけでも作っておこう。軍医学校で教わった一覧表があるから、あとで取りに来てくれ。ところで、うちの艦には鼠が多いね」

「はあ」

「鼠退治は、今までに一回もやってないのか?」

「はい」

「入港したら、殺鼠剤も受けて、一度鼠退治をやらなけりゃいけないね」

と言うと、看護長は不満足そうに、もじもじしていたが、

「潜水艦の鼠は、軍医長、殺せませんよ。かわいい奴ですから。……かわいそうですよ。何しろ沈む時は逃げ場がないから、一蓮托生で、一緒にダウンする奴ですから。……餌さえやってれば、いたずらしませんから」

とだいぶ鼠に同情しているようなので、鼠退治のことは、しばらく様子を見てからのことにして、医療品の格納場所の点検と同時に、看護長に艦内を案内してもらうために、艦内へと入った。

艦の内部の区画は、艦首のほうから、発射管室、前部兵員室、この兵員室の中には、一坪に満たない聴音室と、半畳ほどの主計科の室、それに二つの艦内厠がある。次が士官室で、その左舷後部に電探室があり、それと反対側に艦長室がある。士官室の後部が発令所、発令所は計器と機械でいっぱいである。その上が司令塔で、その艦尾よりに電信室がある。発令所の左舷後部が電探暗号室、さらにその後部に食糧倉庫があり、これらと反対舷に烹炊所がある。前部兵員室から発令所までの床下は、電池室と機械室になっており、冷却器や空気圧搾器等がある。発令所の次が機械室、その次が電動機室で、それに続いて左舷が機関科の倉庫で、右舷が機関科下士官の部屋で、その次の最後の区画が後部発射管室で、ここにも厠が一つある。この発射管室には魚雷

発射管が二本あるが、イカの墨式の魚雷攻撃は、現在ではまったく効果がないという艦長の意見から、使用しないようになっており、したがって、その名前も後部発射管室と呼ばずに、後部兵員室と呼ばれているということであった。

以上が艦のだいたいの区画の説明で、そのくわしい機械類の説明は、それぞれ配置の乗員でなければ分からないということであった。

艦の長さは百七メートル、潜航時排水トン数が三千七百トン。乗員は現在百十七名ということであった。

看護長のベッドは、後部兵員室左舷の一番奥のところにあった。後部兵員室は床が一段と高くなっており、本当の床面との間が、私物を入れるようにいろいろの大きさに区切られていた。看護長はその一つの上蓋をはずして、

「私がここにいるものですから、主な救急用の治療品は、この中に全部入れてあります。大きな物はまだ受けられませんが、リンゲルなんかは、士官室のソファーの下に入れてあります」

「現在患者はいるのか？」

「おりません」

「それじゃ、着任しても当分失業状態だな。まあ、何よりだ」

「歯が悪いのが少しおりますが、治療がなかなかむずかしいので皆困っております」

「入港したら急いで治療してくれるようにたのもう」

「はい」

「看護長はもう二回も泳いでいるんだなあ。最後はどこだっけな?」

「ラバウルからトラックへ引き上げる途中です」

「そうか。皆、苦労しているなあ」

「私などは死にそうになりましたのは一回だけですが、前管室におります油圧手なんかは、駆逐艦で三回も泳いでいるんです。それも機銃を撃っているうちに、爆風で海へ飛ばされて助かっているのですから驚きます」

「本当に悪運強いっていう奴だな」

「それだけにちょっと変わっていますから、軍医長もきっとびっくりしますよ」

「ところで例の大学ノートを見せろよ」

「はあ、あれは、ちょっと……」

「いいじゃないか。一心同体の軍医長じゃないか。見せろよ」

「はあ」

「機関長に見せて俺に見せないなんて水臭いぞ」

「はあ。そういうわけではないのですが。いずれお見せします」と、てれ臭そうに黒い帽子の上から頭をかく。私も冗談をやめて、厠の前にかかっているラッタルを登って、後部ハッチから甲板に頭を出す。ハッチのすぐ脇で、主計兵が向こう鉢巻で玉ネギの皮を泣きながらむいている。その兵の顔へ、真夏の朝の太陽が強く輝いている。艦内から甲板へ出るとその太陽がなおさらまぶしく感じる。白い軍服を汚さないように注意しながら甲板に立つと、玉ネギをむいていた主計兵があわてて鉢巻のまま挙手の敬礼をする。

「勇ましい敬礼だな」と言うと、そばから看護長が鉢巻を注意するように、自分の頭を指さしたので、さすがに気がつき、あわてて鉢巻を取った。

「昼飯はなんだい？」と言うと、

「シチュウ、であります」

「これから、一つうまい飯を皆に食わしてくれよ。いろんなことで、これから苦情を言うかもしれないが、努力してみてくれ。……それから、あとで、暇な時でいいから主計長に俺んとこに来るように言ってくれ」と言って司令塔のほうに歩きながら煙草に火をつけた。

後部甲板では、天幕を張って、その下で機関科の下士官兵が、手先信号の訓練をしている。ほとんど密閉された部屋に近い機関室の中で、二基の二千数百馬力のディーゼルエンジンの発する騒音では、いかに大声で怒鳴っても話など通じないのだろう。そのために言葉を使わずに、手先だけの信号で命令を伝える、手先信号が必要なのである。

天幕の下で三列に並んだ宿直の機関科員が、真面目な顔をして、ジェスチュアー遊びを夢中になってやっている。時々そばに立っている分隊士と電機長が、最終受信者の書いた信号文を見て大笑いをしている。きっと、発信文章と最終受信文に、とんでもない間違いがあるのだろう。

艦橋では砲術長が、機銃員の対空射撃の訓練をしている。前甲板では、飛行機および魚雷等を海上から収容するのに使うデリックと呼ばれる起重機の試験をしながら、注油している。

発射管室の魚雷搭載用のハッチは、他のハッチと違って傾斜している。魚雷を発射管室に入れるための特別の構造である。中を覗くと、掌水雷長の声が響いてくる。水雷関係の連中に、何か説明をしているらしい。

艦内を一回りして大体の構造が理解できたので士官室に帰ると、先任将校が航海長と何か話をしていた。

「先任将校、艦内旅行を一回りして来ました。狭いですね。もう少し広いかと思ったんですが、両手を安心して左右に伸ばせるところがないですね？」

「軍医長、まだこれでいいんだよ。出撃する時にはいろんな物を搭載するから、もっとずっと狭くなっちゃうんだ」

「倉庫とか何かに入れるわけにはいかないんですか？」

「倉庫なんていうのは申しわけさ。九十パーセントは床の上に置くんだ。だから床が凸凹でずっと高くなるんだ」

「じゃ、その食糧の上を歩くんですか？」

「そうだよ。その他に方法がないんだ」

「すごいですね」

「そうそう、これを見といたほうが良いかもしれないな」と言って、第一卓の天井に吊してある本箱から、赤い表紙のついた部厚い本を二冊とって、私に差し出した。

表紙には、「イ号第五十六潜水艦、船体機構説明書」と「イ号第五十六潜水艦、服務規定」と書いてあった。私は第二卓に座って、頁をめくって読み始めた。

昼食の時、機械長が午後の予定作業の海面移動があるから、食事を早く食って、主機械をちょっと先に見ておかなけりゃと言って、席を立って行った。

「掌水雷長、海面を移動して何をするんです？」

「いよいよ練習潜水戦隊最後の襲撃訓練があるんで、その準備位置に行くんです。じきにおもしろいのが見られますよ。うちの魚雷ときたら、皆、いい子ばかりですからね。……なかなか面倒見るのが大変なんですよ。……まあ軍医長、その時を楽しみにしていてください。襲撃訓練が終われば、本艦もいよいよ十三潜戦とはお別れですから、置きみやげに『長鯨』の見張員にまた一泡吹かせてやりましょう」

と言って、冷たいコーヒーをぐっと飲んでから話を続けた。

「魚雷という奴は、普通の人は、ボタン一つ押せばどんどん簡単に飛び出していくもんだと思っているんですからね。……魚雷は精密兵器なんですよ。ちょっとでも狂ってれば駄目なんです。あいつを手掛けてると生き物って感じですね。ほかから見れば、みんな同じように見えるあの子供たちが、一本一本性質が異なっているんですよ。こしらえた人間も皆違いますからね。あの一本一本の魚雷に、そりゃくわしい、素人が見たら驚くくらいくわしい戸籍謄本と履歴書を一緒にしたような本がついているんですよ。……見せましょう」

と言って、食卓の頭上の戸棚から赤い本を一冊引き抜いて私の前に置いた。私は食事をしながら本の頁をめくって行くと、掌水雷長が言うように、あの魚雷の頭の先から尾の先まで、中の機械から外の鋼鉄の殻まで、事細かにどこの部分は何年何月何日、どこの工場で作り、なんという検査員が検査したかを記し、その一つ一つに責任の所在を明らかにする印鑑が押してあるのである。

そして何月何日にどこの工廠で組み立て、何年何月何日に平水発射試験をしたかということが、一本の魚雷について一冊の本にとじられている。これほど細かい記載がしてあるとは、夢にも考えなかった。

「驚きましたね。こんなにくわしく書いてあるとは思いませんでしたね。実際これに較べると、人間の履歴書や戸籍謄本なんてものはまったくお粗末なもんですね」と言うと、

「本当ですよ。人間一匹二銭だ、なんて、娑婆じゃ言っているそうですけれど、魚雷は一本公定価格で何万円もするんですからね。履歴書まで違いますよ。はっ、はっ、はっ」

「発射しても、曲がって走って行ってしまう奴もあるんでしょうね？」

「中にはあるんです。米国の魚雷にはそういう奴が、割に多いのだそうです。調整が悪いんですね」

「そこへいくと、今、うちの艦に積んでいる奴なんかは素晴らしいもんですよ」

と掌水雷長は話が魚雷のことになると夢中になるらしい。

午後二時過ぎになって、後部甲板の天幕を取り除いて、艦は錨を上げて出港した。いよいよ練習潜水戦隊各艦の襲撃訓練の総仕上げだ。

第○海面で行なう襲撃訓練の準備位置に着くための出港である。艦は真っ白い泡を碧く澄んだ海面に曳いて快適に走る。移り変わる瀬戸内海の風景は毒晴らしい。

YI20と呼ばれる飛行機が一機、艦に平行して、金属性の鋭い音を残して低空で飛び去った。間もなく、艦は、とある四国の小漁村の沖に着き錨を下ろした。主計兵はすぐに夕食の仕度に取りかかり艦内には飯を炊く蒸気が立ちこめ蒸し暑くなったので、用のない連中は甲板に出ていたが、外もなかなか暑かった。そのうち、先任将校が遊泳を許可してくれたので、元気の良い奴がバチャンバチャン飛び込んで、甲板はすっかり海水浴場のような騒ぎになった。

遊泳が終わって、艦尾付近のポンプで水を汲み上げ体を拭っていると、いつの間にか四国の山が瀬戸内海に影を落とす水際には、紫色の影が拡がり始めた。その影の中で人がたくさん集まって何かしているように思われたが、見張りの一人が覗いてみると、小学生のような子供が手旗信号で発信信号をさかんに送っているので「受信用意ヨシ」の信号を送ると、「フロアル、オイデ」と何回も信号してくる。当直の信号兵もあまり何回も信号を送ってくるので、一応当直将校に届ける。

士官室で相談の結果、この親切な、小漁村の人たちの潜水艦乗員に対する敬愛の手旗信号を知らぬ振りするのは、良くないということになり、代表二、三名だけ行ったらどうかということになった。また、何か新鮮な食物でもあったら物交しようと言う掌水雷長の意見から、返信として、「我了解セリ」の信号と、「フネマツ」を送信すると、間もなく小船が岸を離れて、こちらへと漕ぎ出して来た。

小船が舷側について、代表の掌水雷長、先任伍長、主計長の三人が乗り込んだ。小船が静かに離れだすと、甲板の上から、

「掌水雷長、うまい物見つけて来てください」とか
「上陸、うらやましいね」

「早く帰って来るんだよ」と上陸を羨むヤジがさかんに飛ぶ。その中をギィーギィーという櫓のきしむ音を残して、小船は岸の薄い紫の中へ遠ざかって行った。

士官室では襲撃訓練の話が専《もっぱら》で、瀬戸内海の大きな海図を開いて、研究をしている最中である。

「母艦ではこんどは見張りを総動員してイ五十六潜を必ず発見すると意気込んでいる

から、潜望鏡の露頂もずっと短縮しなければ駄目だろう。……天気は、航海長、ここのところ変わらないね」と言う声が、一卓の方から聞こえる。

第二卓では、潜航長が首を捻り捻り、ソロバンを前にして、艦の潜航中の安定を左右する、艦に積み込んであるいろいろな物、重油だとか水だとかを詳細に記載してあるツリム（＊）の表の計算に余念がなかったが、「やれやれ」と言って、大きなノートを閉じた。

「ツリムですか？　大変ですね」と言うと、

「こんどの潜航は楽ですよ。今日までに何回も潜航してますからなんでもありませんよ。何しろ一番困るのは呉に入って、いろいろなものをいっぱい積んで出港して最初に潜航する時ですね。実際と計算が一致しないので冷や汗が出ますよ。頭を下げたまま潜航したり、横っ倒しになったりしますからね」と言う。

陸の上で考えているのと大違いで、潜水艦が安全に潜航できるのは、このような陰の努力があるからであろう。いつも剽軽な潜航長の態度もこの時ばかりは真面目そのものである。

今日はひとわたり兵員の顔を見て歩いたが、一人顔色のすぐれないのが機関科にいたのを思い出して、分隊士にその話をすると、前にいた電機長が、

「それは私んとこの次長でしょう。あれはよくやる奴でね。あれがいると、私なんか一言も言わなくていいんですよ。電気のほうじゃ、あれがいないと困るんです。軍医長、一つよく見てやってください」

「入港したら、なるべく早く、総員身体検査をしましょう。しばらく身体検査もやってないようですから」と言うと先任将校が、

「入港したら早速やってくれ。M検のほうもしばらくやってないからね……だけど軍医長、先任伍長はプラム（＊）も、アール（＊）もあるけれど、あいつは別だからよろしく願います。あれを見つけるのには骨折ったんですから」と言う。艦にとって最重要の人物の一人なのだろう。なるほど杓子定規には行かない。

艦の性能は、単に機械ばかりでは決定しないのだ。発達した精密機械もその最高の性能を出すのには、熟練した人間の技術が必要なのだろう。

潜水艦の性能は、乗り組んでいる人間の数によるのでなくて、乗っている人の能力の集計によるのだ。うっかり病気も摘発できないことになってしまった。

先任将校の話を潜航長が引き次いで、潜水艦という特殊艦艇では、優秀な技量の者が一度に何人か艦を降りたために、その潜水艦が事故で沈んでしまったというようなことが、時たまあるという話を始めた。

しばらくして、従兵が食事の用意を始めて間もなく、前部兵員室が賑やかになったと思ったら、掌水雷長の一行が陸から帰って来たのだった。陽焼けした、ブルドッグのような掌水雷長が、バリケットをくぐって士官室に現われた。

「イリコのうまそうなのがありましたから、残っていた酒と交換して来ました」

と言って、大きな袋を食卓の隅にのせて、袋の口の紐を解いて、従兵が差し出した小皿に早速イリコを盛って、第一卓のほうに出した。先任将校が凹んだ眼窩の中から、ギョロリと眼球を光らせて、分隊士が受け取った皿から真っ白いイリコをつまんだ。

前部兵員室でも、イリコの配給をやっているようで、誰かの魚屋の口真似がおもしろおかしく聞こえて来る。

間もなく従兵が大根おろしを出す。と機関長が、

「掌水雷長、これも物交かい」

「そうです。畑からひん抜いてきた奴を来る途中海で洗って来たんですから、これ以上新鮮なやつはないですよ。軍需部から受ける半腐りの野菜とは違いますからね。たまにはこういう奴を食わしてやらなきゃ兵隊さんもかわいそうですよ」と言うと機関長が、

「掌水雷長、これだけ出ちゃ、何か一つ足らないんじゃないか？」と謎のようなこと

を言って、食卓の上を見回している。

掌水雷長はニヤニヤしながら、前部兵員室へ出かけて、先任伍長と何かもそもそ話していたが、間もなく日本酒を一本持って来た。

「機関長、兵員室から一本召し上げて来ましたから、今度入港するまでこれで我慢してください」と遠くで機関長を拝むようにする。

機関長は、「よしよし」と言いながら、大きくうなずく。我慢するほうにうなずいたのか、一升瓶にうなずいたのか、いずれかははっきりしない。機関長は分隊士と砲術長とを相手に、さきほどのイリコで一杯やり始めた。航海長はコップにちょっとつがれて、「機関長からいただくなんて、感謝感激ですな」と冗談を言って、長い髪の毛を右手で掻き上げてからちょっとなめる。航海長は酒は弱いらしい。

食事を終わってから、私は潜水学校の軍医長はじめ諸上官に在勤中の礼状を認めてから、少し早めであるがベッドにもぐり込んで、一昨日以来の疲れを取り戻そうと思ったが、なかなか寝つかれない。相当時間が経ったが、暑くて寝つかれない。右へ左へと寝返りを打つ。馴れない生活環境への馴化がまだできていないのだろう。どうしても寝つかれない。艦内の粘った暑い空気に馴れないので寝つかれない。ベッドの奥の板張りの向こう側を鼠が通る。隣りの掌水雷長も寝返りを打っているのが、ベニヤ板の仕切を通して聞こえる。食卓の向こう側の下の段には、先任将校が真っ白い毛布を腹に巻いて寝ているのが見える。暑さを感じないらしい。その上の段には砲術長が顔のあたりのカーテンを残して、その他をカラリと開けて寝ている。その足のところで扇風機が急がしく首を振っているが、角度が違うので、私のベッドの中に風は入って来ない。

あまり眠れないので、私はソファーのほうに這い出て、扇風機の風に当たっていると、掌水雷長も這い出て来て、「こうムンムンしちゃ、かないませんね」と言いながら、食器棚のヤカンから水を飲んで、「軍医長、甲板で少し涼みましょうか」と言って、ゴザと毛布を抱えてバリケットをくぐって甲板へとラッタルを登って行く。私も先輩の意見にしたがって、毛布を抱えて甲板へと登った。ハッチから首を出すと、夜の海面の涼しい風が頰をなでる。艦内の空気とのなんという違いだろう。私は掌水雷長にならって、カタパルト（＊）の上に毛布を敷き、腹の上に別の毛布を一枚かけてあおむけに寝る。星が美しく夜空に輝いている。カタパルトの冷えた金属の感覚が毛布を通して、いままで汗をかいていた背中に冷たく感じる。流れ星が時々長い尾を引いて、輝く星のなかを飛び交う。

ゴソゴソとかすかに人の動くような音がするので、カタパルトのレール越しに覗いてみると、いるいる、いままで眼が馴れなかったので分からなかったのだ。あちらこちらに寝そびれた下士官が、私たちと同じように、横になっているようである。それも甲板ではなく、甲板の板の下で、外殻の上に寝ているらしい。

襲撃訓練

翌朝日の出近く、私はカタパルトの上で眼が覚めた。すがすがしい海上の朝が、靄に包まれた潜水艦の上にやって来る。ドス黒い無気味な色をした海がだんだんと青黒くなり、紺色に変わり、そしてその紺色の中に赤が一刻一刻と増して来る。濃い紫から、海老茶色に、そして、間もなく夏の太陽が紅く輝く片端を島影の上に現わすと、空が、海が、陸地の色が驚くほど早く一瞬一瞬、さえざえと明るくなって来る。

毛布から手を出すと、ひやりと冷たく感じ、カタパルトのレールの面には露がしっとりとおりている。見ると腹の上の毛布が三枚もふえている。誰か夜中に掛けてくれたらしい。掌水雷長は、と見ると、ゴザと毛布だけはあるが藻抜けの殻である。

毛布から出て冷え冷えする朝の空気を胸一杯に吸い込み、手足を思いきり伸ばしてから、艦内へ降りて行く。ラッタル鉄棒が妙になま温かく感じる。一段一段と降りるにしたがって、艦内のべっとりしたような重く濁った特有の臭いの空気がムッと鼻をつき、妙にねばっこく胸の中にはいって来る、息苦しく、胸を押す。艦上の爽やかさと較べてなんという空気の濁りだろう。そして、その濁った空気の中で黄色く不健康そうに電灯がともっている。

士官室ではまだ誰も起きていなかった。バリケットの左側にある軽便洗面台を引き出して、七十二時間ぶりに歯を磨く。歯を磨いていると潜航長がベッドから這い出して来て、

「軍医長、早いですね」と言う。

「夕べはあまり暑かったので甲板で寝ちゃいました」

「掌水雷長が教えたんでしょう。ブルドッグはどうも良いことは教えませんからね。甲板で寝ると胃腸の弱い人は大抵すぐ腹下しをしちまいますよ」

「そうですね」

「ブルドッグは体の作りがちょっと違うんですから、あんまり真似はなさらないほうがいいですよ」

と忠告をしてくれる。なるほどもしあの毛布を掛けといてくれなかったら、腹下し

をやったかもしれない。

そこへ従兵が食缶といわれるアルミニュームの四角い箱を提げて、発令所のほうから入って来た。

「お早うございます」

「お早よう。それは飯かい」

「そうです」

「すぐ貰おうか」と潜航長が言うと、扇風機の風でゆらゆらと動いていた電機長のベッドのカーテンが開いて、例の大きな目球の馬面がぬっと出て、「飯か」と太いバスで言う。

ちょうどその時バリケットからもぐり出た掌水雷長が、「そうや、もうわしんとこの兵隊は仕事しはじめてるがなあ」と言う。襲撃訓練が近いというので、兵隊たちが張り切って朝食前から魚雷の整備など始めているらしい。

「これが本艦の良いところや」と掌水雷長は部下の自慢をする。その時ハッチから、「食事、食事」と言う伝令の声が聞こえる。掌水雷長は温かい飯に汁をかけて、フウフウと息を吹いて冷ましながら、ザクザクと飯を流し込むように食う。まるで飲み込んでいるような食い方である。

飯を食い終わると、茶を一杯ガブリと飲み干して、鉢巻を結んで勢いよくバリケットから外へ出て行った。

「掌水は魚雷をいじる時には、きっと鉢巻をするんですよ。何しろ魚雷が頭にこびりついて離れないんですね。一日一回魚雷にさわらないと、その晩眠れないんだっていうから、ずいぶん因果な奴ですよ。……でもそれだけのことはあるんですよ。何しろ、魚雷の調整にかけちゃ大した腕なんですから」

と潜航長が飯を食べながら説明してくれる。

まったく掌水雷長には、軍服軍帽より、半ズボンで鉢巻を巻いて、魚雷を手入れしている図のほうが、ぴったりしている。

潜水艦じゃ戦艦や航空母艦のような大艦のように、乙にすました紳士然とした格好は必要がないのだ。いくら気取ってみたところで、この狭苦しい、湿った重い空気の中で、一年中、同じ顔と鼻をつき合わせた生活をするのでは、なんの意味もない。それよりは、何もかも飾りを抜きにした裸の生活のほうが、その環境にぴったりするのだ。
二、三日の間、艦内は整備作業と配置教育で忙しく過ぎ、襲撃訓練の日が間もなくやって来た。午後になって、艦は錨をあげて出港し、予定位置から潜航に移り、いよいよ襲撃訓練が始まった。この襲撃訓練が、艦の全能力を試す実戦への最後の試金石である。もはや単なる訓練ではなく、乗員は実戦として臨んでいる気合が良く分かった。聞き馴れない命令号令が、張り切った緊迫感を伴って次から次へ下令されるので、私は邪魔になってはいけないと思って、定位置の士官室でじっと訓練の終わるのを待つよりほかはなかった。刻々と高まるように感じられる緊迫の度合いが、最後に魚雷を発射した圧搾空気が艦内に帰って来て、鼓膜をぐっと圧迫すると終わりを告げた。

「潜航止め、浮き上がれ……」

「メイン、タンク、ブロー」と三つに大きく区切って、歯切れよく、アクセントをその各々の最初の字において、調子良くはずむように響く声を合図に艦は海面に浮上した。

「合戦準備用具納め」

「ハッチ開け」と次々と忙しく号令が下り、案外に早く訓練が終わってしまった。ハッチが開かれるとすぐに、「解《わか》れ、休め」という待っていた号令が出る。私は甲板にすぐ出てみると、左舷に母艦「八雲」が微速で回頭している。魚雷は命中したらしい。艦は速力を上げて発射した魚雷を拾いに出かける。

遠くのほうで、海面に白い煙を立てているのが、魚雷だという。

魚雷を収容する作業は、なかなか大変な作業のようであった。艦を魚雷にぶつけないように注意しながら、すぐ近くまで持って行き、「デリック」と呼ばれる、潜水艦の甲板に装置されている起重機で吊し上げて、艦内へ入れるのであった。掌水雷長を先頭に水雷科総動員で、元気の良い下士官が一人海に飛び込んで作業をしていた。あの大きな魚雷をぶつけないように注意しながら、そろりそろりと動かして艦内に収容するのは大騒ぎであった。

魚雷が艦内に納まるという頃になって、母艦から迎えの船が来て、艦長、先任将校が作業員の兵を数名つれて出かけて行った。

いよいよこれで最後の試験も無事終わったわけである。そして練習潜水戦隊から第一線潜水艦となる日も、間近に迫ったのであった。

日没後、後部甲板で総員の宴会が開かれるということが決まったのは、艦長が母艦から帰って来てからであった。母艦から届いた幾ダースかのビールが後部甲板に山積された。

艦内の掃除が終わり、後部甲板がウィースと呼ばれるボロ切れできれいに拭かれた。腰を下ろす板や食器を並べる板が集められたり、電機長の指図で電線が艦内から引かれて、電灯がいくつかついた。主計兵は艦内の狭い烹炊室で苦心の料理を作っていて、艦が夕闇に包まれる頃には、立派な宴会場ができ上がった。そしてわれわれの潜水艦の元服の宴会が、艦長を中心に和やかに開かれた。珍芸漫談、安来節、どどいつ、手品、尺八、詩吟、流行歌、はては声色から猥歌に至るまで、酌み交わすビールの泡のように、次から次へと新手の交替で甲板は賑わった。

数日後、練習潜水戦隊から第一線潜水艦に編入されて、伊予灘から呉へと移動した。潜水艦繋留のポンツーンと呼ばれる、四角く厚くて頑丈にできている船橋が、工廠本部前にあった。このポンツーンから南の電機栈橋にかけての凹みが「どん亀(＊)」の溜まりであった。その溜まりの中に各種各様の第一線潜水艦が、真っ黒く濁った海水の表面に浮く虹、重油の虹の中に浮かんでいた。

軍港の表情

軍港には戦艦や空母のような大艦があちこちに点々と浮かんでおり、その間には巡洋艦やみるからに軽快な駆逐艦や、不格好な輸送船が入港している。その中に、純白に塗った船体に緑の美しい線を一本帯にして、大きな赤十字のブローチをつけた病院船もいる。そのほか、私にはその任務も分からない変な格好の船や小さな内火艇が、忙しそうに入り乱れて走っている。その軍港をとり巻いて擂鉢のように岸から丘が迫っている。工廠はその岸を伝って、うねうねとめぐって細長く続いている。

重油と鉄粉と鉄の錆びの臭いが、亜硫酸ガスをうんと含んだ煤煙に交じってたなびいている。遠くのほうは紫がかって、近くは薄暗く、その中で鉄板を溶接する青白い光があちらこちらで紫の煙の中に点滅する。と、ドックや船台のほうからは、鋼鉄を甲高く叩く音、クレーンの動く音、それに独特な機銃のような、リベットを打つ音が一緒になって紫の煙の下に反響する。

こんな空気の中で、工員が、兵員が、勤労報国隊員が忙しそうに働いている。誰もかれも鼻の穴を真っ黒にして、どこをみても、鋼鉄か鉄屑かコンクリートでなければ、真っ黒いドロドロした油にまみれた上で作業をしているのである。

私は唯一の部下の看護長に案内されて、本部脇の鉄筋の建物の二階にある工廠医務科を訪ねて私たちの総員身体検査をお願いした。おそらく工廠の中でこの建物が一番静かなところのように思えるが、それでも部員の話では、辺りの音響のために聴診器がしばしば役に立たないという話であった。

初対面の部員の人も、「潜水艦ですね。御苦労様です」と向こうから挨拶をする。ここの医務科は、工廠の雇用人や職員ばかりでなく、本部前と、電機栈橋付近についた潜水艦乗員の面倒をみているので、潜水艦から来る人はすぐ分かるのだそうだ。なぜといって、潜水艦から来た連中は大抵が汚らしいから、すぐそれと分かるのだそうだ。

そういえばいつの間にか、軍医学校当時うるさく教えられた躾をすっかり忘れてしまい、事業服が油に汚れても気に留めなくなり、顔を洗うのも、時には忘れるほどのものぐさ者になってしまった自分を振り返って、われながらそのあまりの変化に驚いてしまった。実際潜水艦の生活はその外面的な面においては、随分変態的な、不潔な、ちょうど艦の中の空気の汚れのように思われるだろうけれど、内面的な生活においては愉快な生活なのである。うちとけて、お互いが許し合ったとでもいう気持が絶対的な相互の信頼感にまで昂まっているのである。絶対的に一蓮托生の環境が生んだ階級を越えた戦友愛だろうと、私は部員室の窓から、眼の下に幾隻も並んで繋留している潜水艦を見ながら考えていた。

私と軍医学校同期の部員が間もなく現われたので、私と彼を中心にして若い部員が集って雑談が始まったが、話はどこでも食い物の話になりやすい。そして工廠部員たちの生活もなかなか楽ではないらしく、市民の苦しい食糧事情と食料品の闇相場や、工廠内での恩典配給の話が出て、何より一番の御馳走は身体検査をした潜水艦からたまに貰う缶詰や羊羹だということであった。

しばらく雑談をしているうちに待っていた先任部員が来たので、身体検査の細かい時間や要領の打ち合わせをすませて部員室を出ると、医務科の兵員と話していた看護長を呼んで再び潜水艦へと引き返しながら、

「医務科に、何か御厄介になるお礼がしたいね」と言うと、

「牛肉の缶詰と鰯の缶詰を今日主計長に話してありますから、すぐにくれると思いますが、軍医長から一言言っていただきたいんですが」

「随分手回しがいいんだな」

「呉じゃだいたいそうなっているらしいんです。これもほかの艦の奴から聞いたんです」と言う。

私は艦に帰って掌水雷長に相談すると、明後日頃には酒保物品を受けられるからということで、缶詰のほうは主計長に出しておいてもらうことになった。

身体検査の時間割を先任将校に渡しながら、一応入港中の衛生上の注意などの細かい点を書いて、毎日当直将校から、その日の上陸員全部に注意してもらうようにお願いして、私の仕事は一段落ついた。そのうちに士官室に電話が引かれたので、司令部の小沢少佐に連絡をとり、先日のお礼と、司令部医務科が保管しているサルゾール（＊）を分けていただくようにお願いすると、気持良くすぐに承諾してくださった。

こんな事でなんだかんだと動いているところへ、付近の潜水艦から同期生の軍医長が訪ねて来て、

「どうした、馴れたか？」など言って、一応先輩ぶっていろいろ注意してくれる。ご

たごたした甲板で立ち話をしている間に一日が暮れて行った。

呉に入港しても、別に知人もなければ、泊まるべき家といっては、基地隊と水交社しか知らない。それに入港中の潜水艦のしきたりも良く分からないので、今夜はどうするかという具体的な考えもなく過ぎて行くうちに、食事の用意が始まる。私は食卓の片隅に寄って東京の両親と、潜校の石井軍医少尉に手紙を書いていると、砲術長と分隊士がパリッとした白い軍服に着がえて、

「軍医長、上陸しないのか？」

「軍医長、一緒に行こう」と分隊士は言いながらシンガポールで買ったというウォータプルーフの時計のネジを巻いていた。それじゃというわけで急いで服を着る。砲術長と分隊士は食事を断わってあるらしいので、私も従兵に食事を断わり、白い服を油で汚さないように注意しながら、バリケットをくぐってラッタルの下へ行く。

「上陸員整列、上陸員整列」と言う伝令の声が聞こえてくる。ラッタルは下から登って行く人ばかり多いので上からはなかなか降りられないらしく、

「降ります」と上のハッチから声がかかるが、誰も待つ者はなくどんどん続いて登って行く。ちょっと間が空いたので上にいた兵が降り始めると、同時に下からは下士官が登り始めた。降りて来る兵の足が、登って行く下士官の頭を、軍帽の上から踏みつ

けてしまった。

「誰だ、馬鹿野郎」と言う下士官の太い声に驚いて、降りて来た兵は急いで逆にハッチへ戻って行く。下から登って行った下士官が甲板に立って、

「何をまごまごしているんだ」と言う。

「ハイ、財布を忘れました」とオドオドしながら若い水兵が下士官に敬礼している。

「早く取って来い。整列が終わっちまうぞ」と気合を入れられるが、ハッチからは続々と上陸員が登って来るのでなかなか降りられない。

新米の水兵が泣きそうな顔になっている。

「よし、よし、先に並べ」と先ほどの下士官が指図する。

間もなく後部甲板からは番号の声が聞こえて来る。そして慌ただしい上陸員整列が終わる。

私は分隊士と一緒に工廠本部前のバスの待合所から廠内バスに乗った。バスの中は高等官マークをつけた略服の人から潜水艦の士官、工廠の技術科士官等で鮨詰めである。私たちは基地隊前で下車して衛門を通り、右手の庁舎に入ると当番兵の案内で二階北側にある第十五号という部屋に入れられた。天井の馬鹿高いガランとしたなんの

装飾もない、ただ寝台が二つポッンと置いてある部屋だ。

間もなく従兵がバスの用意ができております、と知らせに来てくれる。分隊士に言わせると、これが潜水艦乗員に対する帝国海軍の涙の出るようなサービスなのだそうだ。

入浴してから、分隊士と基地隊の門を出る。辺りは早くも暗くなって衛門のほうへと、軍人と工員の流れが黙々と続く。工員の足は重く、下士官、兵の足は上陸の喜びで元気が良いようにみえる。衛門を出て、海仁会の先を右に回るとすぐ水交社が丘の中腹にある。コンクリートの少し急な坂を登りかけると、右手に本館の窓が、蛍光灯の涼しそうな青白い光を放っている。

ちょうど夕食時なので食堂は相当混んでいた。周りの壁に、

「漏すな軍機」

「壁に耳あり」

「スパイはどこにでもいる」

などというような標語が、赤や青の紙にでかでかと印刷されて貼ってある。また、

「日本酒は一人二本、ビールは一人一本」と墨で書いた紙が、二、三個所に貼ってある。

分隊士が買った食券を持って空席に腰を下ろすと、付近を通りかかった女給仕が分隊士に、「しばらくですのね」と声をかけた。分隊士はここでは顔が広いようで、給仕たちが遠くのほうから眼で挨拶した。

二本の二級酒で顔を赤くした分隊士が厠から帰って来て間もなく、見知らぬ中尉が分隊士の近くに来て、

「オス、元気か。いつ入ったんだ、ちょうどよかった。今夜フラワーで送別会があるの知ってるか?」と言う。同期生の壮行会でもあるらしい。

「軍医長、今日は急に都合が悪くなったから失礼します」と申し訳なさそうに私に言う。

「どうぞ御遠慮なく」とは言ったものの何か放り出されたような淋しさをちょっと味わった。猪口に酒を注ごうとするともう酒がない。その時近くを通った給仕に分隊士が、「うちの艦の軍医長だ。よろしく願います」と紹介してくれた。

給仕は「お酒まだございますか?」と言いながら、私に頭をちょっと下げて挨拶しながら徳利を振って、「もうないんですね。もっと召し上がりますか?」と言う。

「一人二本だけなんだろう」と壁の貼紙を見ながら言うと、

「潜水艦と航空隊の方は特別ですわ。あれは陸上部隊の方なんです」と笑いながら言

う。明るい青白い蛍光灯の光のせいか、給仕の顔がばかに色白に見える。咽喉が乾いてきたので、意を決して潜水艦を代表したような気持になって、超過のビール一本を頼んでボンヤリ待っていると、

「オイ」と声をかける者がいる。振り返ると、軍医学校同期生の当時「お宮」と呼んでいた男が草色の略服でうしろに立っていた。

「ヤア、元気か。今どこにいるんだ？」

「転勤で今夜の汽車で発つんだ」

「まあ掛けろよ。誰か一緒なのか？」

「いや一人だ」

「どこへ行くんだ？」

「北海道のオホーツク海岸だ」

「設営隊か？」

「そうだ、設営隊軍医長さ。ところで貴様は今どこだ？」

「俺か、俺は潜水艦だ。伊の五十六て艦だ」

「潜水艦は苦しいだろう」

「まだ乗ったばかりで長時間潜航もやってないから、苦しいほうは分からない。……

ところで話は別だが軍医学校の分隊の連中の情報を何か聞かないか？」

「うん、伍長の手塚がマリアナ海戦で戦死した」

「そうか……」

「堀とか香住とか富岡なんていう張り切りもおそらく戦死しただろう。マリアナの陸戦隊で行った連中は、戦死か餓死かどっちかだろう。何しろわれわれのクラスはあまり良い話はないよ」

と壁に貼った「漏すな軍機」と書いてある貼紙を横眼で見ながらボソボソと話しているところへ、「遅くなりました」と言ってビールを置いて行く。私たち二人で一本のビールを飲んでしまうのはほんのちょっとの間であった。

私は、「貴様を見送ってやろう。どうせ俺は暇だから」と言って席を立った。汽車の中で食う弁当を頼んであると言うので、カウンターのところへ行くと、銀縁眼鏡を掛けた小柄な中年の婦人が会食席の会計だとか、追加だとかで忙しそうにそろばんをはじいたり、伝票を書いたりしていたが、友の顔を見て、「お弁当でしたね。もうすぐできますから、ちょっとお待ちください。……こちら様は何か？」と言って私のほうを見る。

「いや、別に」と言ったが、今日昼間、先任将校から頼まれた、第十五潜編入士官室

懇親会のことを思い出したので、

「ああそうだ。潜水艦の森永部隊ですが、士官室の会食をしたいのですが、三、四日中にできるでしょうか?」

と聞くと、

「潜水艦ですか。なんとかいたしましょう。ここのところ、ずうっといっぱいなんですが……」

と言いながら、会食予定を記入するらしいノートの頁を一枚一枚めくって見ていたが、どの頁も皆字が書いてある。しばらくの間いろいろ工夫しているようだったが、

「来週の火曜日ならなんとかなりますが、いかがでしょう?」と言う。急ぐ会でもないので、会食を予約して二人で表に出る。水交社のだらだら坂を灯火管制で暗い町のほうに下りて行く。

並ぶ友の陸戦バンドの腰に吊った軍刀が重そうにパタパタとその左側の革脚半にあたる。と友は、「軍医学校当時がなつかしいなあ。食い物が足りなかったが思い出すとほんとになつかしいな。朝早く人通りのまだない銀座通りの駆け足だとか日曜日の上陸だとか、上陸って言えば君の家には迷惑をかけたなあ。お母さんは元気かい?」と急にしんみりした話をしだした。彼には母がなかったということをこの時になって

思いだす。

「一汽車遅らして、もう一回飲みなおそう。貴様ともなんだかこれが最後のような気がする。潜水艦だからなあ。俺のほうはソビエトが参戦すりゃすぐやられちゃうし」

「なんでもあまり知らないほうがのんびりしていられるな、知らない奴のほうが元気が良いよ」

「ほんとだ」と言って、道を右に折れて大通りを北に向かって、狭い人道を歩いて行く。

「どこか知っているところがあるのか？」

「呉に半年もいたんだからな。大抵のとこは知ってるよ」

「レス（＊）か？」

「今夜は俺がおごる。転勤の旅費をもらったからな。それに、この前、貴様の家じゃすいぶん御馳走になったからなあ」

と言って、急にプツリと黙ってしまった。狭い人道なので二人並んで歩くと邪魔になるので、しかたなく一列になって灯火管制の街をポクポクと歩いて行く。

しばらく行って大通りを左に折れて、ロックと呼ばれるレスの門をくぐった。コの字型に凹んだ建物の突き当たりが玄関である。玄関までの道の左側に植木がたくさんあって、中庭になっているらしい。右手の二階の部屋からは賑やかに炭鉱節の合唱が聞こえる。見上げると、からっと開いた硝子戸の内側に管制用暗幕が申し訳に掛けてある。幕の間から見える人影はガンルーム（＊）士官の会らしく、なかには裸になって踊っている者もチラチラと見える。

正面玄関上の二階からは、潜水学校の歌の合唱が聞こえる。潜水艦か潜水学校の連中だろう。

貴様と俺とは同期の桜
　同じ潜校の庭に咲く
咲いた花なら散るのは覚悟
　みごと散りましょ国のため
貴様と俺とは同期の桜
　分かれ分かれに散ろうとも
花の四月の靖国神社
　庭の梢でまた遇おう

今は亡き某大尉作詩の有名な歌である。

「お菊さん、お菊さん」と呼ぶ。私は大きな下駄箱のところに立って、二階の歌を聞いている。時間もいくぶん遅いし、下駄箱の中のずらりと並んだ靴を見ると、大きな宴会であるらしい。そのうち、二階のほうから黄色い声で、

「お菊姐さあーん」と呼ぶ声がする。

間もなくそのお菊姐さんと呼ばれる三十歳くらいに見える色の白い、何か憂いを含んだ顔つきの落ち着いた感じの人が奥から小走りに出て来て、引台に腰を屈めて、

「まあ、宮さんじゃございませんか」

と言いながらすこし戸惑ったような風をして、

「今日お発ちになるんでしょう。お別れにお出になったの？　汽車は何時ですの？」

と聞く。

「お菊姐さんに別れに来たんだよ」

「まあ、どうですかしら、随分お上手ね」

と笑いながら立ち上がって、右手の帳場に入って行った。

間もなく出て来たお菊姐さんに案内されて、私たちは右手に靴を持って奥のほうの賑やかな部屋の前をいくつか通って、廊下を何回も折れ曲がってから二階に登った。

「どうぞ、こちらへ」と言ってお菊さんが障子を開けた部屋は落ち着きがある部屋である。来る途中の部屋は障子などずいぶん破れ放題のようであったが、この部屋は真

っ白い張り立ての障子である。それに調度も揃っている。

「このお部屋は特別のお部屋ですの。無理にお帳場でお願いしたんですから、乱暴なさらないでね。……おビールで良いんでしょう。すぐ来ますからね」と言って部屋から出て行った。

「今のお菊姐さんというのはメイドか？」

「そうだ。戦争未亡人だって話だ。親切なんだよ。……話は違うが、潜水艦はずいぶんやられるって話じゃないか」

「そうなんだ。マリアナ作戦以来、未還潜水艦がぞくぞく出ている状態なんだ。アメリカの対潜攻撃はよほどうまくて徹底しているらしい。それに一度散開線に配備するといつまでもおなじ位置に置いておくから、被害が多いんだっていう意見が専《もつぱら》のようだ」

「電探はどうなんだ？」

「前からとじゃすいぶん良くなって来たらしいが、なんでも、だいぶでき不できがあるとかいう話だ。敵さんのレーダーはすごいらしい。アッツじゃ、霧の中から弾が飛んで来て、みる間にやられちゃったっていうんだから」

「恐ろしい奴ができたもんだな。……ところで話は別なんだが丸六とかいう奴はなんなんだい。ついせんだって倉橋島の大崎にいる俺の中学校の後輩の奴に会った時にね、『今に丸六が動き出すと戦貌が変わりますよ』って言っていたが」

「俺もちょっと聞いたけど、くわしくは知らないんだ。特殊潜航艇の一種らしいね。一特基とかいう所が基地らしいけれど、それじゃそれが、倉橋島のなんとかいう所じゃないのか?」

「そうか」

と友が返事をした。私はハワイ海戦の時の九軍神のことを考えていた。帰還する可能性があるとはいうもののそれは真に可能性であり、そのパーセントが真に低率であることはすでに決行前に分かっていたことである。生きて再び日本の地を踏むこともできない。母にも、父にも、そして同胞にも再会できない。自分自身で、国のためとはいいながら自殺するに等しい決死の攻撃に出て行った十人の人の悲壮な気持を考えるとなんとなく腹立たしくなる。そういうことが肯定されているのだ。

なんの矛盾もなく認められて、称讃されているのだ。だが、それが戦いの常道だろうか。邪道ではないのだろうか。いや戦いには常道も邪道もない。そんな、ロマンチックな考えは戦争には通用しないのだ。戦争にはただ、勝敗の二つがあるだけだ。勝利への道が即ち常道なのだ……と考えていた。……友も何か瞑想しているようで廊下

越しに暗い中庭のほうを見ていたが、振り返って、

「お互いに頑張れるところまで頑張る以外に道はないなあ」

と言う。

「そうだ。さっき玄関で待っている時に二階で歌っていた、『潜校の歌』っていうのが、潜艦ばかりじゃなくわれわれの運命の歌かもしれないな」

「うん。あの歌は随分ほうぼうで歌っているな。航空隊なんかでも歌っているぞ」

「潜水学校の普通科学生の綱領巻頭になんて書いてあると思う。曰く、『死、一文字に徹するは潜水艦乗員徳操中の第一とす』てあるんだ。陸軍じゃ有名な『葉隠』にある、『武士道とは死ぬ事と見つけたり』ていうのに当たるわけだ」

「そいつを歌にしたのがあれか。悲壮だなあ」

「あいつを歌うと、歌っているうちに悲壮美の中に引きずり込まれちゃうんだ。不思議な歌だよ」

下の植木越しに、玄関から大勢の靴音がバタバタと聞こえて来る。その靴音に交じって玄関のほうからはキャーという女の黄色い声と幅の広い大きな声が交じって聞こえる。宴会が終わったらしい。そのうち門に近い暗がりから、「いつまでも芋掘るな。……出港用意」という大きな声がする。門のくぐり戸が開く音がしたと思うと靴の音

が玄関のほうからいきおいよく外のほうに消えて行った。

しばらくたって、階段を登る音がしたと思ったら、「今晩は」という妙に甲高い、独特なアクセントの細い声と一緒に、若い痩せぎすの芸者が入って来た。暗がりから電灯の光線の下に出た顔を見ると、ほほの白粉が剝げて斑になっている。良く見ると口紅も右のほうがずれている。茶目っ気のある安っぽい感じのする女だが、重苦しくなりつつあった部屋の空気がいくらか救われたような気がした。終わりのない挨拶からぬらりと友の卓の近くに座って、「いかが」と私のほうにビールの瓶を向けた。

私はコップを受けて差し出すと、馴れた手つきでビールを注ぎながら、「おうち、潜校の坂本さんと一緒に来やはったろ」と言う。前に二度ほど潜校からクラス会で来たことがあるが顔に見覚えがない。

「君みたいな、おばけには会ったことがないね」

と言うと、プリッとふくれて、

「おばけなんてあんまりだわ」と言って憤慨する。私はあまり悪口を言い過ぎたかなと思って、友のほうに向いて、

「貴様のインチ（＊）か？」と聞きながら、

「インチなら、あんまり悪口を言わんようにしよう。今夜別れるっていうのにな」と

言って、残っているコップのビールをグッと干して、おばけの前に押しやった。

「失言を取り消してやる。貴様のホッペタの白粉が剝げているし、口紅がずれているから、エス（＊）にしちゃ、おばけの部類だろう。そこに鏡台があるから見てみろ」と言うと、鏡台のほうに飛んで行って掛けてある布をまくって、

「本当におばけだわ」と言って甲高く笑ってから、帯の間から丸いコンパクトを取り出してパタパタたたきながら鏡の中で、

「このお座敷へ来る途中、廊下で岩国の航空隊のパイロットの人が、むりやりキッスするんですもの。……明日フイリッピンへ転勤するんですって。ベロベロに酔ってるのよ」と言う。

由来私はこのエスを、おばけという名で呼ぶことにきめた。本名は勿論、芸名も知らない。この時が友人のインチらしき「おばけ」との初対面であった。そして、友との話もおばけの出現で中断されて、馬鹿げた話が続いた。

ほど経ってから、お菊さんが、「もうそろそろ御用意になっても良い頃ですよ」と時間を知らせに来てくれた。

友と私は、中庭を抜けて、くぐり戸を開けてもらって、真っ暗い町に出て、駅のほうに歩き出した。街は灯火管制で真っ暗であるが、空は暗いが所どころ雲の切れ間に

は星が明るかった。二人でぶらぶら話ながら歩いていると、パタパタと音を立てて小走りに走って来る足音がしたと思ったら、「お見送りに来たの」とさっきのおばけがフウフウ言いながら友のそばに来た。友は返事もしないで私と肩を並べて歩いて行く。私は私で、話題もなくなり、黙って暗い街を歩いて行く。靴の底に鋲が打ってあるので静かな道路に高く響いた。

駅について待っている間に、夕立がパラパラとやってきた。

汽車が間もなく来て満員の二等車のデッキから、「元気でやろう」と別れの言葉を交わすと、おばけが、傘と一緒に持っていた新聞紙に包んだ物を出して、「中で召し上がってね」と言って渡すと、汽車が走り出した。私は帽子をぬいで、円をかくように帽子を振った。

ホームにとり残されて、いつも見送りのあとに感ずる寂寥たる気持が、知らぬ土地だけにことさらに強く感じられ、鼻についた汽車の煙の臭いがいつまでも抜けない。自分自身が小説の中の一人物のようにしか思えない。そして、『生別又兼死別の秋』という詩の心境を味わった。私は南へ、彼は北へ。

私は汽車の尾灯が見えなくなるまで立っていた。

「帰りましょ」と言われて、はじめてまだおばけがいるのに気がついた。

駅の表へ出ると空は真っ暗でコンクリートがまばらに濡れてホコリッポかった。おばけがさす傘に半分入れてもらい、人足とだえた電車路を水交社のほうへと黙って歩き始める。

「下宿はどこですの？」とおばけが聞く。

「まだ下宿はとってない」

「下宿がないと不便でしょう」

「うん」

「見つけてあげましょうか？」

「下宿のブローカーもやってるのか？」

「ずいぶんね。転勤する人や戦死した人の後へ入れてもらえば良いじゃないの」

「戦死した後はいやだなあ」

「どこだって同じよ」

「縁起を担ぐわけじゃないが、いやな気がするよ」

「お菊姐さんに頼んであげましょうか？」

「うん」

というようなわけで、私はおばけを通じ間接的にお菊姐さんに下宿を頼んだ。

出撃に備えて

翌日から艦では、臨戦準備で、いろいろな整備作業が開始され、艦の内外はまったく足の踏み場もないほど混雑して来た。ただでさえ狭い潜水艦へ数多くの工廠からの工員と、潜水艦基地隊から応援に来た兵員の人数が増え、そのうえ、艦内の雑多な機械類が分解されたり、数多いシリンダーのスリ合わせから、二本の潜望鏡の分解、各種管系の対圧検査など、限りないくらい多くの仕事が、ごちゃごちゃに始められた。耳にいやというほど響く鉄を叩く音、ガラガラという鉄鎖が滑車を回す音、酸素溶接の青白い光とパンパンという音が、ごちゃごちゃに混じり合って、艦内には食事の時以外は、とても戻れないような状況になり、日中は大抵、上甲板に折り畳みの椅子を出して、座りながらいろいろの作業を見るともなしに眺めたり、危険な作業の時には応急剤料を看護長に持たせて付近で待機したり、外来者といわれる人々の接待と艦内の案内から、付近に繋留して艤装中の伊三〇〇型といわれる輸送用潜水艦に出た患者を診たりしているうちに、いつとはなしに一日一日と潜水艦の臭いが体に浸み込み、着ている防暑服には油のしみがいくつもできて、艦内出入りに使う軍手は真っ黒くなり、みごとに一人前のどん亀乗りになってしまった。

前部兵員室にある狭い主計室を、出港後は医務室として使用する許可を得たので、治療品を整備して、工作兵が作ってくれた棚に薬を並べ、新しく海軍病院の薬剤科から受けた大きな包みは、士官室のソファーの下に入れ、いつでも使えるように用意した。

そして、忙しい予定作業の間に心配していた身体検査も手際よく終わり、例の機関科電機関係の下士官一名がレントゲン診断の結果胸膜炎であったので、すぐ海軍病院に送院してもらい、あとは例の先任伍長と連管長といわれる水兵科の下士官のワッセルマン反応が陽性であったが、前々からの注文もあり、私の意見だけで退艦させるわけにゆかず、艦内治療をすることにして医務書類には記入せず、したがって艦隊司令部のほうには報告しなかった。

士官室では、航海長の心臓が「滴心」といわれる奴で、普通の心臓より小さいが機能検査では正常で他の人たちも異常がなく、しごく元気であった。信号見張員の視力検査は、厳重に二回も行なったが、第一直の一番双眼鏡につく、の若い兵員は視力二・五で本艦随一であった。万国視力表を片っぱしからスラスラと読み上げるのにはまったく驚いてしまった。平均視力一・四で、一人だけ見張りの位置を交代させて、前方見張強化の意見を具申しただけであった。

水交社における第十五潜水戦隊編入祝兼私の歓迎会は無事に終了して、小艦艇特有の家族的感情は日一日と厚みを増して行くように感じられた。

ちょうどこの頃、電機長の子供と奥さんが病気をして二回ばかり往診をし、間もなく全快したが、これがこの間、軍医として腕を揮った最初にして最後の出来事であった。

例のおばけから間接に頼んだ下宿が見つかったらしく、お菊姐さんからぜひ来るようにという伝言を、近くに碇泊している潜水艦の砲術長から聞き、早速、お菊さんを訪ねると、「まだ忙しくないし、すぐそこですから御案内しましょう」ということになって、私は紹介されたその小山さんという家の二階二間を借りることにすぐその夜きめてしまい、翌日の夕方、水交社と基地隊にあずけておいた荷物を運んだ。いいからと断わるのにおばけが来て、何やかやと世話をしてくれる。そのうちにおばけが

「姐さん」と呼ぶ姐さんまでが来て心から手伝ってくれるので、とうとう荷物の整理は彼女たちにまかせて、東京の両親に、下宿をとったからぜひ一度大変だろうが呉まで来てはどうだろうかと手紙を書く。手紙を書き終わる頃には部屋も大体かたづいて、持って来てくれた花などがテーブルの上を飾るようになった。

引っ越しのおしるしに潜水艦で配給になった羊羹を二本ずつ出し、小山さんにも羊羹を差し上げると、

「これは珍しい。ちょうど良いお茶をいただきましたから、お抹茶でもたてましょう」

と言う。

呉も、お茶の盛んな土地らしく茶道具もみごとなものが揃っており、つい先ごろ結婚したというこの家の娘さんの手並みもあざやかであった。

分に過ぎたような立派な部屋で、驚いたことには部屋代がいらないという話であった。部屋を空けておくと、徴用の工員を強制的に宿泊させねばならないからだと言う。

お菊さんにもお礼をといって金一封を差し出しても受け取らない。

こんなことで私の下宿はまったく思いがけないほどすべてがうまく行き、とんとんと決まり、艦でも、皆からうらやましがられたものである。ただ、それから少しばか

り経って聞いたのだが、思いもかけず、例のおばけが時々来ては花など入れたり、部屋を掃除しては帰ったりしていたので、小山さんの家では大おばあさんを除いては、あまり喜ばないようだった。中おばあさんが何かそのことで苦情を言うと、「なんじゃな。若い男に女子の二人や三人来んようでどないするのか」という調子で、今この家を切り回している六十近い叔母さんというより、おばあさんと呼んだほうが良い人が、逆にこの八十過ぎの大おばあさんにたしなめられてしまうという話であったが、皆、私の留守中の出来事であった。

艦で飯を食ってから下宿に帰ると、下宿ではお湯を沸かしておいてすぐにお茶をたてくれるのが毎日の日課で、たまに付近の潜水艦の軍医長と一杯やりにレスに出かけたりしているうちに、一日一日と早い日が過ぎて行った。

一方、艦では整備作業がどんどんはかどり艦内の整備は終わりに近づき消磁作業に移り、しばらくぶりに港外に出て、駆逐艦や航空機の磁気探知機による被見から逃れられるように艦の磁場を変える作業にかかった。

二つの遠い陸標の間を真っ直ぐに航走し、その途中にある狭い通路の中を何回も通り抜ける仕事で、艦長と航海長は朝から夕方まで、艦橋で航路がずれないように細心の注意をしていた。

その狭い通路の両側には、大きな電磁装置があるということだった。いく人かの技術科士官が乗り込んで来て、まったく一日がかりの大仕事で、この仕事が終わるとあとはドックに入って、レーダーの電波を吸収したりまたは乱反射させるといわれるラテックスゴムを艦の外面に塗る仕事だけになった。

消磁作業の翌日、その検査のために潜航試験をすることになり、しばらくぶりに「総員潜航配置」の号令を聞いた。

毎日潜航訓練をしていた第十一潜戦の頃は、なんとも思わずに潜航していたが、しばらくぶりに潜航するということになると自然緊張するもので、まして艦内機械の多くは入港中いろいろ取り外され整備されたとはいいながら、どこかに手落ちがないとは言い切れないから、乗員の心配は特に艦長、先任将校には私たちの考え及ばない苦労があった。

しばらく、おだやかな眼光になったと思っていた先任将校の眼が、相手の心臓を突き刺すような鋭さをいつの間にか取り戻している。

それでも潜航は無事に行き、深さ四十で自動懸吊（＊）の試験と磁場の測定が無事に終了して、再び普通潜航に移った時、突然、機関室で電線の短絡から火災が起こった。

機関科員の適切な防火処置から事なきを得たが、入港によりゆるみかけた神経への一大痛棒であった。

この事件から、整備の重要なことが乗員の心に深く刻み込まれた。何しろ、この火災事件はかえって艦のためには大難が小難で過ぎたといった感じであった。

ドックが一杯で入渠を待つ間、さらに整備作業が続けられたが、この頃から見張員の突入訓練がさらに激しくなり、時々ケガをする見張員が出るようになったので、突入訓練の時には私も発令所にいて時々その秒時計係をつとめるようになった。

突入訓練というのは、艦橋見張りに立っている哨戒長、第一、二、三、四番望遠鏡につく見張員の五名が「用意。テ！」で自分の望遠鏡の接眼、対物両レンズの防水をする金属の蓋をしてから、第一番見張りの前部にある直径六十センチのハッチに飛び込み、最後の一人が飛び込んで重いハッチの蓋を「バタン」と閉め、艦内からハンドルをぐるぐると二回ほど回転するまでの訓練である。これが思うように早く行かない。

艦内に飛び込むには、両手でラッタルの鉄棒を軽く持ち、靴の踵と蹠の間の溝でラッタルの鉄棒をつっ張って体重で「ストン」と司令塔を素通りして発令所の床に用意されたマットの上に「ドスン」と落ちるのがその要領だが、一人がちょっとでも途中で引っかかると、次から次へとその人の頭の上に人が重なり、ケガ人が出たりする。

またあまりうまくゆき過ぎる時も、ラッタルの途中で足を滑らせて膝を打ったりすることがある。

最初の頃は十四、五秒もかかっていたのが、訓練が重なるにしたがって、最後には、時々七秒台の記録が出るようにさえなった。

ちょうどこの頃、軍港に見馴れない型の潜水艦が三種類も出現した。

その一つは伊二〇〇型と呼ばれる水中高速潜水艦で、水中速度十八ノットといわれ、将来の潜水艦は皆こういう型になるだろうといわれる流線型の見張員のほとんどない、レーダー一点張りの潜水艦であった。水中高速に物を言わせて、進攻部隊の迎撃に当たり、敵の混乱は、この潜水艦一隻を普通潜水艦二、三隻で張った網と思うだろうという話であった。

その二は、超大型潜水艦で、伊四〇〇型と呼ばれ、水中排水量八千トンにおよぶと言われていた。呂号潜水艦を二つ並べてその間に通路を設け、小型雷撃機三機を搭載する大きな格納庫が前部にあり、水中で飛行機のプロペラを回しておいて浮上と同時に油圧で格納庫の前扉を開き、カタパルトで飛行機を打ち出せば、わずかの間に雷撃機の編隊ができ上がるという潜水艦で、太平洋を潜航のままで往復できるといわれる特殊給排気装置（＊）が艦橋のわきに出ている怪物であった。

その三は、乗員十六名、行動日数十五日、排水量百トンの小型潜水艦で、もっぱら沿岸防備用に使う潜水艦だという話であったが、乗員はツリムが悪くて困ると言っていた。

このような変わった潜水艦ができたものの、実際に第一線潜水艦としてすぐに役立つだろうという自信は、乗員も持っていないようであり、事実、終戦時まで戦闘には参加できなかった。

入渠して艦外底を洗い乾かしてから、艦の外部に満遍なくラテックスゴムといわれる、ゴムの粉末を混入した特殊セメントを何回にも分けて厚さ約三センチに塗り上げる作業が始まった。

これはレーダーの電波を吸収あるいは乱反射させる目的のもので、電波兵器関係ではとても太刀打ちできなかった日本科学が考案した被探防止の苦肉の策であったようだが、この塗料のお陰で艦の速力は一ノット以上も、その摩擦のために失われてしまった。

またその効果もレーダーに対しては思ったほどのものではなかったようで、超短波探信に対してはいくらか効果があったのは、私の艦でその後の経験から分かったことであった。

ドックに入ってから間もなく半舷休暇（＊）が許可された。いよいよこのドックを出れば、あとは電令一本でいつどこへ出撃を命ぜられるか分からない。短い期間の休暇をいかに過ごそうかと皆楽しそうに自分の休暇の利用法やら時間割まで話し合うのが見受けられ、昼食後ドックの周りで毎日行なう午後課業始めの体操も前より力が入って元気にみえた。

短い半舷休暇もいつの間にかすぎ、入渠整備作業の終わった潜水艦は、再び工廠本部前のポンツーンに繋留した。艦長は司令部の筑紫丸に行くことが多くなり、艦に来られる時間がだんだん短くなり、来る時は真っ赤な表紙のいろいろな図書を持って来て、先任将校、航海長および砲術長と細かい相談をしているようであった。航海長は海図の整理と電波探信機の整備研究に大童であった。掌水雷長は魚雷の調整や搭載に忙しく、私は出航後の献立表を作るのと、娯楽雑誌を集めて艦内文庫を作るのが専《もっぱ》らの仕事になった。

司令部主計科で作ってくれた献立表の幾つかの案を参考にして、艦の乗員の嗜好や、季節および行動海面や情況の緩急等により、適当に献立を変えなければならないので、試案献立表だけではうまくゆかず、陰のいろいろな苦心が必要なのであった。

またこの頃になって完成されたビタミンB入り精白米という、水さえ加えればすぐに炊けて、しかもビタミンBが必要量だけ含まれている潜水艦白米を受けたり、百数十種類もある缶詰をどれをどのくらい積み込むかということで、一定の規格の中でいろいろ工夫しなければならなかったし、缶詰は名前だけでは内容が分からないので、一度試食してみなければならないし、自分だけの嗜好できめるのも難しいので、主計長、掌水雷長との相談が必要であった。

また艦隊軍医長からは、潜水艦軍医長は高温特殊環境にある潜水艦乗員の体力管理に万全の方法を講ずるようにという命令があり、その第一が、乗員にバターを一日六十グラムずつ摂取させるようにということで、第二がビタミン錠というビタミンBCを高単位に含有する錠剤を、乗員に毎日一定量を服用させるようにという命令であった。

この命令は戦時下の日本の食糧事情からすれば誠に申し訳ないほどありがたい命令であった。

バターは各兵員室に分けて適当に食べるように配給したが、兵員室ではいく日経ってもなかなかバターが減らなかった。中には好んで食べる若い者もいるようであったが、大部分はしかたなしに食べるような状態であった。

一片のバターさえ手に入らないのが国内の一般人の実状であるのに、一日六十グラムのバターを食べなければならないという悲鳴は、まったく変な現象であった。

バターの他にもキューピー印のマヨネーズが配給されていたが、これも各人に配分しておいて適当に食べるようにしたほうが良いと思ったので、とりあえず各人に一瓶ずつ配給した。

その翌日、後部兵員室を通りかかり、ふと何気なしに棚の所を見ると、真新しいマヨネーズの瓶に赤味を持った粉のようなものが入れて置いてある。

「あれは誰の瓶だ？」

と尋ねると、棚のそばで手紙を読んでいた兵が、

「私のであります」

と言う。

「何が入れてあるんだ？」

「歯磨粉であります」

「あの瓶は昨日もらったマヨネーズの瓶だろう」

「そうであります」

「中味はどうした？」

「捨てました」

「どこへ捨てたのか？」

「海へ捨てました」

「なぜ捨てたのか？」

「…………」

「マヨネーズが嫌いなのか？」

「はい」

「嫌いだったら誰かにやればよかったじゃないか、海に捨ててもったいないと思わないか、どうして捨てる気になったんだ？」

「ちょうど歯磨粉の袋が破れましたので歯磨粉入れにしようと思いました」

と言って、私から怒られるのではないかと、怖気たような顔つきをして、天井の低いところなので腰をかがめて、片手を棚に掛けて私のほうを見ている。顔には黒い油が頬についている。

山間の寒村農家に次男として生まれ、海軍に志願して来たこの若い男は、生まれてからバターとかマヨネーズとかいうような物は、食べたことがなかったのであろう。配給された物は自分の物であり、彼にすればなかのマヨネーズより、そのガラスの容器のほうがさらに利用価値が多かったのであろう。

マヨネーズばかりでなく、彼にとっては油っこいバターいための料理は、ありがた迷惑であるに違いない。

この兵に初めて潜水艦乗員の適性を見出したのであった。バターだ、マヨネーズだと騒ぐ連中は潜水艦には向かないのだ。そして軍医はこんなことを呑み込んで、皆の知らないように上手に必要な栄養が自然に摂れるように努力しなければいけないのであろうと私は考えて、その翌日から飯の中にバターを入れさせるようにした。ビタミンB入り精白米にバターを入れて炊いた飯が、翌日から食卓に出た。

甘い、つるつるとなめっこい飯は、最初は一般に評判がよかったが、一食また一食と経つうちにだんだん鼻について食欲が減少し始めて残飯が多くなって来た。

私は毎日主計科の兵の残飯報告を聞いたり、兵員室の飯に対する与論を聞いていたが、心配したほど悪い評判がないので、残飯量の増加は脂肪食により満腹感が早く起こるためではないかと考えたのである。

いったいこのバターを食えという命令は、ドイツ潜水艦がペナンにやって来た時、あの長期行動で乗員はきっと疲労しているからと、ゆっくり休養させる用意をして待っていたところ、案に相違して、ドイツ潜水艦の乗員たちは上陸するや、早速元気一杯テニスをしたりしたので、基地の連中はまったく驚いてしまったのであった。

いったいどうしてこんなに元気があるのだろうか、ということになった。

そしていろいろ調べてみたところ、艦内の生活は別に変わったところがなく、ただ食事が非常に高脂肪食であったということと、食事の後には必ず果実が十分に出ているということが日本の潜水艦の食事と異なる点であったので、潜水艦乗員の体力維持は脂肪食とビタミンであると判断したのが、その調査に当たった軍医たちの結論で、これが上申されて現在のバターとビタミンになったわけであった。

心配していた残飯量は困ったことには増える一方であった。そして主計兵は、あちら、こちらで飯の中にバターを混入するのを止めてくれと言われるようになった。

看護長のところには、下痢止めをこっそり貰いに来るものが三人、五人と増し、その原因が皆、高脂肪食にあるようであった。そして下痢をする者が次第に多くなり、十数名になった時には、まったく困ってしまった。

忠ならんとすれば、孝ならずである。

しばらくこのまま頑張れば胃腸が脂肪に馴れるであろうとは考えられたが、与論には勝てず、高脂肪食はついに中止せねばならなくなり、一日おきに、昼食だけにバターを入れるようにして、その他は各人の自由にするようにした。それ以上は一律に行かないのだ。嗜好というものは、カロリーの計算以前のものなのであった。

鰯は鯛より栄養価が高いからといって、鰯を食べると胸がむかむかする人にとっては、鰯は鯛より栄養価が少ないのである。

私は、こんな事から、とうとう前のように鰯より鯛をということから、バターは自分の体が要求するだけ、ということにし、ビタミン錠は各居住区に適当に渡して、天井から瓶を吊しておくように命じた。棚などに置くと、すぐ瓶を壊してしまうからであった。そして各自、自由に取って服用するように申し渡した。

当直兵員の入浴も、司令部の厚意で、すぐそばでできるようになり、これは各潜水艦とも非常に喜んでいた。

艦はいよいよ最後の臨戦準備で、一日一日と慌ただしく秋の日は暮れて行った。調整された魚雷十八本の搭載、真水、サイダー二十トンの搭載、缶詰食糧三ヵ月分の搭載と、毎日のように艦内にいろいろな物が積み込まれ、缶詰食糧は艦内居住区の通路を埋め、床面が天井に近づいたので、あちらこちらで頭をいろいろな突起物に打ちつけるような場面が起こって、看護長のところへ赤チンをつけに来る者が多くなった。

潜航長はいろいろな物の搭載のたびに、その物をどこに置くか、どのくらい重いかなどと、毎日、ツリムの計算表に記入するのに忙しかった。

ちょうどこの頃、マリアナの戦況はいよいよ困難さを加え、連合軍はパラオ諸島ペリリュー島に上陸し、モロタイ島南岸では激戦中で悲壮な電報が打電されていた。次いでアンガウル島へも上陸され、パラオ本島は毎日大空襲を受け、コッソル水道の敵艦船は一日一日その数を増しており、ペリリュー西側のカルドロルコにも敵が上陸を開始していた。

圧倒的な連合軍の制空・制海権の下に強力な艦隊急行列車はマリアナ海一帯を制圧し、ラバウル、トラックは完全に孤立無援の籠城となっており、わずかに横須賀を基地とする海底○通と呼ばれていた伊号第三○○型の輸送潜水艦が、その不格好な大量生産の船腹に積めるだけの糧食、弾薬、医薬品を積んで輸送していたのであった。

一方、呉、佐世保、舞鶴を基地とする攻撃用潜水艦の一部の中型潜水艦は西南太平洋のミンダナオ、パラオ、パプアの三島に囲まれた海域にフィリピン海溝から潜り込んで、敵のニューギニア基地からの艦隊列車を待ち伏せしていたが、十月三日、その中の一隻はハルマヘラ東方海面で航空母艦を攻撃して、その一隻を撃沈、他の一隊は同様航空母艦を発見これを肉迫攻撃したが、空母は片舷に大傾斜したのみでついに沈没せず、大損傷のまま南へ逃げてしまったという入電があった。

士官室では支那大陸からのB29による九州北部地区の工業地帯の爆撃の話と、遅かれ早かれ連合軍がフィリピンに上陸を開始するだろう、という話がしばしば食卓で話題となっていた。

一日一日と秋の日は短くなり、日没が早くなり、上陸員が衛門を出る頃には真っ暗になるようになった十月初旬のある日の午後、ハルマヘラ東方海面で空母を撃沈した殊勲の呂号潜水艦が、船体の防探ラテックスゴムがボロボロに剝がれて、あちらこちら真っ赤に錆びた姿で、われわれとポンツーンを中に挟んで反対側に帰投繋留した。

私はポンツーンの上に立って、繋留作業に忙しい下士官、兵、艦橋の士官を見回した。青白く、むくんだ顔に深刻な新しい皺を寄せて、妙に落ち着いた底光りのする眼光で、時々岸からかけられる声に、ちらっと無事母港に着いた隠しきれぬ喜びを口辺に浮かび上がらせている。

ハッチから出て来た兵は機関科の兵であろう。油に汚れたナッパ服が折から西に傾いた赤い太陽に映えている。その太陽を追って、彼の目は赤く輝く見馴れた母港の山々をなつかしげに見回していたが、ポンツーンからの声で頭をうなずかせて、間もなく投げられた煙草の箱を受け取った。

出撃の時に持って行った煙草はきっと、艦内の湿気で全部駄目になってしまうのだろう。その小さな赤錆びた艦には、戦場の臭いがしていた。嗅覚では感ずることのできない臭いである。その臭いの中を、ポンツーンから渡り板がかけられると、付近の出迎えの人々が、その臭いを一刻も早く吸い込もうとするように、足早に渡って行った。

私はポンツーンの反対側の渡り板を渡って自分の艦へもぐりこんだ。

士官室には砲術長と分隊士が、一種軍装に着がえていた。

「航空母艦をやった呂号潜水艦が向こう側へ着きましたよ」

「出迎えが大変だろう」

「ええ」

「こんど我等いそろく潜水艦（＊）が出撃して、帰って来る時には、あんなもんじゃないよ」

と頑張り、張り切りの砲術長はそう言って、「お先に失礼します」と短剣のバンドをガチャガチャさせながら、バリケットをくぐってラッタルのほうに出ていった。分隊士は得意の名調子で、

「いそろく潜水艦一度たてば、神州の正義凝って百練の鉄となり敵の巨艦を屠る……今に見ろ……よ軍医長、あんなのに感心してちゃ駄目だ。……ところで早く上陸した

ほうが利口だぜ、軍医長。出撃は近いらしいよ」

と言って分隊士もバリケットの外に消えた。

私は不要の身の回り品は基地隊に預け、いつでも出撃できるように、心の準備と身の回りの準備をして来るべき日を待っていた。

敵を求めて

その翌朝、水交社裏の小高い丘の上にある亀山神社に艦長はじめ乗員一同うち揃って参詣したのであった。

来るぞ、来るぞと言っていたものがついに来た。

十月十日、連合軍の機動部隊航空母艦から飛び立った艦載機延べ四百機が、四次にわたって沖縄の航空基地を強襲して来た。

第六艦隊麾下の第一線潜水艦は、ただちに沖縄線上に敷かれた散開線につくことを命ぜられた。次から次へと入電する緊急電報が、台湾東方海面における彼我の入り乱れた空中激戦を如実に物語っていた。

急速臨戦準備を終わって艦は次から次へと、慌ただしく出撃して行った。

私の艦も、いよいよ最後の搭載物の重油を積み込むことになり、操舵室が黄色く塗られた、背の低い、ぺたんこな重油船の舷側に横着けになって、太いゴムの油送管が潜水艦の甲板の縁にある注油口にはめ込まれ、厳重な監督の下に徹夜で貴重な油の搭載が行なわれた。

出撃だ。いつもは軍港の片隅に小さくなって繋留されている潜水艦が、大手を振って軍港内を闊歩するのは、この時くらいのものだ。

昼間夜間潜望鏡各一本、対空電探ポール一本と、出せるだけのポールを三本も出して、これにのぼりをつけたり大軍艦旗をつけたりして、総員白鉢巻で岸壁を離れ、警笛一声、軍港の真ん中を華々しく戦場へと出て行くのであった。付近の大小軍艦舟艇から、

「御成功を祈る」

「大戦果を待つ」

「武運長久を祈る」

というような手旗信号、あるいは発光信号や無電を受信しつつ、一路勝手知ったる内海を、西へ西へと進んで行くのである。

軍港外に出ると、間もなく軍艦旗ものぼりも取り去られてしまう。艦橋両舷に張っ

てあった伊五十六という潜水艦番号は、すでに出港前に取り去られている。逆に味方航空機からの爆撃をさけるための味方識別標の、真っ白いペンキを塗ったケンバスを甲板にピンと張って、いよいよ太平洋へと、かつて第十一潜戦当時の訓練海面であった伊予灘を通り豊予海峡へと南下して行く。

豊後水道入口に程近くなり、緊張した伝令の声が、「合戦準備五分前」と風に流れる。

これが、故国の山々を見る最後になるかもしれないのだ。両舷に迫る九州と四国の山、佐田岬と佐賀関が紫色に煙って展がる。青空の下で吸う最後の煙草を胸深く吸い込む。

各ハッチの周りには乗員が五、六人ずつハッチを囲んで、煙草を吸いながら故国になごりをおしんでいる。

前部のハッチからそろそろ艦内に入ろうとラッタルに足をかけると、掌水雷長が両手に二本ずつ煙草を持ってパクパク吸いながら、

「軍医長、これが日本の見納めですね」と言い、両手の煙草を眼で示して、

「こいつがお天とう様の下で吸う最後の煙草ですよ」と、つぶやく。

掌水雷長の口から流れ出る紫煙が細い白い糸になって冷たい海上の空気の中に消え

て行く。

皆がハッチをだんだんに降り、最後に名残惜しそうに掌水雷長が艦内からハッチを「ガチッ」と閉める。ラッタルを降りながら、

「防暑服じゃ寒いですね」と言うと、

「二日も経つと暑くてやり切れなくなりますよ」と言う。

「合戦準備」という伝令の元気な声がする。

いよいよ艦は戦闘状態に入った。これからはいつ敵から攻撃を受けるか分からない。緊張の二日が過ぎ、いよいよ沖縄線に近づいた頃には防暑服でも少しむし暑く感じるようになって来た。

電信により沖縄空襲後に台湾に来襲した敵の機動部隊は、北上したがその後の位置は不明とのことであった。

沖縄、台湾を空襲して、その航空基地に大打撃を与えた高速機動部隊はさらに北上して、おそらく南九州の空軍基地と北九州の工業地帯にも同様強襲を加え、日本の航空勢力の急激な混乱を来さしめ、その間に比島辺りに上陸するであろう、という想像は、士官室の誰もが考えたことであった。

艦は電令によって、その北上した数群の空母群が九州を襲って反転し、おそらくウ

ルシー環礁方面に引き上げるであろう途中を、ちょうど沖縄線上に間隔約六十カイリにて二列に潜列を敷き、この空母集団を邀撃する命を受けていたのであった。艦がその潜列の東南隅の指定位置に至り、配備についた頃には、敵空母集団はすでに北上すると見せかけ素早く反転、南方に逃げ去ってしまっていた。そしてこの頃には連合軍は、例の艦隊列車を強力に仕立てて比島のレイテ島の一角に上陸を開始し始めた。ついに来るべきものが来た。

再び作戦緊急電報で、敵は北上せず、配備を解き比島東方海面に急行せよ、という電令を受信し艦は直ちに浮上、艦首を南に回頭して、一戦速（＊）にて折からの荒天模様の海上を、南へと突っ走った。その潮に洗われる甲板で、水兵員が掌水雷長の指揮で、味方識別の白いケンバスを甲板から取り去る作業をしている。

危険極まりない作業だ。厳重な電探警戒の中で作業が行なわれている。もしこの時敵機でも来れば、甲板に出て作業している人たちを見捨てなければ艦が危険に陥るのである。

艦首に当たる波のしぶきを全身にかぶって、ビッショリぬれて艦内に飛び込んで来た水兵員は、緊張のあまり表情筋がこわばって能面のような顔であるが、発令所に降りてからだんだんとほぐれて来る。掌水雷長が頸に巻いた手拭で顔をペロリと拭きながら、潮水をかぶった見張用の黒い大きな帽子を脱ぎ、「いよいよ、血腥い風が吹いて来やがったな」と言いながら、防水合羽をラッタルのそばにぶらさげる。水温も気温も瀬戸内海と違ってずっと高くなって来て、艦橋ハッチから吹き込む風も塩気を含んで、べっとりとして生温かく、頬を撫でる。

主計長が電探室後部の食糧品倉庫の戸を開いて、がさがさやっていたが、私のほうを向いて、「軍医長、もう生糧品が腐り始めました」と悲壮な顔をしながら言う。出港して三日だというのに、もう生糧品が腐り出してしまった。早速主計兵を集めて不良品を袋につめ、掌水雷長にたのんで艦外に捨ててもらおうとすると、掌水雷長が、「艦長にお話しないと棒切れ一本でも捨てられないんです。まして生糧品なんてことになると捨てた後で魚が集まりますから、潜水艦が通ったということがすぐ分かっちまいますからね」と言う。

ちょっと物を捨てることにまでこんなに気を使わなければならないのかと、初めてのことなので驚いてしまった。

間もなく艦長の許可が出て、腐敗生糧品を海に捨て、艦はなおも南へ、南へと一戦速で急行する。

もう間もなく比島北側の線上に到達するという。非番の航海長が、第一食卓に大きな海図を拡げて、天測からの艦の位置を記入している。砲術長が左舷艦首寄り上段のベッドで素っ裸で大きなあくびをしてから、第二卓に飛び降りた。

「早いなあ。さっき寝たと思ったら、もう当直の時間だ。アアー」

とまた大きなあくびをする。

航海長が三角定規で海図に線を引きながら、

「呉の疲れが抜けないいんだろう。砲術長」

と皮肉ると、

「航海長と違って、双眼鏡の中にあの娘の顔が見えたなんてことはないですからね。合戦準備五分前で、陸の上のことはみんな忘れちゃうんですよ」

としごくあっさりと航海長に背負投げを食わす。と、艦尾寄り下段のベッドから機関長が、「技あり……一本にしておくか」と言って第一卓のはじに這い出てきて、

「航海長、例のピアノの麗人とはその後会ったんか?」

と聞く。防暑服のズボンのバンドをしめながら砲術長が言う。

「俺のクラスの奴が、宮島で、一緒に歩いているのを見かけたって言ってましたよ」

「本当か？　航海長」と機関長がつめ寄る。

航海長はコンパスで海図上の距離を測っていたようだったが、つめ寄って来る機関

長の言葉に頭が混乱したようで、

「機関長は定時定位置がよいですなあ。航海長職務の妨害ですよ。海軍刑法……エエト……とにかく職務妨害ですよ」

とプリプリし出した。機関長はベッドへもぐり込み、読みかけの『刺青判官』を読み出す。

と、伝令が、「三直見張員発令所」と呼ぶ。当直の交替だ。

見張員は、発令所ラッタルわきに用意してある洗眼用コップにホウ酸水を入れて洗眼を始める。艦橋から「防水合羽はいらない」と指示がある。洗眼を終わった人から順にラッタルを登って艦橋に消える。

しばらくすると、第一直の見張りが先任将校を先頭に発令所に下りて来る。皆眼が充血している。望遠鏡の接眼部に取り付けてあるゴムの輪が、顔にくっきりと食い込むように跡をつけている。また洗眼が始まる。

南下するにしたがって艦の湿度はますます高まり、すでに浮上時気温二十九度、炭酸ガス一・〇パーセント、湿度九十五パーセントとなった。士官室に入って来た先任将校は、航海長の海図を覗き込みながら、「従兵、従兵」と呼ぶが、いない。自分で食器棚の上にあるコップにコーヒーシロップを注いでヤカンの水で薄めて、航海長の

そばに帰り、ゴクリと一口飲んで、

「もうちょっとだね、航海長」

「もうちょっと走ったら、潜航したほうが良いように思いますが」

「艦長に、すぐ相談しよう」と言っているところへ、暗号長が電令板を持ってやって来た。

「先任将校、ただいま受信しました」と言いながら電令板を差し出す。皆が先任将校のほうを見る。

「海軍索敵機が敵空母の一群を発見したようです」と言うと、電令板を持って司令塔へと登って行った。

戦機はいよいよ熟して来たのだ、という感じがひしひしと体の全筋肉を緊張させる。

「捷号」作戦発動により急速に位置を比島東方海面に移動しつつあった潜水艦隊は、ロ四十六、ロ四十三、ロ四十一、イ五十三、イ四十六、イ三十八、イ四十一、イ二十六、イ四十五、イ五十四およびわれわれのイ五十六の十一隻であった。

最初の戦果

十月二十四日の朝がやって来た。レイテ湾周辺の海面では内地からはるばる海を越えて来た日本の飛行機が、連合軍の艦船に我武者羅に突撃しているのであろう。飛行機から発する電信や陸上基地の電信が乱れ飛んで戦機は刻一刻と身近に感じられ、暗号長もロ号暗号帳（＊）に細い穴のあいたセルロイド板を重ねて、次から次へと傍受する暗号電信の解読に忙しい。

私は窮屈な暑苦しいベッドから上半身だけソファーの上に出して、寝足りない生あくびを何回も噛み殺していた。潜航中なので蛍光灯が青白く士官室を照らしている。

さすがに熱帯圏に入ってからは、冷却器もあまり効かないので室温は二十九度だ。日の出前二時間の浮上充電を終わったばかりなので艦内はわりに賑やかで、士官室では従兵が食事の用意をしていた。

「軍医長、食事の用意ができました」と私に言ってから、ちょっと前に、「飯の用意ができたら起こしてくれ」と言ってベッドに潜り込んだ航海長のベッドのカーテンを開けて、

「航海長、航海長」

と呼ぶ。

「なんだ」

「食事の用意ができました」

「よし」

と言って航海長は、ベッドから這い出して自分の食卓に着き、

「今、朝か、味噌汁のある時が朝だっけな。実際味噌汁がないと朝、夜の区別がつかなくなるんだからなあ」

と言いながら味噌汁の椀を取っておいしそうに音を立てて汁を吸った。

「航海長、何か変わった入電はありませんでしたか？」と聞くと、

「艦隊の突入で前哨戦が起こっているようですよ。いろんなのがはいりますが、皆、傍受ばかりですから、全体の戦況は全然分かりませんね」

と飯を口いっぱい入れてもぐもぐやりながら話す。

「軍医長、何かおもしろい本持っていませんか。これからは潜航ばかりですからね。

航海長はまずまずというところですな。何かおもしろいのないですか？」と言う。

「そうですね。日独文化協会から出しているアニリンというのがおもしろいですよ。

他に城砦ていうのもおもしろいんですが」

「軍医長の今読んでるのはなんですか？」

「ああ、あれはハーディの『テス』です。ちょっと潜水艦の中じゃなかなか読みづらいですね。前に読んだことあるもんですから、ところどころの拾い読みです」

航海長は茶碗の中の飯をかき込んでから、「従兵、お代わり」と言ってるところへ、
先任将校が発令所から入って来た。

「航海長、輸送船と駆逐艦らしいスクリュー音があるそうだよ。さっき電探に入った奴らしい」と言って航海長の向かい側に座った。

「そうですか。従兵、急げ、まず腹をこしらえなきゃ」と言いながら、従兵の差し出すお代わりの茶碗を受け取り、

「先任将校は今なんて本読んでるんです？」と聞く。

「『ガラスの驚異』て本だよ。軍医長から借りてるんだ。ドイツのツアイス工場の物

語りだ」と答えて、従兵の並べた茶碗を取って食事を始めた。

航海長は先ほどの音源が気になるのか、食事を中途にして、発令所に消えてしまったが、間もなく帰って来て、

「襲撃しないそうです。駆逐艦がいやがる。いなきゃズドンだ」と言って、また食事を続け始めた。

私は戸棚からアニリンを取り出して、

「航海長、アニリンです」と言って渡した。

「従兵、コーヒーをくれ」と言ってアニリンの扉を開いて眺めていたが、やがて従兵の持って来た大きなコップのコーヒーをぐっと飲み干すとベッドへもぐり込んで読み始めた。

私は先任将校に、「音源てなんですか?」と聞くと、「輸送船です」とポツンと答えただけであった。いつものことながら先任将校の返事が物足らない。どうしてこうぶっきら棒に言えるんだろう、と完成された軍人へ何か腹だたしさを感じた。

艦内は潜航直後の食事の混雑からだんだんと静かになって、日課になって来ている昼間の睡眠潜航（＊）に入ったが、先ほどの音源を始めとして、この頃から時々聴音室の敏感なレシバーには遠い海面を走り去るスクリュー音が幾度となく聞こえ始めて

いたが、いずれも襲撃範囲外の出来事らしく時々潜望鏡を露頂したりしているようであった。

陸岸から遠い太平洋の真っ只中では、水中聴音機は非常に感度が良くなるのが常だそうで、聴音に感度があるという報告がたびたびあった。

瀬戸内海で襲撃訓練をした頃は岸に砕ける波の音が邪魔になって、スクリュー音が良く聞こえないので苦心惨憺した聴音室も、今ではあまりに遠くの音源まで聞こえるので、かえって応接に暇がなくて困っているようであった。

このような状態で、いつしか十月二十四日の夜がレイテ湾口から程遠からぬ熱帯圏にもやって来た。

太陽が海面に没し、熱帯のどんよりした海面に暗い影が漂よい始めるのを待って、艦は浮上して急速に充電して海上の心地良い空気をちょっとの間呼吸したと思ったら、またもや潜航してしまった。

確かもう九時を少し過ぎたと思われる頃であった。聴音室から再び音源の出現を報告して来たが、今度の音源は近づいて来る様子であった。

「音源はだんだん近づいて来るようだ」と言う聴音室の報告は乗員の誰にもすぐ敏感に響いた。そして実戦に初めて参加した者ほど、すぐ緊張し、体を固くするように見えた。

「右舷四十度単艦、感二（＊）」

「音源は輸送船らしい。低速、単艦で走っているようだ。他に四周に音源なし」と順次、聴音室からの報告が輸送船の接近を報じて来るので、艦内では気の早い者はすでに白鉢巻をして総員潜航配置につき始めていた。それというのも夜間の会敵であるかららしい。

司令塔では、艦長、航海長、砲術長に、発令所から上がった先任将校が加わって協議していたが、じきに「総員戦闘配置」が下され、艦は深度を浅くして潜望鏡が露頂された。

良くは分からないが相当の大きな船だ、という話であった。低速で南へ走って行くのだそうである。

襲撃するか？　襲撃しないか？

もしこの船を襲撃すれば、おそらく、この船は「S、S、S、……」の対潜水艦救助信号を打電するのに間違いない。そうすれば潜水艦がこの辺にいるということを敵方にはっきり教えることになり、その結果として、敵の厳重な対潜水艦警戒網が敷かれ、次後の襲撃は非常に困難になってしまうであろう。そうすれば大艦を襲撃するなどということはほとんど不可能になってしまうのである。もしこれが航空母艦とか戦艦というような大艦ならば、たとえ刺し違えてしまったとしても諦めることができるが、こんな輸送船とではいやだという意見もあり、なかなか決定しかねているようであった。先任将校の頑強な会敵絶対攻撃説に引きずられて、ついに艦長も意を決したらしく、艦は面舵を取って襲撃コースに入った。

「魚雷戦用意」と言う伝令の声が、すべてを決定した。

掌水雷長は寝台の奥の戸棚から梅酒を取り出して茶碗で一杯ぐっと煽って、例のごとく向こう鉢巻をして勢いよくバリケットの外に消えて行った。

私も掌水雷長について、前部兵員室を通り抜け発射管室へ行く。ちょうど発射管のそばで、圧搾空気を注入している。間もなく襲撃だ。魚雷発射用意の合図がある。発射管へ注水が終わると、その前扉が開かれる。魚雷信管の安全装置はすでに抜かれている。

「用意……テッ」と言う声と、発射管内の異様な音。ぎゅっと鼓膜を圧す圧搾空気。四本の魚雷が次から次へと、私の鼓膜を蹴って飛び出て行く。

発射し終わると、すぐ前扉が閉められる。その間に魚雷は目標に近づいて行く。

「十秒……十一秒……十二秒、……三十四秒……三十五秒……三十六秒……」

「魚雷は音源にまっすぐに走っている」と聴音室から報告しているのが聞こえる。長く長く感じられる時間である。秒時計の針が止まってしまったような感じがして硝子の面を手拭で拭く。時計は動いている。

と、両耳にはっきりと、魚雷命中音が、「コーン、ガーン」と、続いて四回聞こえる。間もなく無気味な誘爆音らしい音がしたと思うと、聴音室から、「船の沈没するらしい雑音が入る」と言う。命中から物の三分も経たないであろう。心配していた「S、S、S」という、「潜水艦発見」または「我、潜水艦の攻撃を受けつつあり」という意味の信号をちょっと打ったと思うと四周に音源がなくなった。あの程度の送信では受信できないであろうというのが、その後に電信兵から聞いた話であった。

艦内は、輸送船撃沈という初陣の血祭に気を良くして賑やかになり、万歳を叫ぶ者もあった。発射管室では掌水雷長と連管長らが、早速新しい魚雷を発射管に入れるのに向こう鉢巻で忙しく働いていた。貴重な魚雷を破損しないように注意しながら蒸し暑い艦内での力仕事は、一汗も二汗もかく重労働なのである。

電探、逆探、聴音にいずれも感度がないので、艦は夜陰に乗じて浮上し、急速充電を終わり、位置を南に移してさらに新しい獲物を求めるべく潜航に移って行った。

第二の戦果

さすがに熱帯のこととて、扇風機の送ってくれる風も熱く気持が悪い。ベッドへもぐり込んで、拾い読みの『テス』の頁をひらいたが注意が集中できない。枕にしている陶枕（＊）と皮膚との間を汗が流れるように出て気持が悪く、最初は幾分冷たく感じられた枕もすぐに熱くなってしまい、ついに、本を閉じてしまった。

翌十月二十五日未明、背中を流れるような、ベトベトと気持悪くベタつく汗で眼が覚めた。汗を吸い取ったためではないかと思われるほど重く感ずるカーテンを開いて、ソファーのほうに出る。扇風機から来る風を一息吸い込んで、ベッドを振り向くと、毎度のことといいながら身体の形が、ゴザの上に汗でクッキリとできている。もう間もなく日の出前の浮上充電の時間かな、と思っている間に総員潜航配置が下令される。今まで静かであった艦内が急にせわしげに動き出す。艦は浮上直前の無音潜航による精密聴音を終わり、深度を浅くする。海上は幾分荒天模様らしく艦はゆるやかに大きくゆれ始める。浮上だ。

「潜航止め、浮き上がれ」

「メイン、タンク、ブロー」という独特な抑揚の号令が終わると心地良い圧搾空気の音、ディーゼルエンジンの音が続く。

艦が浮上充電にかかって間もない頃であった。対空電探からの「固定目標」、「船団」という報告で、ジャーン……という警急電鐘の騒音と同時に艦は潜没した。

「無音潜航」

「精密聴音」

「深さ、十六半」

「深さ十六半」

「聴音室、音源は何か」

「音源は右舷十五度」

「船団らしい」

「音源がたくさんある」

「音源はだんだん近づいて来るようだ」と次々と報告がある。

その間にも音源はだんだんと近づいて来た。司令塔では襲撃に決定したらしい。

「魚雷戦用意」が下令された。

「ほらまたおいでなすったよ。……ポンポンと威勢の良いところをやって、早く引き上げるに限りますよ」と笑いながら、掌水雷長はカーテン棒にかけてあった鉢巻をすいと引き抜き、向こう鉢巻をしてから「チュン」と雄大な鼻を下から手の甲ですり上げてバリケットの向こうに消えて行った。

音源は中型輸送船団らしく、護衛の駆逐艦もないようだという。私はじっとしていられなくなって発令所に出た。潜望鏡を上下する音が静かな発令所にまで聞こえて来る。深度十六・五メートル。襲撃深度だ。海面は穏やからしく水平計はあまり動かない。

先任将校はいつものようにジャイロコンパス台に腰を下ろして、深度計と水平計を見ている。

艦は水中高速を出し輸送船団の前方に進出しているようであったが、間もなく速度が落とされ最微速となり、深度も襲撃深度になって、潜望鏡がまた上下した。

「静かに持って行け」という艦長の命令が伝令から発令所に達せられる。またまた潜望鏡が上がったなと思うと、「用意……」と語尾を引き、「テッ！」と鋭い声。魚雷を押し出した圧搾空気が艦内に帰って来て鼓膜をぐっと圧す。気圧計の針がブルブルと振れる。一秒、二秒、三秒……三十二、三十三、三十四、三十五、と、特有の命中音、続いて爆発音が遠くから肉耳に聞こえる。

「やった！」

と潜航長がうれしそうに吐き出すように言った後、ちょっと間をおいてさらにまた一つ爆発音が聞こえた。護衛艦がいないようなので、艦長は潜望鏡を上げて襲撃効果を確認しているようだ。

艦は深度を増し、深さ四十でしばらくの間、無音潜航に移る。船団は船足を緩めずに南へ、南へと大きな之字運動（＊）をしながら逃れて行くようである。

先任将校が司令塔に登って艦長と話をして、また発令所に下りて来た。

先任将校の話によれば、艦長が襲撃直前に潜望鏡を上げた時には、レンズ一杯に、水平線の上に船影が重なり合って、どの船を襲撃してよいか困るくらいであったという。船団が三列の縦陣で航行していたのだそうだ。運の良い時はまったくこんなものである。六発の魚雷がわずかな開角でこの船団に飛び込んで行って、三隻の大型上陸用舟艇を沈めたのだ。

私は発令所を出て発射管室に行った。発射管室は、度重なる魚雷戦に掌水雷長以下、死に物狂いの活躍であった。怪物のように大きな重い魚雷を傷つけないように、一本一本総がかりで発射管に納めるので、天井にある移動式手動起重機の滑車がガラガラと無気味な音を立てる。発射管に入れる直前に頭の先に信管を取り付ける。信管を取り付けると、もう、うかつには取り扱えない。

皆、防暑服の半ズボンだけで汗がポタポタと流れている。逞しい筋肉の兵の背に脂が浮いていて、その脂の面を汗がチョロチョロと流れて防暑服の半ズボンに吸い込まれる。

発射管の上に、日本酒が二升ゆわきつけてあり、「必中」と書いた紙がその瓶の頸からそれぞれ垂れ下がっている。

掌水雷長が、ベタベタに油を塗ってある魚雷の胴体をなでながら、

「まっすぐに走って行くんだよ」とか、

「道草食うんじゃねえぞ」とか、

「お前は暴れん坊だから心配だ、今度だけは暴れるんじゃあねえよ」とか、魚雷に話かけている。

もう間もなく六本の魚雷が六門の発射管に納まるのだ。私は発射管室を出て発令所

に帰った。

発令所に引き返してみると、ジャイロコンパスの上にある艦内神社の台に、いつの間にか達筆で、白木の小さな木札に「大型輸送船一隻撃沈」が一枚、「中型輸送船一隻轟沈」が三枚、釘にぶら下げられている。

艦長は慎重に慎重を重ねているので、今までの戦果も内地に打電するのを控えているようである。

もし打電して、方位測定でもやられ、正確な位置を発見され、逆に厳重な対潜警戒でもやられたら、それこそ獲物にありつくどころではなく四苦八苦の生死の淵に追いつめられるからだ。敵の圧倒的な制空・制海権下の海面では電信一本、うっかり発信できないのだ。

艦は大分北西に寄り過ぎているらしいというので、正確な位置を知るための天体観測が必要だし、また位置もかえる必要があるので、しばらくして大胆にも浮上反転して位置を変えた。

この短い浮上中に航海長、砲術長および信号長の三人がそれぞれ所定の星を協定しておいて、六分儀で天測をした。

天測を終わり、急速充電をしてから、電探の厳重な警戒の中を高速で位置を変えて、潜航してしまった。超急速充電なので、電池室からはモヤモヤと悪硫酸蒸気が立ち昇っていた。航海長が小さな紙片を持って来て、私に天測の計算を依頼した。天測の計算は前に航海長から教えて貰っていたので、私は計算図表で計算、航海長は海図に航跡を記入するべく海図を開いていた。機関長はベッドで『刺青判官』を読んでいた。

計算の結果、砲術長と信号長の測定位置は非常に近いが、航海長のだけがちょっと飛び離れているので、「困りましたね。航海長のだけ随分離れているようですよ」と言うと、機関長がこれをきいて、またベッドから這い出して来た。

「どれどれ、これが航海長のか？　フン。やっぱり清純な乙女の姿が映ったんだな」

と航海長を冷やかすと、航海長が、

「機関長は定時定位置にいてください。どうもいかん、先任でなきゃ。これものですよ」と言って拳固をつき出す。

「よし、よし」と言いながら機関長はまたベッドへもぐり込みながら、独り言のように、「同列同級とても……」と軍人勅諭の例の一節を暗誦しかける。

「実にけしからん」と航海長は言いながらも顔では笑っている。

聴音室を覗くと、また新しい音源が現われたということであった。

しばらく飯らしい飯を食わないので、主計長を呼びにやると、今缶詰の飯の缶を切っているという返事なので、烹炊室に行くと、白米の缶と赤飯の缶を半分半分にボイルして、「今すぐ配りますから」ということであった。

士官室に帰るとちょうど航海長が、

「従兵、何か食う物を出せよ」と言っているところであった。

「航海長、すぐ赤飯と白い飯が来ますよ。今急いでボイルしています」と主計長の代弁をすると、「ありがてえ、赤飯か。四隻撃沈のお赤飯ですね」と食欲の神様らしくよほど待ち遠しいらしい。

この間にも音源の出現、消滅は幾回となくあったようだが、どれも襲撃圏にまでは入って来ないようであった。しまいには音源の出現がなんの興奮をも起こさないほど幾回となく音源が入れ代わり立ち代わり出没した。

食事の用意ができて、艦長がしばらくぶりに士官室に現われ、忙しい食事を終えると、また司令塔に登って行った。

機関長は例によってベッドにもぐり込み、読みかけの『刺青判官』の巻末近くを読み続けていたし、電機長は、「くろがね文庫（＊）」の漫画をニコニコしながら大きな目球をむき出して見ていた。

腹一杯食べた航海長が、汗をふき、冷たいコーヒーを飲み干して、

「機関長、だいぶ電池の温度が上がったようですね。ここの、電池室の排気口から物凄い奴が出て来ますよ」と、士官室と艦長室の境にある電池室の排気口を顎でさしながら言うと、「水温二十九度で超急速充電じゃ仕方がないよ」と極めて簡単に、俺の責任じゃないというように吐き出して眼は本から離さない。

ちょうどそこへ、暗号長が電令板を持って入って来た。航海長が手にとると暗号長が、「敵さんが平文（＊）で打っていたのを傍受した奴の報告電報です」と言う。航海長が受け取って、「やったな。……機関長。伊十一潜がハワイで輸送船を二隻やったようです」と言うと、また例のごとく、機関長がもそもそっとソファーの方に這い出て来る。

航海長がハワイの海図を拡げてハワイからの距離をコンパスで測っていたが、「ハワイから二百カイリくらいのところですね」とコンパス片手に言う。

電文にはこう書いてあった。

「我が船団中二隻、敵潜水艦の攻撃を受け目下炎上中なり。至急救助を頼む。付近に巨大なる敵潜水艦（＊）浮上し我を監視中なり。我が位置は東経〇〇度、北緯〇〇度なり」

折から魚雷の仕事を終わって、士官室に汗をふきふき入って来た掌水雷長に、「伊十一潜がやりましたよ」と知らせるといつになくしんみりした顔付きで、電令板に見入っている。「やりましたね。あの艦はきっとやると思ってましたよ」と言って私の前に座り、自分のベッドの奥から秘蔵の梅酒を取り出してすすめた。暑いのでとても飲むどころではないが、二人で形ばかりの祝いをする。

掌水雷長と私の脳裡には偶然なことから同席した、伊十一潜出撃前夜のことや、出撃当日の朝の光景が走馬燈のように浮かんだ。そして、その時に、共に誓い合った敵撃滅が期せずして、同時に実現できたのだ。

私はベッドのカーテンと並んでぶら下がっている腕時計を指差して、

「掌水雷長、ここにぶら下がっている、この時計の腕章はイの十一潜が出撃する時に、あの艦の棚橋七四郎という軍医長のと取り換えた奴ですよ。あいつが艦の中で作った奴だって言ってたが、なかなか上手でしょう。柔道四段の軍医中尉でね」

「そうですか」

「潜水学校から六艦隊に転勤する時は、皆、形見分けだ、なんて言って盛んに身の回り品を交換したが、あんまり交換し過ぎて、カフスボタンなんか揃ってるのがなくなっちゃいましたよ」

「潜校の当時は何人くらいだったんですか？」

「四十三人です」

いつか、私の頭には、潜水学校当時のことが思い出されていた。

軍医学校から、錦帯橋で有名な岩国の一つ手前の大竹にある潜水学校。そして、その中の潜水艦衛生研究所での短いが楽しかった研究生活。医務科の林分隊長（＊）、石井分隊士、小人数で良くやってくれた従軍看護婦さんたち、毎週一回の上陸で、宮島や岩国や広島へ遊びに行った日々。同僚の結婚や婚約者の学校への来訪の時の出来事。そんな雑事の中に、一人去り、二人去り、いつか皆、潜水艦に乗り組んでしまったのだった。それが、ほんのちょっとの間に一人死に、二人戦死し、今ではいったい幾人無事で生きていることだろう。

全軍突撃せよ

その日の昼間潜航中、艦は時々深度を浅くしては電信の傍受をしているようであったが、受信する電文では、比島東方海面を始めとして、レイテ湾周辺における彼我入り乱れての航空水上決戦の形相物凄く、戦局は混沌としていずれが勝ち、いずれが負けているのかまったく分からなかった。

電信兵と暗号長は受信と解読に忙殺され、艦内は電文の一言一句に一喜一憂していた。二十四日には、「武蔵ハ魚雷三本ヲ受ケタルモ戦闘航海ニ支障ナシ」とか、「妙高ハ敵空母機ノ魚雷攻撃ヲ受ケツツアリ」を傍受し、二十五日朝には、「二戦隊全滅、最上大破災上」、「敵艦隊ノマスト見ユ」に続いて、「大和ハ敵空母一隻撃沈一隻撃破セリ」というような水上決戦の緊張した場面の電文が続々と飛び込んで来て、艦内は刻一刻と緊迫感が昂まり、皆の体の中を熱い血潮が音をたてて流れていた。

と、またもや暗号長が電令板を持って、やって来た。

顔がいつもより緊張して、態度も固くなっている。差し出された電令板を読んで行くうちに航海長の顔も、先任将校の顔も真剣になって行く。

「なんですか？」と聞くと、

「軍医長、いよいよ連合艦隊最後の突撃です」と私の眼をじっと凝視する。機関長が防暑ズボンにチヂミの上着でカーテンをガラット開けて、艦内靴をつっかけながら廊下に立って、「どれどれ」と言いながら電令板に吸いつけられるように顔をよせて、小声で読む。

「……我が遊撃部隊は敵機動部隊の一群を捕捉せり。各部隊は天佑神助を確信し全軍突撃せよ」

最後の「全軍突撃せよ」と言う声が、頭の芯にジーンと浸み込むように響く。

日施潜航（＊）を終わって艦は日没間もなく浮上。電探の厳重な警戒裡に例のとおり急速充電をして、間もなく充電完了という頃であった。

突然、電探に固定目標が現われ、急速潜航したが、何か華々しい出来事が起こるような予感がした。発令所を訪ねてみると水上艦船らしいということであった。

「無音潜航。扇風機を止めよ」

「魚雷戦用意」

「聴音室、しっかり音源をつかめ」と矢つぎばやに命令を伝える。冷却機がガクンと無気味な音をして止まった。扇風機がだんだんと回転が遅くなってピタリと止まってしまう。冷却送風管の送風口から細々と流れていた冷たい空気もだんだんと細くなってピタリと止まってしまう。発令所では、皆鉢巻をつけ出していた。今まで略帽のままで過ごして来た先任将校までが白鉢巻をつけている。

積算電流計のゲージは赤い矢印まで昇っていて、魚雷はいつでも発射できるようになっている。戦闘食のソーダビスケットと戦闘飲料のサイダーがすでに各区画に配分されていた。

そのうちまた、伝令が、

「聴音室どうした」と催促する。何か大きな事件が起こりつつあるような予感がする。

「右舷三十二度の音源はだんだん近づいて来るようだ。音源がいくつもある。中に大艦のスクリュー音らしいのがある。感二」と聞き馴れた聴音長の声がする。艦内は急になんだかむし暑くなったように感じられる。だが森の中のように静まり返っている。

「大艦らしい音源が三つある。駆逐艦音らしい音源がたくさん聞こえる」

静まり返った艦内に、司令塔の伝令の声と聴音長の声とが交互に響く。

「高速の大艦音が三つはっきりと聞こえる。輪型陣のようだ」

「駆逐艦音がたくさん聞こえる」と言う聴音長の緊張し切った声が乗員一同を無意識のうちに固くさせる。近くにいる者同士眼と眼で、来るべき時が来た、というような表情を、どこでも交わし合っている。生きるも、死するも、もうここまで来ては考える余地がない。

「深さ十六半」と言う司令塔伝令の声に応じて、発令所の伝令が上をむいて「深さ十六半」と復誦する。

潜望鏡がほんの短い時間上げられた、と思うと、伝令で「本艦は、輪型陣の大艦隊を捕捉した。天佑神助を頼み御稜威に倚信して、ただ今より、これを襲撃する。各員その配置に全力を尽くせ」と艦長の敵前における訓示が達せられる。

艦は水中高速を出して敵艦隊の前方に進出しているようであった。聴音の感度は刻一刻近くなって来るのが報ぜられる。

羅針盤の針がゆっくりと回る。水中回頭をしているのだ。

「深さ四〇」「深さ四〇」

「ただ今から輪型陣外廓を突破する」と言う伝令の声に、皆思わず上のほうを見上げる。外廓の駆逐艦の艦底を通過するのだ。この頃になって聴音より、敵艦隊の勢力がだんだんはっきりして来た。

大艦三隻、中型艦二隻、これはおそらく巡洋艦だろうということであった。そのほか駆逐艦が十四、五隻で、そのうち四隻ほどが輪型陣の内部で大艦の周りを護衛しているようだという話である。

外廓の駆逐艦の感度がどんどん高まり、不意に直接耳に聞こえて来た。

「艦底通過」と伝令が言う頃には、キーン、キーン、シュル、シュル、シュルという推進機音が無気味に頭上の鉄殻を通して肉耳に聞こえて来る。無気味で厳粛な威圧が胸をぐっと締めつける。右手をかけている司令塔へのモンキーラッタルの鉄を握る手が汗ばんで来る。とすぐに、

「深さ十六半、静かに持って行け」

深度計はじりじりと十七メートルに近づいて行く。深さ十七メートルのところでちょっと止まってから、眼に見えないほど少しずつ十六半に近づいて行く。

いよいよ襲撃深度になった。艦内はしんとして物音一つしない。

「総員、その位置を動くな」

艦の動揺を最少限にするためである。艦が動揺すれば発射される魚雷が狂ってしま

うからだろう。潜舵手と横舵手が水平計をじっとにらみつけるようにして舵を取っている。森の中のような静けさの中で、潜舵と横舵を動かす長い鉄の棒がコトコトコトと低い音をたてて回る。

潜望鏡が上げられたようだ。水面に出た時間はほんのわずかだったろう、すぐに下ろされた。と、

「突入する！……」と伝令が声をしぼる。

体が思わず固くなる。誰も、かれも、何物かにつかまって体を動かさないようにしている。その中で先ほどから唯一の物音の潜、横舵手の動かす操舵操置が軽いコトコトコトコトという音を立てている。

「突っ込め……」

「用音……」

「テッ！」

と鋭い声が聞こえる。

魚雷が発射された。ぐっと鼓膜が押される。また一つ。続いて三つ、四つ、……六本の魚雷が短い間をおいて、無気味な圧力を鼓膜に残して飛び出して行く。気圧計の針が一発毎に少しずつ数を増やしてブルブルとふるえる。聴音室から、

「魚雷は音源に向かって走っている」と報告がある。

秒時計の針がカチカチと時を刻むのがいつもよりなんだか遅いような気がする。と、突然、「グワーン」という爆発音。変だ。魚雷が爆発してしまったのか、それにしても変だ。秒時計の針は相変わらず動いている。

二十秒……二十一秒……二十五秒……二十六秒。

と、「コーン、コーン、コーン」と水中で鉄板を叩くような音が、続いて聞こえる。これに続いてすぐ爆発音が五つ聞こえる。

皆はぐっと息を殺していた緊張から一どきにホッと深呼吸をして、「やった」とか、「当たった」というその言葉が、「万歳」と言う叫び声に交じって艦内をうれしくざわつかせる。

命中だ。ホッと気がゆるみかけた時に物凄い大爆音が聞こえ、艦は水中で大きく、ぐらぐらとゆすぶられた。襲撃距離は八百メートルほどの至近距離だったのだ。敵艦の誘爆で潜水艦がゆすぶられるのも無理はない。

艦は高速を出して水中回頭をしながら、次第に深さを増して行き、深さ百十メートルで速度が落とされた。聴音室から「艦の沈没するような音が入る」と報告がある。狭い区画の中で乗員は、互いに眼と眼で襲撃成功の喜びを交換する。

最初の爆発音は発射した最初の魚雷が空母わきの護衛艦に命中したのだった。あるいは空母に突進する魚雷を護衛の駆逐艦が身を持って防いだのかも知れない。

次いで下令された深々度潜航に移る。深度計が一刻一刻、深度数を増して行く。発令所の伝令が、五メートル毎に深度を報告する。

「深さ八十五、……深さ九十、深さ九十五、……深さ百」

艦は深度百メートルで、水平になった。

聴音室からは、護衛駆逐艦群が、右往左往していると報告する。

危険な深々度潜航が安定して、初めて司令塔から、

「天佑神助と御稜威により、本艦は敵大型航空母艦を襲撃、その護衛駆逐艦と共にこれを轟沈せしめた。乗員一同、陛下の万歳を三唱する」と言う伝令のキビキビした声が艦内に響き渡る。続いて鉄殻を震わすような「万歳」の声が艦内にどよめく。

「万歳」を三唱し終われば、彼我の形勢はまったく逆転したのであった。

今までは攻撃の立場にあった潜水艦は、防御の苦境に立たねばならない。防御といっても防御兵器は何もない。ただただ血潜、苦潜、駆逐艦の攻撃からあらゆる手段を用いて逃げのび、逃げ終えるかどうかという立場に立たされたのだ。

総員潜航配置のまま、無気味な無音潜航が続く。

こうなると聴音が唯一のたのみの綱である。

襲撃を受けた艦の沈没する音が聴取されから間もなく、駆逐艦二隻がその付近に停止して、救助作業を続けているようであった。その周りを数隻の駆逐艦が大きな円を描いて走って護衛している。一方、残りの大艦を中心にした輪型陣は、さらに速力を早めて南へ、南へと航走して行き、聴音感度が刻々薄らいでゆく。

艦内では「総員潜航配置のまま休め」という号令で、ある者はそばの者に先ほどの襲撃の話をしているかと思うと、ある者は音を出しそうな金属の部分に繃帯を巻いている。

救助作業をしているらしかった駆逐艦はまだ停止しているし、周りの駆逐艦も依然として円を描いて走っている。

艦は無音潜航のまま、一ノットの微速で襲撃点からだんだん遠ざかって行く。乗員の頭には、皆誰もが、「うまく行くと、このまま逃げ出せるかもしれない」という希望的観測があわい夢のように脳裡をかすめている。すでに一時間が経過した。何事も起こらない。海上ではまだ救助作業が続いているようである。護衛駆逐艦のスクリュー音も依然として聞こえる。

浮沈する生死の境

海上ではまだ救助作業が続いているようである。護衛駆逐艦のスクリュー音も、依然として聞こえる。

一時間半経過した。やはり何事も起こらない。だんだん退屈しだした。自然に話し声が高くなり、艦内が、ざわざわして来る。厠に用のある者も出て来て、もじもじしだす。と、

「無音潜航そのまま、第三警戒配備（＊）」と下令される。

非番の電機長が、士官室に入って来て、左舷の積算電流計のゲージを覗いてから、

「軍医長、とうとうやりましたね。私も潜水艦には開戦前から乗っているんですが、航空母艦をやったのは今度が初めてですよ。それにおまけに駆逐艦まで一緒ですから

ね。これで潜水艦に乗った甲斐がありましたよ。それにしても軍医長は運の良い方ですね。初陣で空母にぶつかるなんて」

と言いながら第二卓の私の前に座り、

「電気はうんとつまっていますから心配はないですよ」と言って自分の引き出しから羊羹を一本取り出して食い出した。食いながら、天井のほうを指さして、

「上じゃ、何しろ空母をやられたんだから怒ってるでしょう。もう少し経つと始まりますよ。ガンガンですよ。今のうちに何か食って腹をこしらえておいたほうがいいです。始まっちまうと食えませんからね」

と古武士のようでまたユーモラスな顔の大前田の親分は眼をぎょろぎょろさせながら大好物の羊羹をうまそうに食べる。私も先輩にならって机の下からフランス松茸と呼ばれているマッシュルームの缶を取り出して、マヨネーズで食べ始めた。

先任伍長が、「航空母艦一隻轟沈」と「駆逐艦一隻轟沈」と達筆を揮った白木の札を持って、発令所のほうへ、士官室を通って行く。そのうち聴音室から、「救助作業をしていた駆逐艦が動き出した。

左舷二十度に変な音が聞こえる」という報告があったが、艦内は別に変わったことはない。

艦は相変わらず微速で進んでいる。進むといっても、微走のことだから一時間にやっと一カイリくらいのもので、広い海面からいえばまったく大したことはない。潜水艦が微走で二十四時間水の中を走っても、駆逐艦は三十分で追いついてしまうくらい速力の差はまったく比較にならないのである。

そのためからか、海上の駆逐艦は依然として攻撃をしかけて来ない。救助作業をしていたと思われる海上を漂泊していた駆逐艦が、再び動き出して南へ走り出した。艦内では誰もが同じように少し安堵している。

「このまま逃げ出せるかもしれない」という夢が皆の心の中にあるのは当然の人情であろう。

発令所からは潜航長がアルトの声で、「これで呉に帰ったら物凄い歓迎があるぞ。出迎えの内火艇が蠅みたいに、軍港に入って行くうちの艦をとりまいて……」と、ジャイロコンパスの台によりかかって、若い兵隊を喜ばせている。

そのうち、聴音室から「本艦の左舷のスクリュー音が大きい」と注意がある。左舷のスクリューが停止されてすぐ注油が行なわれ、また動かされたようだ。今度は音がないらしい。やれやれと思っているところへ、

「駆逐艦が三隻大きく散開したようだ。他の駆逐艦は停止しているらしく感度がなく

なった。左舷二十度の変な音は、本艦の位置を測定している音のようだ」

「右舷からも変な音が聞こえる」

「艦尾方向からも聞こえる」

「海面に何か撃ち込むような音が聞こえる」

と聴音室から緊張した報告が次々と聞こえる。おそらく駆逐艦は攻撃に移ったのだろう。超音波探信機や、レーダーで潜水艦の位置、進行方向、進行速度、深度等を測っているのであろう。艦は自然に、また総員潜航配置になった。

三つの駆逐艦が作った三角形の中に囲まれた艦は、ちょうど、猫の前の小鼠のようなものである。しかも猫は爆雷という物騒な爪を用意しながら、ジリジリと鼠につめ寄って来る。鼠としては、猫が飛びかかって来るのを待ってその爪が体に引っかかる直前に体をかわして逃げるほかはない。なまじばたばた暴れれば、かえって爪に引っかかるのを早めるようなものである。

艦は、いつでも水中高速を出せるように用意をして、駆逐艦の襲いかかるのをじっと耳を澄まして待っている。

「左舷二十度の駆逐艦は位置を変えている。左舷四十度、五十度……百八十度で停止した」

漂泊しているようだ。感度がない。

「各区爆雷防御はよいか。念のために改めよ」と伝令が叫ぶ。ちょっとの間、再び艦内は静まり返った。暴風の前の静けさとでもいうのであろうか。

私は机の引き出しから紙と鉛筆を取り出した。そして、駆逐艦三隻の位置と本艦の位置と時刻を記した。

この頃になって、聴音室から、駆逐艦は一等駆逐艦らしいと言って来た。いよいよ食うか食われるかの戦いが眼前に迫って来た。空母をやったのだからしかたがない、とあきらめればそれまでだが、そう簡単にあきらめられない。最後となれば、残っている魚雷二本、いや一本は不良品だから、残りは一本しかない。この一本の魚雷で、肉迫浮上雷撃という華々しい一手もある。だが、これは最後の手段だ。こんなことがチラリと脳裡に浮かぶ。走馬燈のように駈けめぐる過ぎし日のいろいろな出来事のスナップは甲高くなった聴音長の声でと切れた。

「百八十度の駆逐艦が動き出した。高速です。近寄る」

「水中高速」が下令される。艦は速力を増しながら取舵一杯、羅針盤が少しずつ回る。

「本艦にまっすぐに近づいて来る。感二」

なって来る。

直接に耳に聞こえて来る。キーンキーン、シュルシュルシュルと一刻一刻音は大きく

「近い、近い。まっすぐに近づく。感五」と言う頃になると、例の気味悪い推進機音がもう

「感三。本艦にまっすぐに来る」

「近い。近い。感四。まっすぐに来る」

「間もなく、直上……」と聴音長の声が響く。

「直上。爆雷」

と短く言うと聴音長は耳のレシーバーを机の上に投げ出して、聴音器のスイッチを切る。体の筋肉がぐっと引き緊る。両手を机について力を入れて、突っ張っている電機長の眼が天井を睨みつけている。

三秒、四秒、五秒……。

発令所では、先任将校が輪転台の上に腰を掛けて水平計を睨んでいる。そのうしろで、潜航長が左手の親指を右手で握って、足を踏ん張っている。

士官室配置の一等水兵が配膳台の下に飛び込むようにしてもぐり込む。

十二、十三、十四……とたんに、なんという物凄い衝撃だろう。

「ガン、ガン、ガン、ガン、ガン」

と艦の鉄殻がミシミシ、ビリビリと振動して、下ろしている腰がソファーからはね上げられる。

輪転台の上から先任将校が、「浅い、浅い、爆雷は浅いから大丈夫だ」と鋭く落ち着いて言う。と、電探のU字管から水がポタポタと落ちて来た。

また新手が来るぞ、という予感のもたらす新しい恐怖が、ほんのちょっとの間ほっとして深い呼吸をし終わる頃には、皆の心をぎゅーっとしめつけに来る。

「右舷の方向の駆逐艦は艦尾に移動している」という聴音長の声に続いて、各区から、「被害なし」の報告がある。やれやれと思う間もなく艦尾に移動した駆逐艦が高速で走り出した。艦も高速を出して急速回頭を始める。

「感三、……感四……感五……直上……爆雷」

三秒……四秒……五秒……十一秒……十二秒……十三秒……十四秒……ガン、ガン、ガン、ガンと鉄殻がちぎれるのではないかと思われるような恐ろしい衝撃が、ミリミリと艦を震わせる。

食器棚のコップが躍り上がって床に落ちて砕ける。棚の食器もこわれたようだ。

「各区、被害を知らせ」

各区とも被害はなかったようだ。外殻のことは分からない。重油タンクはどうだろう。ゲージに現われるほどの被害はないらしい。私は机の上の紙に駆逐艦Aの印の下に正正、駆逐艦Bの印の下に同じく正正と、いずれも落として行った爆雷の数を正の字で記入、位置の移動を書き入れて、艦の進行方向を矢印で記入する。

艦は深度百メートルで、再び微速に切り換えて電力の節約をしながら回頭して、なんとか逃れようともがいているのだ。

今度の爆雷のほうが打撃が強かった。爆雷の調停深度を深くしたのだろう。第三の駆逐艦がまたまた左舷から攻撃して来た。またしても爆雷十発の正確な攻撃だが、今度は深度がさらに深くされたようだが、回頭がうまく行ったので艦は左舷から大きくあおられ、今までよりもさらに強い衝撃を感じたと思うと同時に、士官室から前部兵員室の普通電燈が切れて、一瞬暗黒となってしまった。

前部兵員室で誰かが、「応急燈を持って来い。漏水しているぞ」と言う。

士官室の電燈も小さな球に換えられ、予備の球が少ないので、一個しか点燈しないことにする。前部の漏水はすぐ電気溶接されたのだろう。

「前部兵員室、異常ありません」と怒鳴っている。

と、遠くで、「機械室浸水」と悲しそうな声がする。折り返し、「落ち着いて浸水個所を調べよ」と言う艦長伝令の声がする。

最後の駆逐艦Cの攻撃が終わると、また三隻の駆逐艦は大きく散開して、測定を始めたようであった。

無気味な沈黙が艦を襲って来る。敵は方位測定をやっているのだ。

だいたい十分も経ったかと思われる頃、再び駆逐艦群の第二回目の攻撃が始まった。

今度は、駆逐艦が高速で動き出すと同時に深さをずーっと浅くした。潜舵と横舵がカラカラ忙しく回る。

「感四、……感五……」という頃には艦は深さ四十メートル辺りを走っていた。と間もなく、「直上、……爆雷……」

例によって艦は回頭も一緒にやっている。爆雷で両舷から狭まれては、たまらないからだ。

物凄い衝撃が、今度は下のほうから起こる。しめた。爆雷の爆発深度を深くしたのだろう。だが艦は深度をさらに浅くしていたのだ。

発令所の先任将校が、ニッコリ笑う。めずらしいことだ。先任将校の笑い顔なんて、きっと奥さんだってこんな会心の笑いを見たことはないだろう。

駆逐艦群の第二回目の攻撃を上手に逃れた艦は、再び深度を百メートルにして、じっと敵の第三回目の攻撃を待っている。

こんな攻撃が何回となく、次から次へと繰り返された。攻撃の度に、こんどは駄目かと、覚悟を決めたのは私だけではないようだ。

私の机の上の紙も矢印があまり多くなり、だんだんA、B、C艦が混乱してしまい、ただ爆雷の数の記録だけになってしまいそうだ。爆雷ももう二百発近く投げられている。最初は一回に十発も投げられた爆雷が、今では五発くらいになって、投下位置も疲れて来たのか大分ずれ始めた。この分ならなんとか逃げ出せるかな、と思っていると全然別の駆逐艦音が現われて、前の駆逐艦と交代した。爆雷がなくなったので交代したのだろう。ちょっと攻撃が中絶した。

この頃、私は士官室真上の上部構造物の辺りで、「カラカラン、カラン」という小さな音がするのに気がついた。金属であるのに間違いない。どこかに引っかかっているのだろう。怪しげな音なので、一応発令所の先任将校に届けると、「爆雷の破片でしょう」ということでそのまま話はと切れてしまった。

こんなことをしているうちに、またまた新手の駆逐艦の攻撃が始まった。一体いつまで敵の攻撃は続くのだろう。あまりにも徹底したと言おうか、たった潜水艦一隻にこの攻撃だ。物量豊富とはいうものの、聞いたこともない攻撃だ。なるほどこれではたまらない。苦しくなって自爆するか、浮上雷撃、砲戦をするような、とことんの時までこの攻撃を続けて行くのだろう。冷静に考えると、とてもいたたまれないような焦りを感ずる。ただイライラしながら暗澹たる前途を考えるだけであった。

爆雷攻撃は依然として続いている。

時計は知らぬ間に、どんどん時を刻んで五時間、十時間はまたたく間に過ぎてしまった。

艦内は不要電燈を消して艦内温度の上昇を予防しているのだが、電動機室の配電盤やその他電気関係から発生する熱はどうにもしようがない。

艦内温度はジリジリと上昇して、寒暖計の水銀が眼には見えぬ速さで一ミリ、一ミリと目盛線を上に上にと昇って行く。電燈の近くの寒暖計はそれだけ高温度を示し、暗いところのほうが、いくらか温度が低い。そして各区画によってまた温度が随分異なる。一番温度の低いのは司令塔で、摂氏三十五度である。船体の外に飛び出て鉄板一枚外は海水だから、たえず外から海水で冷却されているためだ。発射管室も外殻がないので、外は直接に海水だから幾分は涼しいが、その続きの前部兵員室から暑い空気が流れ込んで来る。前部兵員室と士官室の床下は電池室なので、ここから亜硫酸蒸気の混じった、ねばっこいムッとするような空気がどろどろした感じで排気管を伝って室内に出て、さらにこれがバリケットから溶岩のように重く流れて行く。

発令所は人数も多いし、計器のゲージ面を照らす内部や外部の燈りが多いので暑くて三十八度だ。機械室はエンジンが動いていないから発令所より幾分涼しいが、少しその艦尾の電動機室に近づくと皮膚がカーッとするほど熱い空気が流れて来る。バリケットを一歩電動機室に入ると、これはたまらない。両側にならんだ黒い配電盤からチリチリと焦げるような感じのする輻射熱を感ずる。バリケットの上にある寒暖計は、なんと四十五度だ。司令塔より十度も高い。その高い温度の中で電動機配電盤からの輻射熱をさけるようにして軽便腰掛けに、電機の下士官が配置についている。配電盤ゲージへの照明燈が裸電球でバリケットの上についているが、配電盤を見るたびに疲れた眼にギラギラとまぶしく感じる。しかし、これを消すと、速力通信器が暗くなってしまうのだ。

逃れるように後部兵員室に入ると、電動機室から流れ込んだ熱に厠と汗と脂の臭いが混じって、空気がねっとりして暑い。

爆雷攻撃の前に、飲料水の準備をする時間がなかったので、艦内各区にはもうとっくに飲料水がなくなり、あるのはサイダーだけである。乾いた咽喉をサイダーで潤そうとして栓を抜くと、暖まったサイダーの半分は外に流れ出てしまう。気持の悪くなるような甘味と温かく口中を刺戟する炭酸ガスの泡の感覚とが混じり合って、食道から胃の中へと落ちて行く。サイダーというものを、どうしてこんなに甘く作ったんだろう。もっと甘味の少ないほうが良いのに、と腹立たしくなる。

陸上で咽喉の乾いた時に飲むサイダーの快味はどこへ行ってしまったのか、こういう条件の下で飲むサイダーはまったくありがたくない味だ。他に飲料水があれば、こんなまずいものは飲まなくてもすむのにと、しみじみ思う。

ヤカンはとうの昔に空になってしまった。水の入っているタンクから水を汲み出すのには吸い上げポンプを動かさねばならない。この吸い上げポンプの音が馬鹿にならないほど響くから、無音潜航の時には水が汲めない。

艦内を一回り回ってくると、たまらなく咽喉が乾く。動かないほうが良いのだ。動き回ると汗が流れる。呼吸も荒くなる。無駄なエネルギーを使ってはいけない。それに艦内の酸素をそのために、少しではあるが余計に使ってしまうから、皆が動かないでじっとしているのが一番良いのである。

汗でじっとりとした士官室のソファーの上に横になる。肩が食卓の下の引き出しの角にあたるのを我慢しながら、眼をつぶる。もう三十時間も寝ていないのだから少しは眠らなければいけない、と思いながらじっと横になっている。汗が胸骨の辺りに溜まり出した。側胸部を伝って背中に回りソファーに吸い込まれる汗の流れて行く感じが、虫が体を這い回るようで気味悪い。手拭を拡げて胸にかける。手拭はすでに汗でしめっているが、次から次へと出て来る汗が、濡れた手拭に吸い取られて、虫の這うような変な感じはなくなる。

いつの間にかトロトロと眠ってしまったらしい。ソファーに浸み込んだ汗のベトベトする不愉快な感じと、胸を圧迫するようななんとも言えぬ息苦しさで眼が覚めた。

敵の爆雷攻撃は止んだようだが、いつまで経っても駆逐艦のスクリュー音は消えないらしい。あるいは爆雷攻撃で重油タンクでもやられて、重油の線を海面に引きながら、走っているのではないだろうか。そのために駆逐艦が艦尾にいつまでもくっついて来るのではないだろうか。敵は攻撃して来ないが、ついて来るのは、潜水艦が苦しくなって浮上するのを待っているのかも分からない。

眼が覚めると絶えず、こんな同じ恐怖が頭にこびりついている。そして、その他のことは何も浮かんで来ない。呼吸が苦しく、一呼吸、一呼吸をゆっくりと肋間筋と腹筋に力を入れて半ば意識的に呼吸をする。炭酸ガスも三パーセントはとうに増加しているだろう。熾烈な爆雷攻撃当時の総員潜航配置の連続で、だいぶ酸素を使ってしまったのが影響している。いつとはなしに総員潜航配置から第三警戒配備程度の配員になったのは、疲労から来る自然の命令だろう。

前部兵員室の聴音室はボーッと明るく、その光が暗い兵員室の床を八の字形に明るくしている。その明るい部分に人間の足が、だらりと投げ出されている。聴音長の足だ。三十時間におよび、潜水艦の耳となって活躍して疲労の極点に達して倒れて眠っているのだ。汗の玉を裸の体に、キラキラ光らせて寝ている。荒い呼吸だ、リノリユームの上に流れた汗が溜まっている。

私は聴音長の足をまたいで、いくらかでも涼しい空気をと思いながら、発射管室のほうに汗と油で滑りやすい床を注意しながらゆっくりと歩いた。早く歩くと呼吸が苦しいから自然動作が緩慢になる。

バリケットから一段低くなっている発射管室の段に足をかけて、体を通すと、兵員室よりは幾分涼しい空気が身体を撫でる。

とたんにグリースと重油の臭いが鼻をつく。兵員たちは内殻から直接に鉄鎖で吊したケンバス張りのベッドから、下の木の机の上にまで、皆死んだように横たわっている。一番上の段に見馴れた大きな頭が見える。掌水雷長だ。当直の下士官のベッドを借りて休んでいるのだろう。その頭を発射管のそばの青白く光っている昼光放電灯（＊）が照らしている。そろそろ禿げかかった胡麻塩頭に鉢巻を巻いている。

私は発射管のほうに近寄って、その左側のブツブツした鳥肌のような、ペンキを塗った内殻に手を当てた。幾分つめたい気持良い感じが手に伝わるが、それもすぐ温まってしまう。ここのほうが気分は良いが、寝る場所はない。立っていると呼吸がだんだん苦しくなるので、発射管室の食卓の隅に腰を掛けた。

遠くのほうでする何か爆発音のような音が、鈍く肉耳に聞こえて来る。まだ駆逐艦がいるのだ。攻撃の目標は他の艦になったのか？　それとも、友軍の飛行機が海上の連合軍艦艇を爆撃したのだろうか？　いやいやそんなうまい話はないだろう。この辺までは友軍の航空機は来られるはずがない。やはり敵の爆雷の音だ。あるいは潜列を敷いた他の潜水艦が攻撃を受けているのではないだろうか？　うちの艦が次から次へと敵を攻撃したので、対潜水艦警戒は当然強化されただろうから、あるいはこの警戒の網に引っかかったのかもしれない。起きているだけでも苦しいので、足を食卓からだらりと垂らして上体だけ仰向けに寝た。そしてジッとしていると、また疲れからトロトロとまどろむ。

鉄の棺の動物

　一体何時間経ったのだろう。腕時計はすでに止まってしまった。ネジは一杯に巻いてあるが、流れていく汗が時計の革バンドのところで止まって、革がふくれ上がっている。そこから汗が時計に浸入したのだろう。伊十一潜の棚橋七四郎とあの晩交換した、彼の手製の革のバンドだ。

　敵はあれっきり攻撃はして来ない。だがまだ聴音では、駆逐艦のスクリュー音が艦尾方向に聞こえる。

　微速で油跡でも追っているのか、一向に近づいて来ようとはしないが、浮き上がればレーダーですぐ発見されてしまう距離にいる。うかつには浮上することはできない。敵の計略にまんまと乗るようなものである。付近に島でもあれば、なんとか一息つく手段もないではないと思うが、あいにくと大洋の真っ只中だ。しかも太平洋で一番深い海と言われるマリアナ海溝の南端にいるのだ。

乗員全部が体をなるべく動かさないようにして、艦内空気の中の酸素の節約を心がけているものの炭酸ガスが刻一刻と増加して来るのは食い止めようがない。

普通の条件では艦内炭酸ガスは、七時間に一パーセントの割で増加してゆくのだが、潜航四十時間を過ぎた現在、一体何パーセントになっているのか分からない。それに各区画によっても異なるし、炭酸ガス、酸素測定装置は水を使わなければその検査ができない。その水がないのだ。もし浮上するとすれば、その直前になんとか一回だけでも測定して報告の必要がある。

こんな事を考えている間にも汗が流れる。手拭をしぼって、皮膚の表面をたたくように拭く。拭いたと思っても、また少し過ぎると疲れ切った汗腺から、塩辛い汗が流れ出る。今まで経験して来た汗は、こんな塩辛い汗ではない。汗腺が疲れて来ると塩分などが濾過されることなしに、どんどん体外に出てしまうのかもしれない。その塩辛い汗を何回も何回も手拭で摩擦するので、傷つけられた表皮の糜爛面に流れ込んで、むずがゆく痛い。手拭をしぼり直して、遠慮もなくキラキラとにじみ出て来る汗の小さな玉がだんだん大きくなって、ついに流れ始める頃に拭き直す。もう何回手拭をしぼり直しただろう。寝ていた後には体の形が汗でクッキリと、スタンプを押したように描かれている。

疲れ切ってしまった汗腺はもう発汗しなくなり、付近の糜爛面から細菌感染が起こって黄色く膿を持っている。ところによっては、汗胞疹のようにプックリと水を含んだようにふくれ上がっている。全身の汗の出が悪くなって来ると咽喉が猛烈に乾いて来る。サイダーを飲めば汗で悩まされるのは分かっているのだが、咽喉の乾きのほうが切実である。我慢できるところまで我慢するが、とうとう我慢しきれなくなる。床の脇にあるサイダーを取って、机の引き出しの把手の穴で栓をあける。ジューと音をたてて真っ白い泡が勢いよく瓶の口から吹き出すのを親指で押さえる。シューといって艦内に逃げる炭酸ガスを腹立たしく感じる。液の出が少なくなってから、ラッパ飲みに飲み始める。心地よい刺激が乾いた咽喉を潤す。それもほんの一時のことである。咽喉から食道へそして胃の中にサイダーが流れ込む快感は、そう長続きはしない。じりじりと心地よい胃の中のサイダーの刺激が、ものの二分も続かぬうちに、もう早くも全身の汗腺は、暗い電燈の下でキラキラと輝き始める。サイダーが体の中を素通りして汗腺から流れ出るのだ。キラキラと輝く小さな汗の玉が見る間に大きくなって来る。臭いを嗅ぐとサイダーの臭いがする。変なことだ。サイダーが本当に素通りするのだ。背中ではすでにタラタラと汗が流れて防暑服のバンドの辺りのズボンに吸い取られている。ズボンは汗を思いきり吸って重くベタベタと肌にくっつく。臀部から回った汗が、会陰部に流れて集まって来るのが良く分かる。陸にいるのだったら、ちょっとでも我慢できないような気色の悪さだ。ソファーはもう吸い取るだけの汗を吸い取ったらしく、腰を掛けたり手をついたりすると、汗がケンバスの上に浸み出すような感じがする。

汗と咽喉の乾きの他に炭酸ガスと温度との闘いも続けなければならない。士官室の炭酸ガスはもう四パーセントはすでに越しただろう。呼吸をするのにも努力がいる。ちょうど深呼吸をするように一回一回意識的に力を入れて呼吸しなければ息がつまりそうになる。引き出しをあけて、大切にとっておいた空気を、スーッと胸深く吸い込む。うまい。甘い。咽喉から胸の中が軽くなる。吸い込むと同時に引き出しを急いでもとのとおりに閉めて、第二回目の呼吸に使おうとする。だが第二回目は最初のようなわけには行かない。保存しておいた空気はすでに一回目の呼吸で吸い込まれてしまい、代わりに艦内の空気に置き換えられている。たった今吸い込んだ引き出しの中の空気のうまかった感じ。そして、それを冷たくさえ感じるのだ。真に物理的に冷たいのではないと思うのだが、感覚は冷たく感じる。不思議なことだ。

苦しい、と真実に思う。弱音は吐けない。忍の一字が潜水艦乗員の標語なのだ、と自分の頭の上に開いている冷却循環通風管の送風口を羨ましげに見上げて、つい先日、ちょうど艦が沖縄線上にあった時、あまり冷却が効き過ぎて士官室が十六度になったので、風邪を引くといけないと思って送風口を閉めたのを思い出す。せめてあの時の十分の一の送風でもあったらと、喘ぎながら考える。

じっとしていてさえこんなに呼吸が苦しいのでは、人力操舵をしている潜横舵手はどんなに苦しいだろうと思い発令所に入ると、潜横舵手が玉なす汗を流しながら喘ぎ喘ぎ「コトコト……、コトコト」と重い人力操舵のハンドルを回している。相当の力を入れているようだ。腕の筋肉の一つ一つにはっきり力瘤ができている。顔がむくんでいる。水分が皮下組織に貯溜しているのだ。そういえば潜航してから厠にはたった二回行っただけだ。そしてそのたびにあまりにも尿量が少ないので驚いたほどであった。

当直についている潜航長が、せわしい呼吸で、

「軍医長、酸素を出すように艦長に言ってくださいよ。こう苦しくっちゃたまりません。潜舵も横舵も人力でやっているんですから、潜舵手や横舵手がかわいそうですよ」

と心細そうな顔をして言う。

炭酸ガスは四パーセントを越している。確かに酸素を放出してよい時だと思い、司令塔に登っている先任将校に下から声をかける。

「上がっても良いですか？」

「よろしい」と言うので、ラッタルを登る。司令塔では艦長が小さなソファーに横になっている。方位盤のそばの三脚に掛けていた先任将校に、

「もう酸素を放出したほうがよいと思います。炭酸ガスは四パーセントを越したようです」と言うと、先任将校が、艦長を見て、

「出してよろしいですか？」と言う。

艦長は黙って頭を縦にちょっと振って許可する。

「伝令、酸素放出用意」と先任将校が命ずる。

伝令は、伝声管のところに立ってうれしそうな顔をみせたが、すぐ「酸素放出用意」と復誦し終わってから、向きをかえて、伝令管口に口を近づけて、大声で、「各区、酸素放出用意」と怒鳴る。

私は中間ハッチからラッタルを下に降り始めると、先任将校も続いてラッタルを降りる。発令所では、潜航長が酸素ボンベの元栓を捻っている。

「放出始め」と伝令の声が元気に響く。それ酸素だ、というので皆が酸素ボンベの囲りを取り囲む。潜航長が子供が大人をじらすような身振りをして皆をじらしていたが、間もなく弁が全開された。

「シュー……」という音と共に酸素ガスが眼に見えないが、だんだんと拡散して来るのだろう、呼吸が幾分楽になる。皆深い呼吸をして出て来た酸素を胸一杯に吸い込もうとする。

潜航長が例のとおり剽軽に、口をパクパクと音をさせながら「うまい、うまい」と言って、酸素を一人で吸ってしまうような身振りをする。と、そばの先任伍長が、「潜航長一人で酸素を全部吸っちまうつもりだぞ」と言うと、一同、しばらく忘れていた笑いをちょっとの間ではあるが心から笑う。

生存に最も必要なものが欠乏している状態から、その欠乏していたものが急に与えられたうれしさは表現できない。

「シュー」と最初は勢い良く出ていた酸素もだんだんと圧力が低下して来て、音の勢いが弱まって来ると誠に心細い。酸素はたったこれ一回しか放出できないのだ。あとはまた同じ状態になることははっきり分かっている。放出口の螺旋を逆に少し閉めて、二秒でも三秒でも長くその音を聞いていたいと思うのは私だけではないようで、潜航長が螺旋を少し閉めた。だんだん弱まりながらも音は続いている。

酸素ボンベに取り付けられている圧力計の針がだんだん零に近づいてゆく淋しさ……。

間もなく針が零の目盛の上に重なり弱々しくなった。かすかな音もいつの間にか消えてしまった。

放出した酸素の効果はまったく一時的であった。酸素が出てハシャギ回ったためによけい疲れたのではないだろうか。一時間も経たない間に艦は前より一段と元気がないように感じられた。

当直の交代も三時間交代が、二時間になり、一時間交代になり、とうとう三十分交代になった。当直を終わった潜舵手が自分の居住区まで歩いて行けないで、士官室の廊下にバタッと倒れてしまう。そして艦長室に上体を入れて、足だけ廊下に出している。リノリュームの上に溜まっていた汗が腰の辺りに浸み込む。

「大丈夫か？」と声をかけると、

「大丈夫です。ちょっと休めば」と苦しそうに言う。

「サイダー飲むか？」と聞くと、

「甘くて気持が悪くなりますから結構です」と喘ぎながら答える。

何か甘くない水はないだろうか、考えても思い出せない。そんな水は、艦にはタンクの水の他はない。なんとか一杯でも飲ましてやりたいと思うがどうにもならない。

発令所を電探室のほうに通り抜けようとすると、司令塔へのラッタルの陰の大きな缶が眼につく。浮上する前に見張員が洗眼の水を捨てる缶である。そうだ……と私は思い出した。あの缶は竹の子の水煮の缶だった。あの水なら甘味がないから、少しは生臭いかもしれないが飲めるかもしれないと思って、前部兵員室で主計長を見つけ、倉庫から大きな竹の子の缶を出してもらい、穴をあけて艦長室に引き返した。

「これなら甘くないから飲めるだろう」と言って倒れている潜舵手の口に缶の穴をつける。こわい口鬚がだいぶ伸びている口をとんがらせて缶から水をすする。

「ありがとうございました」と言って潜舵手は寝返りを打ち、大きな深い呼吸をしてそのまま動かない。私は缶を艦長室の入口のわきに置いて、苦しいのでまたソファーの上に仰向けに寝た。と、すぐ発令所から、

「軍医長、後部で患者が出ました」と伝令が言う。いよいよ患者が出始めたな、と予想はしていたことなので、飛び起きて後部へと狭い通路を喘ぎながら急ぐ。

電動機室の焦げるような配電盤の間を通って中部兵員室に行くと、機関科の兵曹が痙攣を起こしている。顔面蒼白で、額にはネットリした油のような汗が出ているのに

裸の体にはほとんど汗が出ていない。脈は速く弱い。私の来るのを待っていた看護長が、

「軍医長、カンフルを用意しました」と言って、後部兵員室からバリケットをくぐって入って来る。

「すぐやれ。一筒じゃ駄目だ」

とりあえず一筒だけすぐ注射をして、また注射薬を取りに後部に引き返す。すると奥のほうから、「馬鹿野郎」という看護長の声が聞こえる。そばについていた兵がすぐバリケットをくぐって後部に入ると、また「馬鹿野郎、何してるんだ」と同じように怒鳴る声がする。

私も何事かと思って後部を覗くと、何も変わったことはないように思えたが、上を見ると年少の機関科の兵が、ラッタルを登って後部の中間ハッチを開けて、さらに登り、艦の外に出るハッチの把手をグルグルと回そうとしている。下士官が素早く登って行ったが、すぐパンパンという平手で頬を打つ音がする。

間もなく足を引っ張って下に引きずり下ろした。下りて来た兵は厠の前に立つと同時に、バタンと倒れた。

額から油のような汗が出ている。先ほどの下士官と同じように体からは汗が出てい

ない、と思っているとピクピクと筋肉が動く。痙攣が始まるなという予感がする。用意を終わった看護長が馴れた手つきで強心剤の注射をする。

環境条件の悪い機関科の兵が、二名も相次いで倒れたのだ。そして若い兵は苦しみに耐えられなくなって艦外に逃げ出そうとさえしたのだ。

恐ろしい。ゾッと背すじに冷たい水をかけられたような気がする。艦外のハッチには錠が下りていなくても、いくら把手を回したって数十メートルの水圧で蓋をされているから、たとえ回しても開くものじゃない。

工廠の工員が潜水艦のことを『鉄の棺桶』と呼んでいたのを不意に思い出した。強心剤と人工呼吸で二人とも幾分良くなったので、私は発令所へ帰り、先任将校に空気清浄缶の使用をすすめる。

空気清浄缶というのは、炭酸ガス吸収装置であって、苛性ソーダが入っている大きな弁当箱のような形をした缶である。

間もなく長いゴム管のついた防毒面と清浄缶が重要配置の者と患者に渡された。

私も一つを取って缶を食卓の上におき、ソファーに腰を下ろしてから防毒面をつけてみる。凸凹のある長いゴム管のねじれを直すと、汗で湿っている頬にペタリと防毒マスクのゴムが都合よくくっつく。

深い呼吸をすると、冷たく感じられる心地よい空気が、ゴムの臭いと共に胸の中に入って来た。呼吸は確かに楽である。胸の中が急に楽になる。清々しく、疲労しかかった呼吸筋をいくらかでも休ませることができる。

吸い込む空気は酸素放出の時のような甘味を持った空気である。今まで、一呼吸、一呼吸が苦しかったのがずーっと楽になる。

これはよいと思う。これなら、まだまだ当分の間潜航しても大丈夫かもしれないと思い、追いつめられていた気持がいくらか気安くなる。どれ、この調子なら後部の兵員室の患者を見回って来てやれるなと思い、腰をあげて、ソファーから廊下のほうに体を食卓の角で曲げて出た。

そして苛性ソーダの缶を手にしたとたん、驚いたことには、缶は熱湯を入れたブリキ缶のような熱さである。これでは缶を持って動き回ることはまったく不可能だ。

私は缶を持ち上げるのを断念して、再びソファーに座った。

ゴムの管を通って来る空気は変な臭いが混じって、初めの頃のような涼味はもうない。思い切って汗でベッタリと顔についたゴムの面をとると、艦内のむっとする空気が鼻をつく。防毒面をしたために、かえって艦内の空気が苦しく感じられる。ちょっとの間楽をしたためにかえって苦しさを増したようなものである。

私は発令所の潜舵手が防毒面をつけたけれど、どんな風だろうかと心配になって、バリケットをくぐって発令所へ入って行った。

潜横舵手が並んでマスクをつけて舵のハンドルを操作している。床の上に置いた苛性ソーダの缶は、両脚の間に不安定なかたちで立っている。缶から出ているゴム管が、体の位置をちょっとかえるとピンと伸びた。私は潜舵手の後に立って、喘ぎながら声をかけた。

「どうだ、少しは楽か?」

「はい、楽です」

と面の中から言いながら、私のほうをちょっと振り向いた。とたんにゴム管がピンと張って苛性ソーダの缶が倒れて左足の内側に触った。

潜舵手は思いがけぬ熱さに驚いて、左手で缶をまっすぐに立てて私のほうを振り返りながら、足の間に置いた缶を指差した。

「缶が熱いです」という意味なのだろう。私はうなずいて、「化学反応の熱が出ているんだ」と言ったが、頭の中では、炭酸ガスを除去すれば、熱が発生する、炭酸ガスと熱といずれが恐ろしいだろうかという疑問が、私をしめ上げる。何もかも分からないことばかりだ。そして環境は悪循環以外の何ものでもない。

艦内の環境条件は刻一刻と悪くなって行く。潜航後四十時間頃までは算術級数的増悪であったのが、潜航五十時間を過ぎてからはこの増悪が幾何級数的になって来た。つい四、五時間前までは驚くくらい流れ出していた汗が、いつの間にかだんだんと少なくなって来ている。汗腺までがほんとうに疲れて来たのだ。体内に蓄積される老廃物が、出口を失って体の中を流れ回っているのだと考える。身の置きどころもないような身心共に疲れ切った状態に立ち至ったのは、それから間もないころであった。

司令塔は温度が低い上に比重の重い炭酸ガスは、ハッチから発令所へと流れ下りるので条件が一番良いためか、発令所やモーター室の苦労は分からないでいるのだろうとうらめしく思う。

人間は苦しくなると喚き始める。喚いた後はさらに苦しくなるのが分かっていても喚くものである。だがこういう条件の下では、喚くことはすぐに呼吸の促迫を来すから、肉体的には喚かないで、ただ精神的に喚くだけである。

一体あと何時間潜航していなければならないのだろう、この苦境を切り抜けられるのだろうか、こんな疑問が絶えず頭について離れない。そして繰り返し繰り返し同じことを考える。

この苦しみのままでは死にたくない。せめて一呼吸でも海上の新鮮な空気が吸いたい。新鮮な空気さえ一呼吸できればもう死んでも思い残すことはない。航空母艦を沈めているんだ。潜水艦が航空母艦と刺し違えて死ぬのなら、それだけでももう立派に役目を果たしているのだ。今まで空母を沈めて無事に帰ってきた艦は、よほど運の良かった奴なんだ。大抵は対潜攻撃でやられてしまったんだ。この艦もあるいはそうなるかもしれない。今、やっと聴音の感度が遠くなったが、これも額面通りに受け取るわけには行かない。敵の計略かもしれないのだ。

熱と湿度と炭酸ガスと酸素の欠乏と最後のとことんまで戦って行くのが、潜水艦乗員の生き抜く道なのだ。

短気を起こして、浮上して新しい空気を一呼吸しただけで、攻撃して来る敵艦の火砲の前に、瞬時に倒されるのはまったく残念なことだ。

むしろ浮上決戦をしないで、このまま環境の増悪の前に倒れるのが潜水艦乗員の生き抜く道だ、と考えるものの、固く植え込まれた「忍」の精神がなければ、とてもできない仕事である。そして、この「忍ぶ心」は艦長への信頼感が信仰にまでも昂まっていなければできない仕事なのだ。

艦内はさらにさらに苦しくなって来た。発令所の寒暖計は摂氏で四十二度に近い。

あと髪一本くらいで四十二度になる。電動機室の寒暖計はすでに五十度を越した。華氏では百二十度を越している。

機関科の下士官、兵の半数はすでに鬱熱と炭酸ガスの中毒症状が現われている。看護長が次から次へと注射しているが、看護長自身ももうまいりかけているようだ。それでも一生懸命に、私に活躍が見てもらいたいのだろう、フーフー言いながら手際良く看護している。出撃前、「貴様と俺が、注射器を持って駈け回るようになる時は、熱くて息苦しくて、艦が沈むかどうかという絶体絶命の時だよ」と言っていた時が来たのだ。

私は後部のことを看護長に頼んで、前部兵員室へと艦内を逆行して、艦首のほうに歩いて行った。

なんと言っても一番元気なのは司令塔配置の者であった。艦長がそばにいるということもあるだろうが、気温が一番低いということが何よりの条件である。

前部兵員室へ私が行った時には、すでに下士官と兵三名が、まいりかけていた。そのうちの一人は、ゲーゲーと苦しそうに嘔吐していたが、間もなく蛔虫を一匹吐き出した。蛔虫もついに生命の危険を感じて、飛び出したのかもしれない。私はすぐそばの例の小さな治療室から麦粒鉗子を持って来て、吐き出した蛔虫を挟んで厠に捨てようと思って、厠の戸をあけて中を見ると便器の中は小便が一杯で、そのそばに石油缶が置いてあり、これも小便で一杯である。その小便の中に大便の塊が何本も浮いている。便溜タンクが長い時間の潜航で一杯になってしまい、それがブロー（＊）できないのだ。

私は麦粒鉗子に挟んだ蛔虫を赤い錆止めでゴテゴテと塗りあげた便器の上に持って行って、鉗子の足を開いた。ポチャンと変な音をたてて蛔虫は小便の溜まりの中に沈んで行ったが、私は急に気持が悪くなって来て、額に汗がじりじりとにじみ出て来るのが感じられたのと同時に、手足から力が抜けるような悪感が襲って来たので、急いで厠の外に出た。

体を固く曲げながら、小便溜まりの中に落ちて行った薄桃色の長い虫の不格好な姿が、いつまでも眼底に残って仕方がなかった。

蛔虫を嘔吐した下士官は、注射が効いて来たのか、虫が出てしまったためか、ずーっと落ち着いて来たようであったが、私自身のほうがむかむかしてたまらなかった。

私は士官室に帰って、ソファーの上にバタンと倒れた。

発令所から艦首のほうに続いている潜舵の回転軸が、コトコトコトコトと音をたてて動いている。

ほとんど乗員の七十パーセントがすでに相当の症状を呈して来た。それでもなお頑張ろうとしている。

ちょうど苦しい最中であった。

艦長が司令塔から降りて来て士官室に入って来た。艦長室からウイスキーの角瓶を片手に持って私の前のソファーに座った。

「軍医長、一杯やろう」と言って、自分で葡萄酒グラスにウイスキーを注いだ。そしてなめるように、ウイスキーを飲み始めた。

私は艦長の顔をじっと見た。むっちりした顔に相変わらずの少し三角がかった細い目、顔は汗と油で暗い電燈の下でも光って見える。艦長は六艦隊長官からの餞別のウ

イスキーを一杯干すと、

「軍医長、何かおいしい物が食いたいなあ」と言い出す。

食欲のない私は、艦長のいう言葉に、残っていた精気をかき立てられるような気がして、熱で弛緩してしまった血管がギューと引き緊るような思いがした。私は座を立って前部兵員室へのバリケットから首を出して、「主計長！　主計長！」と呼んだ。

暗い中から「ハイッ」と体に似合わない細い元気のない声がして、間もなく士官室へ主計長が入って来て、私と艦長の座っている第二卓の端のところに立った。と艦長が、

「おいしいものを出せよ。今食わないと食う時がないぞ。兵員室のほうへも何でも出してやれ」と言う。主計長は黒い略帽を片手に持って、倉庫のほうへ急ぎ足で去って行く。

「軍医長、飲まないのか？」と艦長が、少し笑いながら言う。

私は酒が好きだったけれど、とても飲む気になれない。それでも、「ハイ」と言ってまたグラスをなめた。

間もなく主計長が栗の甘煮とか、フルーツの缶詰、ゆであずきの缶詰、あんずの缶詰といろいろの缶詰をかかえて来た。

「ヨシヨシ。兵員室にも出したか?」と言ってから、素早く開けた栗の甘煮を楊枝で一つ突き刺して口に入れて、私のほうへ瓶を押し出した。

艦長のこういう行為から、私を始めとして主計長も、発令所の者たちも、艦は間もなく浮上するのではないかしらという印象を受けた。

艦長はいろいろな缶詰を少しずつつまんでウイスキーを二、三杯飲み干すと、白い鉢巻を腰のバンドから引き抜いて頭にゆわえた。そして、だまってソファーから立ち上がって発令所に消えたと思う間もなく、

「聴音室、しっかり聴音せよ」と伝令の声が元気に響く。

「艦尾方向に微かにスクリュー音がある」と報告する。

浮上するのかな?　と艦内は患者まで起き上がって次の号令を待っていると、

「総員潜航配置につけ……、総員潜航配置につけ……」

と命令が出た。それ浮上だ。

皆、喘ぎながら居住区から配置につく。

残っている体力のすべてを出して艦はだんだんと深度を浅くしていく。潜望鏡が上げられたらしい。と伝令が、

「今より浮上する。各員の配置を厳重に改めよ」

いよいよ浮上だというので重い患者を除いて、ほとんどすべてが元の配置につく。患者は、新しい海上の空気を吸えば治ってしまう病気なのだ。今までどこにこんな力が残っていたのかと思えるような力が出る。

「潜航止め、浮き上がれ……」

艦は深さをどんどん浅くしていく。水平計の中の潜水艦の模型図が艦首を持ち上げる。

「メイン、タンク、ブロー」

艦の外殻に注入される圧搾空気の音が、心地よく艦を振動させる。艦は電探故障で失明状態である。一か八か。

人力操舵から再び動力操舵に変えられた。

冷却通風機が作動した。

海面に浮いたのであろう。艦は左右に軽くローリングし始めた。

私は発令所に出ていたが、ふとそばにある気圧計を見ると、針が一・八気圧を指している。艦内気圧は高い。艦橋のハッチから出る時には、人間ばかりではなく空気も一緒に出ようとするだろう。あるいはひょっとすると見張員が飛ばされるかもしれない、と考えたので、司令塔のほうに上を向いて、

「気圧が高いから出るときに注意しろ」

と怒鳴ったが、低圧排水ポンプの音で消されてしまって、聞こえたのか、聞こえないのか返事はなかったが、すこし遅れて、司令塔で何か騒いでいるようであった。一番見張員がハッチを開いたとたんに、ポーンと天蓋にまで投げあげられ、いやというほど頭を打ったらしかった。艦内の高い気圧が艦外に逃げ出す時、ちょうど一番見張りの信号兵が空気銃の弾の役目をしてしまったわけだ。

ケガをしたかなと心配したが、たいした事はなく、すぐ見張りに立ったようであった。

と、機械室からの聞き馴れたディーゼルエンジンの大きな爆発音が鼓膜を打った。

その大きな機械の音が合図のように、さっきとは逆に物凄い速さで海面からの新鮮な風が、ゴーッと音をたてて風速四十メートルで飛び込んで来た。

サラサラした、甘い冷たい空気が飛び込んで来た。おいしい。口腔から咽喉にかけて甘さが心地よく浸み込む。胸の中がすーっと軽くなる。

思わず、欲張って深く深く空気を吸い込む。一度吸い込むと、ジーッと胸の中に空気を入れたままにしておく。頭から顔、顔から体を、その新しい涼しい空気が、今までの苦悩を流し去るように心地よく滑って行く。そして胸一杯空気を吸ったまま、近くの者たちが互いに顔を見合わせてニッコリと笑う。

そばにいた潜航長が私の身体をつっ突く。なんだろうと思って、その指さすほうを見ると、鼠が五匹も一列に並んで、私たちと同じように新しい空気を吸っている。鼠もさぞ苦しかったろう。鼠の髭が風でブルブルと動いている。お互いに体をぴったりとくっつけて。

暖いねばねばした感じの空気が士官室のほうから発令所を流れて機械室のほうに吸い込まれて行く。それに続いて、新しい空気の中に汗と脂となんとも言えない臭いが混じって鼻をかすめる。

艦は微速で全力充電している。積算電流計のゲージが数を増して行くのよりも早く、艦内の空気は一秒、一秒、海上のサラサラした新しい甘い空気で置き換えられていく。

帰投命令

先任将校と掌水雷長と非番の見張員二名が司令塔に登って行った。私が報告した士官室の上に当たる上部構造物の中の怪しげな音の原因を確かめに行ったのだ。まだ危険状態から完全に脱出したわけではないから、この仕事自身非常に危険な作業なのだ。

先任将校と掌水雷長が左舷と右舷に分かれて艦橋の両側のラッタルから甲板へ降りて、格納筒からカタパルトのほうへ上部構造物およびタンク、その他の異常を見ながら進んで行った。と、掌水雷長が「先任将校……ここです。ありました」と怒鳴る。格納庫の前を回って左舷のほうへ、先任が走るように、潮で濡れて滑りやすい暗い甲板を、声のほうに近づいて行く。

「爆雷だ……、不発で良かった」と驚いた声が咽喉にからまる。

「投射爆雷だ……艦長に報告しよう。……まてよ、……信管だけ先に除いておこう。どれどれ、これがここへ来ていると……」と言いながら先任将校は手際良く信管を取り除き、爆雷の監視を掌水にまかせて艦橋のほうに向かって、

「めずらしい小型の投射爆雷がありました。信管を取り除きましたから、カタパルトの先の艦首につけて行きます」

「危険だから海へ捨てたほうが良くはないか？」と艦長は艦橋から安全第一の立場で言うと、また下から、

「信管を取ってありますから爆発しません。大丈夫です」と先任将校は爆雷を持って帰りたいらしい。

艦長は危険物は海に捨てる方針なので、

「大丈夫か？」

「大丈夫です」という問答の末に結局、爆雷は艦首に針金でゆわきつけて持って帰ることになった。

爆雷を艦首にゆわきつけて、先任将校と掌水雷長が艦内に引き上げると、すぐに艦は一戦速になり、速度を増して南東に向かって進んだ。

電信室では二十四日、二十五日および二十六日の三日間にわたる苦闘を打電した。

内地で受信したかどうか分からない。電信の打ちっぱなしである。呼び出して送信したりなどすると、敵に方向探知されてしまうので受信したかどうかは後でなければ分からない。だからはなはだ心細いけれどどうしようもない。どうかうまく受信してくれますようにと祈りながら打電する。

打電してしまうと、艦は早く位置を変えるべく速度をさらに上げて南東へと戦場を離脱した。幸いなことに敵にも遭遇せず、充電もだいぶできたので二時間も経った頃には潜航してしまった。

浮上中に用意した缶詰料理も、二時間前には夢のような話であったが、浮上して冷たい空気を思う存分呼吸したので食欲が出て来た。また飯の缶詰が食卓を飾ったが、今度は胸が一杯で食欲がなく何も食えない。ビタミン錠をタンクからの水で飲んでから先任将校に爆雷の話を聞く。

われわれにとって幸運であった不発の爆雷という奴は、およそ今までのわれわれの爆雷という観念からはほど遠いものであった。そしてそれがまったく新しい恐るべき兵器であるという先任将校の意見は、その想像と共に私たちを慄《ふる》え上がらせた。

以下先任将校の説明を簡単に記そう。

直径二十センチの太さで、長さ四十センチほどの鋼鉄の缶の中に爆薬が詰まっており、その中心を通っている軸が缶の一方向に約四十センチ突き出ており、その先にプロペラがついている。軸の先には触発の信管がついているという誠におかしな形をした小型爆雷であった。

駆逐艦の上から一時に十本くらいのこのような怪物が、レーダーや超音波探信機や磁気探知機で確認した潜水艦の進行方向の線上にポンポンと撃ち込まれるのだろう。そして潜水艦はこの小さな恐るべき沈降する爆発物の簾の中へ静々と突入して行き、その結果としてどれか一本にちょっとでも触ろうものなら、恐ろしい爆発が直ちに起こり、普通爆雷よりも確実に致命的な損害を潜水艦に与える仕掛けになっていた。だからこの小型の新しい爆雷の簾をくぐって無事であるということはまったく不可能に近いことだったわけだ。なんという好運であろうか。悪運強いというのがこういう時に本当にぴったりする。

その不可能に近いことが私たちを救ったのだ。

今までわれわれの全然知らなかった敵の対潜攻撃の新兵器を運良く分捕ることができた喜びは、敵の執拗な対潜攻撃から完全に逃げのびることができた喜びに加わり、われわれをまったく有頂天にしてしまったが、五十時間の凶夢で食欲が全然なくなってしまった。

しかし、いくら信管を取り除いてあるとはいうものの、その爆雷が艦首にくくりつけてあるというのは、あまり良い気持のするものではなかった。特に発射管室の連中は、自分たちの頭の上に爆雷がくくりつけてあるというので、気持悪がっているようであった。

軽い食事が終わると急に疲れが出て来た。足かけ四日間の疲労が出たのだった。冷却通風の気持良い冷たい風が、送風管から「スー」と音もなく室内に流れて来る。つい先ほどまで悪戦苦闘した汗腺がこんどは休息して、腎臓が活躍し出したので厠にゆく者が多い。

艦は乗員をなるべく休ませるために、自動懸吊装置を作動させ配員を最少限にして、深さ四十メートルで静かに眠りについた。深い深い谷底に引きずり込まれるように眠りこんだ。

自動懸吊装置の調子は非常に良かった。艦は深さ四十メートルと四十一メートルの線の間を静かに上下運動をしていた。わずかな当直を立てて、十六時間の安眠をむさぼった。

長い長い凶夢にさらされた心身の疲労が幾分回復して来た頃であった。

艦隊司令部からの電令が入電した。

「伊五十六潜は直ちに呉に帰投せよ」というのがその電文であった。

一度死ぬような思いをした場所というものは後さえ振り向きたくないものである。ましてその場所に留まっているというのは耐えられないほどイライラするものだ。また同じような事が起こるのではないかという不安な気持が、払いのけようとしても固く頭の心《しん》にこびりついて離れないし、考えることは、次から次へと同じ場所を空回りしてしまう。こんな気持でいたところへ、この命令が入電した。

何かほっとした気持がして、士官室の空気も、兵員室の空気も、いつの間にか平静の元気を持ち直して、賑やかになり、やっとあの凶夢のような長時間潜航の苦しみを、この電文一本が忘れさせてくれそうであったが、まだ皮膚の表面には、はっきりと汚らしい痕が残っていた。

食事を終わって間もなく、第三直見張員が発令所に集合し、例のごとく洗眼を終わりラッタルの下で「潜航止め」の号令を待っていた。航海長は電探の故障をなんとか直そうと思って、配線図とテスターを使って、狭い電気室で忙しそうである。

その前の通路を烹炊室の立ちこめた蒸気が発令所のほうへ流れて行くのが感じられる。

「航海長、電探は直りそうですか?」

「直せることは断言できるのだが、いつ直るか分からないですよ。何しろ真空管は大丈夫なんだ。ところがどこをやられたんだか分からないんで困っているんだ」と、航海長は電探兵と共に忙しそうに検査をしている。

烹炊室で主計長は空缶を足で踏みつけて平らな板にしていた。浮上した時に捨てるつもりらしい。見張員も二人ばかり主計長の空缶踏みを手伝っている。

見張員の集合から「潜航止め」までがあまり長いのでどうしたのかと思っていると、前部兵員室から、「厠ブロー終わりました」と言う。

浮き上がってからはまずいので、潜航中に注意深くブローしたのだろう。いよいよ浮上だ。見張員が次々と、暗くした司令塔に登って行く。

聴音が厳重に何回も繰り返される。いつもならここで対空、対水上の電探捜索がされるのだが、故障なので心細い。聴音では四周に音源はない。

「潜航止め、浮き上がれ」

艦は浮上を開始した。

「メイン、タンク、ブロー」の心地よい音が艦を震わせる。と、すぐこんどは波が軽く左に右に艦をゆすぶる。

ディーゼルエンジンの元気な音が祖国への一歩、一歩を「ドガン」という始動の音と共に心地良く刻み始める。

　機関長はちょっと主機械を見回ると、また士官室に帰って来てドッカとソファーに座った。

「機関長、主機械の調子はどうですか？」と電探の配線図を拡げた航海長が聞く。

「エエヨ。帰ることになったら機械まで元気がエエヨ。一戦速ちゅうたら二戦速出るわ。それにうちの機械は航海長の腹のようにちちと油食い過ぎても腹下りせんで可愛い奴じゃ」

　すると航海長は、

「主機械ばかりじゃなくて機関長も酒じゃ腹下りはしないでしょう。そういえばそろそろ油が切れかかっているんじゃないですか？」と機関長を逆襲する。

　艦は充電を少なくして、高速で北東に向いて主戦場よりの完全離脱を急いでいた。荒天模様の高い波を蹴立てて進んでいるのだ。月はまだ出ていない。肉眼の見張力だけなら敵と競争しても、そんなにひどい差はないのだが、なんといっても電探と逆探いずれも故障ではいかんともしようがない。早く充電して早く潜航してしまうのが安全であるが、そうすれば幾日も幾日も戦場の近くをぶらついていることになる。一刻も早くレイテとニューギニアのアドミラルティ軍港、ホーランジァ軍港およびサイパン島、ウルシー環礁を結ぶ敵の海上補給路線外に出なければ危険である。

重要補給路は時には幅数十カイリにわたる掃海が海上および空中からされることがあるのだ。

三十分毎に一回ずつ磁気探知機を持った航空機が低空で海面をジグザグに飛び回ることすらある。こんな哨戒にでもぶつかろうものならそれこそ運のつきである。艦は北東へ向かって二戦速で進んでいる。艦尾に長い真っ白い泡の線を曳いて、その線が夜光虫でボーッと光っていつまでも消えない。潜水艦にとっては夜光虫は大の苦手なのだ。

体当たり

見張員は望遠鏡の接眼部にあるゴム輪を、グッと顔に押しつけて左から右へ、そしてまた右から左へと何回も何回もなにも見えない不確かな水平線を睨むように哨戒している。艦がローリングすると、ゴム輪が顔に食い込んで痛くしびれる。眼が充血して来たのだろう。腫れぼったくかゆそうだ。

哨戒長は右舷の艦橋のすぐ後部の台に登って天蓋の上に顔を出して、手持ちの双眼鏡で哨戒している。時々対物レンズが、艦首にぶつかる波の飛沫で濡れてしまうとみえて、頸に巻いた手拭でレンズを頻りに拭く。そして拭きながら見張員をぐるっと見渡す。

皆だいぶ、眼が疲れてきているようであった。四番の見張員も望遠鏡から顔を離し

て頭の手拭で顔を拭いてからちょっと眼を押さえた。哨戒長がこれを見て、

「もうすぐ交替だ。しっかり見張れ」と疲れてきた見張員を励まして間もなく、突然に一番見張員が、

「前方艦影……駆逐艦……近い」と言いながら一番望遠鏡の防水の蓋を閉め始めた。

艦長がその右前のところで間髪を入れずに、「両舷停止。潜航急げ」と命じながら、すぐにハッチから司令塔に飛び込んで行った。見張員が素早く次から次へと艦内に飛び込む。

艦内では急速潜航の警急電鐘が物騒がしい音をたてて鳴っている。艦は艦首を下にしてじりじりと潜航を始めた。艦長が潜望鏡に飛びつくようについた。

「上げ」と言う。潜望鏡が上がり終わろうとする時には聴音室から、「右四十五度、駆逐艦推進器音、感五」と怒鳴る聴音長の甲高い声に続いて、艦長が「下げ」と鋭く命ずる。潜望鏡が下げられる。艦長は潜望鏡から身を離して右舷の壁に手をかけて眼を瞑った。

航海長と砲術長が、それに伝令も、皆じっと艦長の顔を凝視している。すべてが遅かったのだ。潜望鏡が海面に出て目標を探そうとするまでもなく、眼鏡いっぱいに真っ黒い駆逐艦の艦橋が映っていた。もう駄目だろう。距離はあまりにも近過ぎる。艦

は一番見張員が敵を発見する前に敵に発見されているのだ。レーダーだろう。駆逐艦は白浪をけって全速力で近づきつつあったのだ。そんな事とはまったく知らないで肉眼の見張りだけで、われわれの艦は駆逐艦に自分から近寄って行ったのだ。鼠が猫の前にチョロチョロと飛び出してしまったのだ。

艦長は駆逐艦があまりにも近いので、おそらく艦橋を乗り切られると思って観念の眼を閉じたのだ。艦はいくら気を揉んでも、深度は思うように早く深くはならない。この一秒、なんという長い一秒だろう。この一秒の差で助かるかどうかが決まるのだ。

三秒……四秒……二十秒……二十一秒……。

聴音室からは甲高く「近い、近い……」と怒鳴る。

その間に肉耳にもはっきりと例の、つい二十時間前まで、さんざん脂をしぼられた駆逐艦の推進器音が「キーン、キーン、キーン」という金属性の高い音と、「シュル、シュル、シュル」という水をかきまぜる音とが混じり合って聞こえて来た。

「来たな……」

皆がそれぞれ下腹にぐっと力を入れて、来るべきものに対して心と体を緊張させた。そしてその緊張は、海面を白浪をけって潜水艦に体当たりして来る駆逐艦の推進器が発する音が大きく、高くなるのにつれて緊張の度を加えていく。胸がふくらむ。知らず知らずに呼吸が多くなり、吸い込んで空気が下腹部の筋肉の緊張と押し合って体の中の圧力が高まって来る。そうしなければ不安なのだ。

艦はぐっと艦首が下になって艦尾が海面上に出たのだろう。無気味な「ガラ、ガラ、ガラ、ガラ」という自分のスクリュー音が聞こえる。

ああなんという歯がゆさだ。艦尾を空中高く振り上げている様子が頭の中に浮かんで来る。そしてその艦尾を目標に駆逐艦がつっかけて来ているのだろうと思うと、たまらなくじりじり気がせく。

潜航長がベント弁のコックの前で、「南無三！」と言いながら眼を閉じると同時に、艦尾まで水の中に入ったとみえて空回りのスクリュー音が止んで、駆逐艦の鋭い大きな推進器音が頭上を通り過ぎて艦尾の方へ右舷から左舷へ斜めに通って行き、駆逐艦の艦底と潜水艦がどこかで触れ合ったのだろう、「ガリン……」と鋼鉄を引きちぎるような響きをたてた。体にビーンと響く。

船体を乗り切られるのをかろうじて逃れたなと思う。

一秒……二秒……三秒……四秒……。

爆雷は落とさなかったのかなと思う。

……十秒……十一秒……十二秒……十三秒……。

とたんに、なんという音だろう。床を「グーン」とつき上げるようにして爆雷が、「グワングワングワン」と響く。

艦は艦尾を爆雷の煽りで下から押し上げられたのであろう、水平計の艦首が急に下に傾き、深度計がどんどん数を増す。食卓の引き出しが艦首方向に「ストン、ストン」とひとりでに飛び出す。棚の戸が空いていたので、食卓の上の棚の書物がバタバタと落ち、食器がガラガラと音をたてる。

艦長室でも、何か机の上から落ちたようだ。艦はますます艦首を下にする。深度計の針がグーッと回る。潜舵手が真剣になって、カラカラとハンドルを回しているが水平計はなかなか平らにならない。艦は深度をどんどん増して、深さ百八十メートルでどうやら水平になった。安全潜航深度を越すこと八十メートルだ。どこかきっとやられただろうという心配が皆の頭を痛める。

また、敵の爆雷攻撃だ。一体今度は何隻くらいいるのだろうかと、先日の敵の徹底的な爆雷攻撃が、身心にいやというほど浸み込んでいるので、死神の手が咽喉仏にぐっとかかったような気味の悪さだ。またか？　それも敵を攻撃しないで、という残念さと電波兵器なき結果のみじめさ。なんというみじめな結果だ。

聴音室からは、われわれを攻撃して来た駆逐艦は大きな艦隊の護衛駆逐艦らしく、大艦の推進器音が右舷前方に聞こえると報告して来る。

司令塔から発射管室に襲撃用意の命令が出た。魚雷は二本しかない。その中の一本は不良品だ。それに艦はすでに発見されてしまっているのだ。

「魚雷戦用意」

襲撃成功の見込みはほとんどないだろう。だがもし駆逐艦が先日のような対潜攻撃でもやって来るなら、今度は最後の手段しかない。攻撃して来る駆逐艦を襲撃する以外に手はない。

乗員の精神および肉体は疲れ切っている。今度は先日のようにうまく逃げおおせるかどうかは分からない。以前と状況がまったく異なるのだ。あるいはこれが最後になるのではないだろうか、という心配が皆の脳裡を駈けめぐる。先日のあの爆雷攻撃を逃げおおせたのは天佑なのだ。が、こんどは駄目かもしれないというような悲観的な気持が皆を襲っていた。

敵の第一撃を間一髪というところで避けることができたが、すぐに第二撃、第三撃、と連続してやって来るだろう、という乗員一同の心配する敵の爆雷攻撃は、幸いなことにそれきりやって来ない。ノーカード（＊）なのだろうか。あるいはすでに潜水艦に攻撃をうけて浮き足だって逃げているのだろうか。とにかくわれわれにとっては誠に幸いなことには、敵のこの艦隊は南へ南へと早い船足で走り去って行った。

　聴音は戦艦と思われる推進器音を中心に大艦がさらに三隻と駆逐艦数隻であるようだと報告した。そしてその感度は刻一刻と薄らいで、三十分も経った頃には微かにしか感度がなくなった。

　われわれのほうは大した被害はないものと思っていたら、先ほどの爆雷の一撃で縦舵器に故障が起きたらしく、大きな急速の回頭は不能となった。それに急速潜航で横舵が出し放しになっているところを下から爆雷で蹴り上げられたので、引っ込めることができなくなってしまい動かなくなったので、艦は艦首を上にして傾斜して潜航している。

　実際、艦は満身傷だらけであった。潜望鏡はガラスに罅《ひび》が入って使えなくなってしまっていた。電波兵器は全部使用できないし、横舵は引っ込めるわけにいかなくなっているし、縦舵機も破損というわけではないが危なっかしい状態である。他にもきっとわれわれの知らない破損があるかもしれない。いずれにしろ、暗闇の駈け足は一番危ないというわけで、最も安全確実な潜航主義で、浮上する時は充電のための浮上というような工合で、北へ北へと四国の土佐沖を目指して一路北上した。そして対潜警報を受信しては、航海長は忙しく海図に記入した。

艦内は北上するにしたがって涼しくなり、また掃除も行き届いて来たので清潔になったが、乗員の顔はなんとなくむくんで青ざめていた。

士官室では誰とはなしに、またいつとはなく垢すりが流行し出していた。頸や足、腋の下から大胸筋の辺りまで時によると太腿の辺りまで、大抵は右の人差指で皮膚をゴシゴシとこすっていると、いつの間にか長細い真っ黒な垢の棒がニョロニョロとでき上がった。

この垢の棒をサイダーの瓶の中に入れる。毎日暇さえあれば全身の垢を棒にして、このサイダーの瓶に集める。よくこすって太い垢の棒ができると、そのこすっていたところは、その周りと比べると白く感じられる。これは、はなはだ汚らしく感じられるが、やってみると見ているよりははるかに良い。もしこんな体に石鹸でもつけて洗うものなら、それこそかえっていつまで経ってもしまつがつかなくなるくらい垢が下から下から浮き上がって来るだろう。

砲術長はもう瓶に三分の二くらいためていたし、分隊士はそれより少し多いようだった。そして明日はこの辺まで来るだろうとか、呉に入港する時にはいっぱいになるだろうと楽しみながら垢をこすった。

毎日の大部分が潜航しているので、のんびりしていた。浮上する時だけは総員びく

びくもので、潜航長と掌水雷長は毎日、艦内神社に参詣して、

「今日もなにとぞ駆逐艦にぶつかりませんように、南無阿弥陀仏」

お経を混ぜ、柏手を打って一生懸命にお願いしていたが、その甲斐あってか、われわれは毎日、無事な潜航を繰り返していた。

そして、もう四国の山々が見えるだろうという辺りまで来た。艦内は誰もがうれしさを包み隠せないようであった。

士官室では例によって気の早い砲術長と寒がりの先任将校が一番最初に防暑服を脱いで、くちゃくちゃでカビだらけになった略服に着がえていた。戸棚の奥にしまっておいた間に艦内の温度が高いために、何から何までカビてしまい手触りも気持悪い。冷却通風装置も沖縄線を過ぎた頃には、あまり涼しすぎるので止めてしまった。そして浮上すると体の引き緊るような冷たい風が飛び込んで来るので扇風機も止め、ベッドの毛布をゴザの下から一枚、二枚と引っ張り出し、先任将校などは三枚かけてもまだ寒いと言っているありさまであった。熱帯圏から寒帯に急に飛び込んだような状態だ。

士官室では航海長が海図に航跡を記入したり予想位置を計算したりして、航海上の仕事が忙しくなっていた。海図には⌓10-30（＊）とか⌓11-1（＊）というような印しが本州、

四国、九州の太平洋および東支那海岸をとり囲んでいる。これが対潜警報で知り得た敵潜水艦の確実な位置である。その符号があんまりたくさんあるので、至るところに潜水艦が出没しているとしか思えない。本土周辺がこの符号で全部取りまかれている。

「航海長、随分潜水艦がたくさんいるんですね。これじゃうっかりすると水中衝突が起こらないとも限りませんね」

と言うと、私のほうに海図を押して、

「ほらここにある十月十九日に発見された潜水艦が十月二十三日にはここで、十月二十五日にはここでしょう。それでだんだん接岸して来て二十七日にはここで漁船に見つかってしまい、三十日には位置を少し西に移動したが、十一月一日には海防艦に電探でここで見つかっているんです。だから……」

と言って消しゴムで潜水艦の符号をいくつか消してから、

「だから……この情報の潜水艦はおそらくここいら辺の海上輸送路の破壊を命ぜられているのは確かです……」

と言いながら海図の土佐湾から豊後水道口の東方付近の海面をぐるりと鉛筆で円をかいた。

「それじゃこいつとわれわれの艦とは遭遇する可能性があるわけですね?」

「そうです。敵の潜水艦も昼間潜航夜間浮上というやり方ですし、こっちも御同様ですから、遭遇する可能性は大いにあるわけです」

「ぶつからないといいですね」と私は有終の美を希望して言った。と、機関長がベッドから、「潜水艦にぶつかるのより陸とぶつかるほうがこわいよ。航海長の天測は危ないからね」と言う。

「明日は陸標観測ですからドンピシャですよ」と航海長は自信満々である。

艦は日没後三十分頃浮上して、例のごとく急速充電を終わってから経済速力で北上していた。

誰もが、もうほんのちょっとで豊後水道に入れるんだという期待と、母港へ帰途を急ぐせわしさで青白くむくんだ顔を輝かせては、なんとなしに笑い合いたくなるのであった。

まだ四国の山々が見えるところまでは来ていない。と、突然、見張員が、

「前方水平線上黒点……艦影」と叫んだ。

艦は直ちに急速潜航した。潜航して潜望鏡を出して目標に近づいて行った。

目標はまだ明白にならない。だんだんと近づいて行くにつれて目標が潜水艦であることが分かった。見馴れない艦型だ。潜水艦通報では、今頃この辺を通る日本の潜水

艦はないはずである。

敵だろうというので襲撃しようということになった。本土近海を暴れ回った奴だろう。

残りの魚雷で、潜水艦を潜水艦で襲撃するという今まで聞いたこともない戦闘が起ころうとしたが、敵もこれに気づいたのか回頭をし始めて間もなく潜没してしまい、後は水中聴音器で大体の位置しか判定できなくなってしまった。

一時は艦長も聴音発射をしようかと言っているようであったが、目標の深度も分からないし、命中の確率はまったく少ないので、ついに攻撃を断念して再び水中針路を北にとった。

間一髪で潜水艦対潜水艦の一戦が起こるところであった。だが隠密を第一とする潜水艦同志が遭遇すると両方が潜没してしまうので、大抵の場合は戦闘にならないわけである。

敵を見たら潜るという習慣がついているので、潜航してしまうとこんどは敵の位置が特にその深度が問題になる。位置はほぼ分かっていても攻撃は困難なのだ。

航海長は心配していた潜水艦の網をうまく発見できたし、この調子なら大丈夫、逃げ出せそうなのでやれやれとうれしそうな顔で、海図にその位置を記録して対潜警報を打電した。

　明日はいよいよ四国の山々が見えるのだろう、という話で夕食はとても賑やかであった。掌水雷長は残りの梅酒を皆にふるまって、入港の前祝いをしていた。梅酒の甘酢っぱい味が舌にいつまでも心地良く残った。

　艦長は航海長に推定位置を聞いてから、

「航海長、それじゃ明日の十一時頃まで潜航しているとちょうど土佐湾に入るわけだね。湾内で回頭して陸岸に沿って豊後水道の入口に行こう。さっきの逆になると大変だからなあ」

　と言って艦長室に引きあげた。

　もうここまでくれればあとはゆっくり行けば間違いはないというので、皆手紙を書いたり冗談を言ったりしていたが、間もなく静かになってしまった。艦内は林の中のように静まり返ってただ昼光放電灯が青白く辺りを照しているだけであった。

　翌日はひどい霧が海面を包んでいた。もうそろそろ四国の山が罅《ひび》の入った潜望鏡で見えてもよい頃なのに、霧で何も見えないという話であった。

　あまり湾の奥まで入らないうちに浮上しようということになり、予定より早く浮上して速度をずーっと落として北へ北へと進んで行くが、霧が深いので陸標が何も見えない。電探が使えないのでまったくの霧の中である。速力をさらに落として静かに北上して行くと、突然に霧が晴れ始めた。と、見張員が大声で怒鳴った。

「陸だ……」

四国の山々

「陸が見えるぞ。四国が見えるぞ」という声が艦橋から聞こえるのと、艦長の「取舵一杯」という命令が同時に聞こえる。艦は思ったより北上し過ぎて、あと三千メートルかそこらで陸岸だったそうだ。霧で見えなかったので危うく浅瀬に乗り上げるところであった。

運良く助かった。まったく油断大敵である。危うく衝突するところであった。四国の山を、沖に出てから交代で、罅ひびの入った潜望鏡のプリズムの中に見た。

艦は大きく湾内を回って再び沖に出て潜航して、豊後水道へと進んだ。翌日早朝、無事に豊後水道の機雷原の航路を通って、瀬戸内海に入った。

「合戦準備用具、納め」

「ハッチ開け」と言う元気の良い伝令の声で、艦のハッチが開かれた。

当直以外の者が、しばらくぶりにラッタルを登って甲板へ出る。ギラギラと光る秋の太陽がまぶしく、手を額にあてて両舷にせまる九州と四国の山々を望んで、煙草に火をつける。

艦は軽快に呉へ呉へと一戦速で走っている。日のあるうちに入港しようというわけである。「艦内中掃除」の命令で艦内は戦場の臭いを洗い流しにかかる。不必要品や不潔な物が、甲板から捨てられる。砲術長と分隊士が垢の瓶を持って甲板に出て来た。そして古い、いやな思い出の種を力まかせに、「えいっ」と言うかけ声と共に遠くの海面に投げ捨てた。

甲板から見た潜水艦は、わずかな日数の出撃ではあったが、見るも無惨に至るところ赤く錆びている。防探のラテックスゴムはぼろぼろと剝がれて、剝がれた部分には船体の鉄殻が赤茶色に錆びて露出している。夜間潜望鏡のガラスに罅《ひび》が入り、一番、二番の水防の望遠鏡にも罅が入って無惨であった。横舵は半分くらい出っ放しになっている。誠に見る影もなく錆びている。

乗員も太陽の下で見ると、艦内で見たよりさらに青ぶくれて、眼ばかり鋭く不精鬚が長くのびている。

故国の山々は何事もないように遠く紫に煙って静かである。幾十日か前に出かける時に見た島も、山も、川もいつしか、秋の色が濃くなっていたが、皆もとのままである。

変わったのはわれわれの心と体であった。

乗員の一人一人が、なつかしい祖国の山々を眺めながら、愛する父や母や妻や子と生きて再び会えるという喜び以外には何もないのだった。そしてその会見が一歩一歩近づいて来ているので心が躍っているのだ。

艦は冷たい晩秋の風を切って母港へ、母港へと進む。防暑服のままで、甲板に出ていると、たちまち鳥肌になってしまい、ぶるぶると震えながら艦内に飛び込む。

航海長はピアノの麗人のことを考えているのかもしれない。電機長はあのやんちゃな坊やに会うのを楽しみに考えているだろう。砲術長は誰のことを考えているんだろう。分隊士はフラワーの女の子のことでも思い浮かべているのかもしれない。

艦内ではほとんどすべてが整理整頓されて、残るのは戦闘詳報のガリ版刷りだけであった。出撃中のいろいろな記録が一冊の謄写版刷りとしてまとめられ、入港直後の艦隊司令部への報告書類とするわけである。

私のほうも看護長に命じておいた医務科の報告書類ができ上がりつつあったので、

私は進行状況をみるために艦内に降りた。看護長とちょっと話してから士官室にもどりベッドにもぐり込んで、眠るともなくうつらうつらとしていたが、しばらく経っていつの間にか艦内が馬鹿に静かで人が少なくなったなと思い甲板に出ると、艦はすでに軍港入口をモーター推進で音もなく入港中であった。そしてその艦首には例の戦利品の投射爆雷が赤く錆びて不格好にくくりつけられている。

軍港に入った艦の舷側には、第六艦隊の高級参謀が美しいランチで出迎えに来ていた。艦橋の艦長や先任将校と笑顔で敬礼し合ってから、微速で進んでいる艦のそばに寄って来て、爪棹で大きな鯛を渡す。第六艦隊司令部からのお祝いの品である。これまた、お祝いの酒が渡される。こんなことをしているうちに艦の周りは内火艇でいっぱいになる。

祝いの言葉と、言葉短いお礼とが取り交わされながら、艦はなつかしい工廠本部前のどん亀溜まりのポンツーンについた。

岸へ渡り板が渡されると、すぐ岸から付近の潜水艦乗組の士官や、下士官や、見知った顔が、工廠の工員がどっと艦に乗り込み、勤労動員の中学生は岸に立って私に手を振っている。

「おめでとう」

「ありがとう」

「よくやったね。しかし、ひどいなあ」

「横舵がやられたそうだね」

「潜航は何時間くらいしたんだ？」

「苦しかったろう」

「何しろ大手柄だ、おめでとう」

と言うような会話が甲板で取り交わされる。司令部の主計兵が俸給袋を持って来る。不在中の海軍公報、新聞、手紙がぞくぞくと艦に届けられる。

そのうち艦長、先任将校が迎えの内火艇で司令部に報告に行く。

妻子が故郷にいる人は、呼び寄せる電報を打つ。


暮れやすい秋の日は早くも紫色に煙っている。

忙しい食事が終われば早くも上陸員整列である。看護長が衛生物品を渡している。

「気をつけ」

「上陸に関する注意は今まで何回となく聞いているとおり。解《わか》れ」と言う当直将校の声で、しばらくぶりに一種軍装に着がえた下士官、兵たちがうれしそうに喜々として上陸して行く。足が地につかないようだ。

私も機関長、航海長、砲術長、分隊士と一緒に基地隊へ行く。しばらくぶりの入浴である。それに洗濯もしなければならない。下着、褌等も風呂敷に入れて浴室に行く。

きれいな湯の中に体をのばして温まるとあっちこっちがむずかゆくなる。湯から出て石鹼で体をこすると、何回洗ってもなかなか泡が立たない。垢が重なり合っているからだろう。また湯の中に入る。出てはまた石鹼で洗う。こんなことを三、四回も繰り返してやっとのことで体がぬるぬるしなくなった。よほど垢がついていたのだ。下着や褌は石鹼で何回洗っても飴色でどうにもならない。いいかげんで止めて風呂場から出た。新しい下着に着がえると、身体の毛孔から温い蒸気の熱がスースーと流れ出てしまうような感じがして気味が悪い。

基地隊の衛門を出て工廠の衛門までが非常に長く感じられる。足のあちこちと、筋肉や腱が痛む。足の筋肉と骨が離れそうな感じがする。

一同うち揃って水交社に行き、夕食をすますと疲れが出てくるし、基地隊から歩いて来たので足が痛くなる。しばらく歩くことをしなかったので筋肉が萎縮してしまったのであろう。

腹いっぱい食べた野菜と果実の美味。顔見知りの水交社の給仕たち。すべてが満足であり幸福感で満ちているのだ。

間もなく散会して下宿に帰る。入港第一日の夜は、いつか刻々と更けていく。机の上にあった鏡を蒲団の中から手を伸ばして取って自分の顔を見ると、ボテッとしてむくんでいる。本当の潜水艦乗りの顔だ。

後編

表彰状

　翌日から艦では、また例のごとく整備作業が始まった。基地隊からは作業員、工廠からは工員がたくさんやって来た。

　艦長は忙しいらしくめったに顔が合わない。航海長と先任将校とは筑紫丸に行くことが多く、機関科はまたしてもシリンダーの磨り合わせのために上甲板は蜘蛛の子を散らしたような有様で、どこからどこまで、人と機械のパーツと油にウイースと呼ばれるボロ布で散らかっていた。

　そのごちゃごちゃした甲板を邪魔にならないように通り抜けて、最後部ハッチのところに来て、下を覗いて、

「看護長、いるか?」と言うと、

「いるぞ。何だ？」と声がする。ハッチから中へ降りて行くと、むっとする潜水艦の臭いが首から顔へねばりつく。

そのねっとりとよどんだ空気の中で、看護長が報告書類の清書をしているのだ。私は、相変わらず艦内で随一空気の悪い、ごちゃごちゃした後部兵員室を見渡す。見渡すといっても、あちら、こちらの突起物や、天井から下がっている折り畳み式のケンバスベッドが視線を遮る。奥の方では休養を命じておいた機関科の下士官が、天井に近いベッドで真上の天井をなめるような格好で寝ている。

看護長は裸電球の下で、自分の帽子を入れる円い罐《かん》を机にして、鉢巻をして私のほうを背にして書いていたが、一段高くなっている板の間へ上がるのに靴を脱いでいると、ちょうど大きなあくびをしているところだった。私は後ろから、

「看護長、できたか？」と声をかけると、

「はあ、軍医長ですか。もうちょっとです。どうもこういう長い奴は初めてなんで、……字が下手なもんですから」

と言いながら癖になっている頭をかいた。

「士官とは字の下手なものなり何とやら、って言うじゃないか。看護長」

と言うと、また頭をかいた。

私は帰投時、乗員の健康状態を調査してみたいと思っていたので、艦がポンツーンに繋留した直後、急いでむりやり工廠医務科から借用した検査器具で一部乗員の検査をしたのであったが、その結果、赤血球が著明に減少している者がいるのに気がついた。あの長時間潜航の高温高湿環境での赤血球の急速な崩壊がまだ体の中に歴然と残っているのだ。そのうちの一人が奥の天井に近いベッドで休んでいた者だが、私の声を聞きつけて降りて来た。

「軍医長、昨日上陸しましたけんど、息が切れるし、足は痛いし、こんなに体がまいっちまうもんですかね？」

と話しながら、すぐそばの板の間に座った。

「あの長時間潜航の熱さで、血の中の赤血球ていうのが壊れて少なくなっちゃったから息が切れるんだよ。機関科は条件が一番悪いからね。アメリカさんのほうが得なんだよ。日本の近海は寒流が流れるから長く潜ってたって温度がそう昇らないからね」

「しゃくだなあ。……その血が少なくなっちゃうとかいうのは治るんですか？」

「休んで、生糧品を食ってりゃ、どんどん回復するさ。みんな若いんだもん。……二週間もすりゃ元気になるよ」と言ってやると、

「体重は二キロも増えているんです」

「その増えたというのが怪しいんだよ。潜水艦浮腫って言ってね、まだはっきり分からないんだよ」

「潜水艦だけなんですか、その腫《む》むのは？」

「そうなんだ、脚気だとか、心臓病の腫みとは違うんだ」

「それを聞いて安心しました」

「今のところでは、司令部じゃ、……皆が飲むように言われているビタミン錠ね、あれを飲んでいれば大丈夫だっていう意見なんだが、やっぱり腫むんだ。ビタミンじゃ潜水艦浮腫は予防できないと思うんだけどね」

「じゃ、軍医長は何だと思うんですか？」

「僕はね、塩だと思うんだよ。塩分が多すぎても腫むし、不足しても腫むんじゃないかと思うんだ。まあ、この問題についちゃ、早速調べて見ようと思ってるんだが、この次出撃する時までに何とかできるといいんだがね」

今度の捷一号作戦で私が最も医学的に驚いたことは「汗」であった。その「汗」に対する驚きは塩分に対する疑問となって心の中に発展して行った。そして、その塩分の問題は未解決の大きな謎として私の心に絶えずつきまとっていた。この解決のためにはどうしても一度、潜水学校（＊）に行かなければならないと思った。

看護長が後部兵員室の赤い電灯の下で、鉢巻をして書き上げた報告書を司令部と潜水学校宛に一部ずつ提出してしまうと肩の荷が下りたような気がした。そして、体も冷たい秋の空気で引き緊り、一日、一日と調子を取り戻して来ていた。その体力の回復感が真っ先に両の足に感じられた。ポンッーンから水交社へ、そして水交社から街へと歩く足の疲れが、一日、一日と薄らぎ、いつか足のことは忘れてしまうようになった。

一日の整備日課が終わると、もう人の顔がはっきり分からないほど夕暮れてしまうのだが、その暗い路を、ザーッ、ザーッという足を引きずる響に乗って、人の流れに押されて町へ出て行くのだった。そして知る辺もない町へ出て行くこと自体が、この世における残された唯一の幸福への道であった。

潜水艦はもはや、練習潜水戦隊当時ののんびりした朗かな潜水艦ではなかった。何か各人の心の中にわだかまりができていた。決してお互いの間の感情上のわだかまりではなかった。と言って、各自の受け持ちの分野におけるその技術とか能力とか練度と言うようなものに対する不信からでもなかった。それは他人には絶対に言えない事……が原因だった。秘密があるのだ。一人一人が皆持っている秘密だ。しかもその一人一人の秘密が同一の事柄に関する秘密なのであった。そして、皆が、おそらく誰一人の例外もなく、その事から逃げ出したいと思っているに違いない。心の秘密がそうさせているのだった。

帰投して五、六日も経った頃、第六艦隊司令部から「表彰状」が届いた。司令長官から伊号第五十六潜水艦に授与された「表彰状」だった。早速、額に入れてとりあえず士官室に掛けた。艦内の各区から下士官、兵が自分の仕事の相間に見にやって来た。誰もが妙に厳粛な顔付きになって「表彰状」を読んでいた。そして読み終えると、ホッとしたような顔をしてからうれしそうに額におじぎをして出て行くのであった。日本人の誰もが期待し、祈念していることの何万分の一かを偶然にわれわれの艦がやり終わらせることができたのだという気持が、額を見て帰る人々の顔に見られた。そして、そういうわれわれに与えられた仕事がいかに苦しい仕事であるかということを皆知っている人たちなのだ。その仕事が苦しかったればこそこの一片の「表彰状」に万感が湧くのである。遠く離れた父や母に、そして幼い弟妹に幸あれと祈る心がこの額を見る人の眼に現われていた。

だが、その事の何という心細い事だろうか。刻一刻と反攻の鉄環は強烈な圧迫を本土四周からジリジリと加えて来ている。一体いつまでこの圧迫に耐えて行けるのだろう。そんな漠然とした不安が心の裏に巣食っているのだ。いかにこの「表彰状」が得難いものであろうとも、この「表彰状」では、その不安を消却することはできないのだ。

他の艦船から来た人たちが羨ましそうにその手柄を褒めても、心の中ではひとつもうれしくもありがたくもなかった。うわべだけでうれしそうな顔をしているだけのことだった。小学校の生徒のようには単純に喜べないのだった。喜ぶにはあまりにもその代価が高いものであることが分かっていたからだ。

「表彰状」が来た日の昼食後、ポンツーンの上で海を背景に乗員一同の記念写真を撮影し、終わってから士官室一同で別に一枚撮った。砲術長がどこかへ行っていて、いくら探しても分からないのでとうとう待ち切れずに撮ってしまった。

「表彰状」が来た翌日であったろうか。午前中に司令部から参謀肩章をつけた人や、中佐、大佐の偉い人たちが数人来艦した。士官室で茶を飲んでから艦長の案内で艦内を見て回ったが、あっちでもこっちでも敬礼に忙しいようであった。一体、潜水艦の中じゃ、朝の軍艦旗掲揚前と日没時の軍艦旗下ろし方の前だけしか敬礼しない習慣であったが、偉い人が艦に来訪して来た時などは勝手が違って皆困っているようであった。というのは狭いので、あっち、こっちの突起物に手や肘をぶつけたりするからだった。それでも、その肘をさすりながら、「ほら、表彰状もろうたんで、偉い人が見にきゃはったわ」

「よく帳面につけといてもらおう」

「厠、見てったんか？」と冗談を言ったりしていた。

兵員室では確かに「表彰状授与」が、艦内を晴れがましく、明るくしていた。そして、爆雷で冷たくひからびた心がいくらかでもなごむように見えた。

艦内を見て回った人は侍従武官であったらしく、乗員一同に菊花御紋章入りの口つき煙草が一箱ずつ御下賜になった。御下賜の煙草を配給しているところへ新聞記者が二名、捷号作戦の記事をとりに来た。先任将校が、

「軍医長、話してくれよ」と言ったが、

「いや、やはり先任将校がいいですよ。私じゃ全般が良く分かりませんから」

というわけで、二人で話をすることになったが、どうして手短にこの複雑な潜水艦のことが話せるだろうか。だいたいのことは話したが、はたして理解できたかどうか疑問だった。

「本当に理解していただくのにはやはり一緒に艦に乗っていただかなくちゃ、ちょっと簡単にというわけにはなかなか行きませんね。どうですか少し乗られては？」

と先任将校が冗談を言うと、

「そうですね。だいぶ前になりますが、潜水艦にも報道班員として乗り組んでいたんですが、一人戦死しましてね。それから乗らなくなったんですよ。それからよくやられるようになりましてね。何しろ、こうやられたんじゃ、たまりませんね」

と一人が言う。とても謙虚な態度だった。

「御苦労様です。御武運の長久を祈ってます」

と言って艦を降りていった。

昔の人はうまく言ったもんだ。「武運」とは。まったく、生きて行くことが一つの「運」の連続なのだ。それだけに入港している時の喜び、特に今度のような時には、その喜びは筆舌に尽くせないものだ。陸を歩いても、足が地につかないとでも言ったら良いのだろうか。それ以外の言葉は見当たらない。うれしくて、うれしくて足が地につかない、飛び上がってしまうのだ。上陸して行く兵の足取りを後から見ていると、ピョコピョコと飛んでいるようである。

砲術長、分隊士、航海長、機関長と一緒に基地隊の風呂に行く。そして基地隊から上陸して行くのがなんともいえず楽しくうれしい一時であった。あんな、がらんとした無粋な基地隊に行くことすら楽しかった。まして、呉に自宅のある下士官、兵の喜びはどんなものだろう。

渠底

入港して八、九日経った頃、工廠の技術関係から例の爆雷の解体写真入り軍機図書が艦に届いた。薄い冊子である。真っ赤な表紙がついているのが、いかにも、もっともらしい感じがした。すんでのことでこ奴のために伊五十六潜は艦長はじめ鼠までが、太平洋最深のフィリピン海溝に沈んでしまうところだったのだから、真っ赤な表紙をつけても何の不思議もないと思った。

海軍というところは、何かあると軍機とか、軍極秘とか、秘とか、部外秘とか、やたらに秘密があった。何か物凄い重要な秘密でも書いてあるのかと思うと、左にあらず、まことに常識的な事柄が書いてあるだけなのに、時々驚かされていたので、何か赤い表紙に反感を持っていたが、今度という今度は、この薄い冊子には「当然赤い表紙をつける価値ある冊子」という感じがした。

あの「凶夢」というべきか「悪夢」というか「苦闘」、「血潜」ともいうべき戦闘の記憶が、この爆雷の写真を見ていると、ゾッとするほど、まざまざと当時の情景が脳裡に浮かんで来た。

冊子の中の写真から、憎々しげに顔を背ける人々の顔は異様に引き攣っていた。誰もの心の中に、また来るべき戦いも、この無気味な無生物とのある偶然性の闘いをしなければならないのか、という腹立たしい思いが、炎天下の入道雲がモクモクとむくれ上がっていくように、大きな容積を占めはじめていた。

生きていくことはきわめてつらい、苦しい精神生活の連続以外の何ものでもなくなりつつあった。

乗員でこの爆雷のことを知らない者はなかった。それが、どんな恐ろしい致命的な被害を潜水艦に与えるか、ということも誰より皆が良く知っていた。

艦内は、午前中の作業を打ち切って、間もなく食事が始まろうとしている時であった。先任将校がこの爆雷の写真を前に置いて、砲術長、分隊士と話をしていたので、上甲板から降りて来た連中は自然に先任将校を囲んで、この生命取りの魔物の説明を聞きいよいよ気味悪く思い、潜航長は鼻の上に皺を寄せて、

「くわばら、くわばら、生命あっての物種だ」

と、つぶやきながら、第二卓の方に帰り、そばの掌水雷長を振り返って、

「掌水雷長、今夜、やりませんか？　え、飲みに行こうや、あの写真見てたら胸糞が悪うなったんや、二卓でひとつ、パッとやりましょうや」

「………」

「軍医長、どうです？　軍医長、音頭取ってくださいや」

と私の方を向いて、何か淋しい夜などに一人でじっとしていられなくなった時に友だちを誘うような、切ない表情で言う。私も、あの写真を見てから、変にとらわれていたので、

「皆さんが良きゃ、幹事はつとめますよ」

と言い、掌水雷長の意見を質すべく顔を向けると、潜航長がこの魔物の悪気払いでもしなけりゃ、とてもたまらないというように肩をすくめ、体をちょっとふるわせて、掌水雷長のほうへ体を寄せて、

「やりましょうや」と言う。掌水雷長も決心したらしく、

「ほんまや、生きとるうちに飲めるだけ飲んどこ」と潜航長に合槌を打って、

「軍医長、ひとつ今夜は、御迷惑でもつき合ってください」と言う。

爆雷解体図を見た時、襟もとから氷水を注ぎ込まれたような嫌な心地になり、あの凶夢のような敵駆逐艦の蛇のように執拗で、さそりのように恐ろしい爆雷攻撃が眼の前に浮かんで来て、たまらない心のいらだたしさを感じていた矢先なので、なんかあいまいな言葉で同意した。

潜航長は小声で盛んに、「くわばら、くわばら」と連発しながら剽軽な格好で食事を始めていた。甲板の伝令の声が、ハッチから、バリケットを通して何やら聞こえて来る。いろいろの雑音が、食事時間のために消えて、艦内は静かになり、今ちょっと先刻まであんなに騒がしかったのがうそのようにさえ思えるほどであった。

一人一人が、食事をしながら、一体何を考えているのだろう。皆無言で食事をしている。

その時突然、警急電鐘が、大きな音を立てて、「ジャーン、ジャーン」と鳴り出した。しばらく聞かなかった音が鳴り出したとたんに皆「ガバッ」とばかり席を立った。席を立ったというより席から飛び上がったというほうが正確だろう。長い間の訓練と、生命を懸けた戦場での一秒を争う急速潜航。それが、皆、この警急電鐘の「ジャーン」という音を合図にやっていたのである。何回も何回もこの危険な急速潜航をやって来たのである。

起きていようが、寝ていようが、警急電鐘さえ鳴れば、その瞬間に飛び起きて、自分の持ち場に駆けつけ、艦が潜航するために必要な操作の中で、自分がするように決定してある仕事を分秒を争ってしなければならないのが潜航配置での仕事であった。それが、今の突然の警急電鐘で、反射的に皆が行動してしまったのだった。席からガバッと立ち上がって、気がついたからそれ以後の行動はしなかったが、立ち上がった自分に気づかず、向かい側の人の立っているのに気づき、次に自分自身を眺め、バツが悪そうにモソモソと席に座った。いかにも臆病であることを他人にはっきりと見せたような気が、お互いにしたのだろう。皆が皆、不気嫌な顔をして席についていた。

と、私のうしろの先任将校が甲高い声で、発令所のほうへ向かって、

「警急電鐘を試験する時は、なぜ、先に良くことわらないんだ……。馬鹿なことをするんじゃない……」

と鋭く怒鳴った。頰の筋肉が、ピリピリと細かく痙攣している。

私は考えていた。臆病風が、艦の中に、いつの間にか忍び込んだのだろうか。そして、あんなに勇敢だった、あの比島沖の空母襲撃の時には、自分から、鼓舞して飛び込んでいった兵士たちだったのに。それがいつの間に、こんなに、神経過敏になり、臆病になってしまったんだろうか。あの爆雷が、そうさせたんだろうか。……いや違

う。条件反射だ。確かに、条件反射だ。食事のラッパを合図にいつも食事していると、食事のラッパを聞くと突然に空腹を感じたり、ベルを鳴らしては、犬に餌を与えているうちに、ベルを鳴らすと、涎が流れ出すようになってしまった犬のように、知らぬ間に、われわれは条件反射に使う犬と同じ経過を辿って、大脳の中にしっかりした、いつも使う使い馴れた、神経の連結路がはっきりでき上がってしまったためなのだ。と私は自問自答しながら、学生の頃、生理学教室の一隅で供覧された、あの条件反射犬の入る箱を思い浮かべていた。あの時の講義では、人間は他の動物と違いなかなか条件反射ができにくいという話であったが、潜水艦では、こんなにまでうまくでき上がったのだ。ほんの三、四ヵ月の間に。これが、訓練の成果なのだ。こうならなければ生きて行けないのだ。間髪をいれない敏速な動作が必要なのだ、と考えたが、落ち着きをとり戻すのに眼をつぶった。私の脳裡には、『条件反射方法論』という書物、実験に使う犬、箱、それに赤や青の電灯、涎を計るガラス管……が次から次へと浮かんでは消えて行った。

間もなく私たちの艦は第三ドックに入渠した。艦外底の整備のためである。それにまた防探塗料の塗り直しである。

甲板の上は毎度のことながら、ひどい混乱状態で、ちょっとぼんやりすると頭を打つか足を払われるか、滑って転がるかするのである。その混乱の甲板で、妙な作業が四ヵ所に行なわれていた。二ヵ所で艦に、人がやっと通れるほどの穴を開け、その穴の前と後に大昔の大砲の架台のような、大きな円鋳を横に寝かすのに都合の良いような二個の台が作られていた。

この作業は、帰投直後から始まっていたが、入渠後間もなく完了したようであった。思いもかけない凸起物が甲板にできたので、ただでさえ狭いところが、ますます狭くなり、あっちでもこっちでも凸起物につまずいたり、ぶつかったりする者が出て来た。一体何にするものなのだろうと不思議に思っていたので、ある日、先任将校に尋ねると、「丸六《まるろく》」という奴を載っける台だ、という返事であった。

「丸六」といえば、確か「人間魚雷」の秘密の名である。いよいよわれわれの艦も「人間魚雷」を載せて行くようになったのか、と思うと、開戦当初ハワイ攻撃に花と散った軍神たちを思い浮かべて胸の狭まる思いがした。何か、とうとう来るところまで来たという不安定な中にも、ある時間における安定感がある。安定したのではない。安定したような気がしたのだ。

甲板の上に立って、眼を渠底から、壁へと移すと、その渠壁の続きの秋の空に、隣りの第四ドックの戦艦「大和」が、巨大な、複雑な重量感を持っている司令塔を覗かせている。私は細い渡り板を調子を取りながら岸に渡って、「大和」の方へ近づいて行った。今まで近くでは一度も見たことがなかった。

艦底に大きな穴があいていた。捷一号作戦でやられた大穴だなと思った。潜水艦とは、電探、無線装置、主砲、副砲、機銃座などをぼんやり見ていた。測巨儀、何というへだたりだろう。艦員の服装も皆、キチンとしている。舷門から陸岸に幅一間半ぐらいの大きな橋ができていて、その上に筵が拡げられてある。と、「大和」の舷門から、見たことのある格好の青年士官が出て来た。良く見ると、うちの分隊士だった。

「軍医長、なにしてたんだ？」

「『大和』の外貌見学だ」

「軍医長のクラスも、『大和』に乗ってるんだろう？」

「うん」

「訪ねてったらいいじゃないか」

「こういう四角張った船は、『どうも今日わ』ていう調子じゃ行けないから、いやだね」

「入口だけだよ。中へ入っちゃえば、それほどでもないよ」

「まあ、今日は見合わせよう」

と言いながら潜水艦のほうへ歩きはじめて、

「随分大きな穴が開いたね」

「この間の連合艦隊突入の時の奴だ。雷撃機にやられたんだ」

「あんな穴が開いてもよく沈まないもんだね」

「『武蔵』は沈んだんだ。同じとこに何発も食ってね……」

「『大和』は敵の空母をやっつけたんだが、他の艦はさんざんだったらしい。何しろ、空母じゃ、『瑞鶴』『瑞鳳』『千代田』『千歳』。戦艦じゃ、『武蔵』『山城』『扶桑』だろう。重巡じゃ、『愛宕』『摩耶』『鳥海』……『鈴谷』『最上』……みんな沈んじゃったんだ」

分隊士の声は、上ずって、乾燥していた。

「じゃ、全滅か？」

「全滅同然だ。もっとも、沈まないで帰ってきたって、もう内地にゃ燃料がないから、水上艦艇はどうせ動けないよ。動けるのは潜水艦だけさ」

私には、分隊士の言葉がうそのようにさえ感じられた。燃料が、もうないなんて、まったく信じられなかった。ドックの岸を回って、潜水艦に掛けた渡り板の所まで来ると、

「軍医長、写真撮ってやろうか？」

「こんなとこで撮って大丈夫かい？」

「どうせ黒枠写真さ。ハッハッハッ……」

と笑って、渡り板をガタガタ動かして艦のほうへ先に渡って行った。分隊士が艦内に入って写真機を持って上がって来て、艦橋を背景に写真を撮った。艦橋わきの「日の丸」と「イ56」というのを背景に撮りたかったが、あいにく、とりはずしてあるので駄目だった。私は写真を撮ってもらいながら、この写真が、おそらく最後の写真だろうと思った。

写真を撮り終わって、砲術長と三人で煙草を吸っているところへ、艦橋から当直が、「砲術長、空襲警報発令、敵機一機、呉地区侵入」と怒鳴った。

砲術長は、来たかという緊張した顔になって、「機銃員配置につけ」とやはり大声で怒鳴り返し、バタバタと艦橋のほうに駈けながら、「偵察だろう……」と言って、モンキーラッタルに飛びついて艦橋に登りはじめた。飛行機のエンジンの音も、機影も見えない。ドックの辺りは馬鹿に、静かになってしまった。対空戦闘配置についたためだろう。

私が飛行機格納筒のハッチに入りかけた時、「ガーン」というドラム缶の破裂したような音が、ドックの水門のほうで起こった。変な音だなあと思いながら、私は士官室に行って応急治療品の入れてある雑嚢を取って甲板に引き返すと、岸の方では皆、水門のほうに駈け出している。私も行って見ると、水門の付近で手入れをしていた内火艇の機械室で、作業員が吸った煙草の火が充満していたガソリンのガスに引火して爆発したのだった。中から引き出された中年の応召兵らしい二名の作業員は、露出していた体の部分は分厚い表皮と真皮が炭化して、顔はお面のように、手は手袋のように、スッポリと剝がれ、その下からドス黒い筋肉と真っ白い骨が見えていた。

とんだ空襲騒ぎであったが、かえって、こんなことがわれわれの艦にとってはゆるみかけた気分に良い反応があるであろうというのが古い下士官などの意見であった。

そんなことでごたごたしているところへ、基地隊の作業員が大きな荷物を持って来た。飛行服、飛行帽と半長靴であった。甲板にうず高く積まれた服や靴はどれも黴臭かった。比島東方海面作戦戦闘として、潜水艦見張員は飛行服等を着用したほうがすべて便利である、という本艦の意見具申が入れられて直ちに配給されたものであった。

しばらく潜水艦衛生研究所とも御無沙汰してしまったし、最近の新しい知識を得たくもあり、また例の「塩」の問題もあるので、幸い艦が入渠中なので、艦長の許可を得て、留守中のことを付近の潜水艦軍医長と看護長に託して古巣の潜水学校を訪ねたのは、その翌日のことだった。

　思いがけぬ歓迎を受けて、一泊して艦に帰ったのはさらにその翌日の昼食時であった。潜校で教えてもらった知識の「みやげ」は大きかった。長時間潜航に際しては、潜航後三十時間ぐらいで、まだ呼吸がそれほど苦しくならないうちに酸素を全部放出してしまうほうが、呼吸困難が起こってから高炭酸ガス濃度中で放出するよりははるかに有効適切であるというのがその一つであった。「塩」については必要であることは確かだ、という意見だったのでますますわが意を強くしていた。こんな「みやげ」を持って、狭くて、汚ないが、楽しいわが家の潜水艦に帰ってきたのだった。

「オス」と元気良く返事をしながら、渡り板から艦へ跳んで、艦橋の当番兵に答礼するなり、すぐにハッチから艦内へ飛び込んだ。バリケットをくぐって士官室へ入って、

「ただ今帰りました」と言ってから新知見を、折から食事中の皆に話そうと思いながら、一歩士官室に足を踏み入れると、なんだかいつもと様子が変わっているのがその気配で分かった。

　艦長が食卓のところに中腰になって、第二卓のほうを見つめて、何やら不気嫌そうに語気を強めてブツブツといった顔つきでしゃべっている。室内はシーンとして、兵員室のほうから食器の音だけが変に響いていた。従兵が中央廊下に立って自分が怒ら

れているような申し訳なさそうな顔つきをしている。私は口の先まで出かかった言葉を飲み込んで従兵と並んで立った。艦長の言葉が終わるのを待っていたのだった。

「……そんな馬鹿な話はない。……当直士官が……八時過ぎまで知らないなんていう話はない。……勤務が不真面目だから起こるんだ」

と言うと、艦長は機関長と砲術長の膝の前をすり抜けて、すぐうしろの艦長室に入ってしまった。室内が少しざわついた時、私は変に緊張している空気を破って先任将校に、

「ただ今帰りました。ありがとうございました」と言うと、

「軍医長、軍医長がいない間に、うちの兵が甲板からドックへ落っこったんだ」

「………」

「ゆうべ落ちたんだが今朝になって、『大和』の下士官が見つけたんだ。それで、『大和』の軍医長が来て応急処置をして病院へ入れたんだ」

私は聞いているうちに、なんか自分に大きな不注意があってこんな事件ができたのではないかしらという気持で、体がいやに固くなり、咽喉がカラカラになってきた。

「なんでも、両手両足が御丁寧にも皆二個所ずつ折れてるっていう話だ」

そうだろう、何しろ十幾メートルもあるだろう、コンクリートの上へもろに落ちち

やたまらない。即死しなかったのが不思議なくらいだ、と私は考えながらうなずいた。

「早速行ってきます」と言って飯を食べ終えるなり、戦艦「大和」を訪ねたが、軍医長も分隊長も不在で分隊士に御礼の言葉を述べ、海軍病院に患者を見舞って、書類を作り、艦に帰る頃には晩秋の日はすでに落ちて辺りが薄暗く冷え冷えしていた。もう上陸員は分かれたらしく甲板はヒッソリしている。同行した看護長がモジモジするので何かと思ったら、看護長の上陸日だった。

「何だ。早く言えよ。馬鹿野郎。遠慮なんかしやがって……」

「ハア、でも突発事故だもんですから……」

と言っているところへハッチから出て来た下士官が、簡単に敬礼をしながら、

「看護長、ひげが捜してたよ。カルピスんとこへ先に行くからって言ってた」

「早く行けよ。約束があったんだろう?」と言うと、

「ハア」と言って看護長は敬礼するなりハッチへ飛び込んだ。

私は慌ただしかった不愉快な一日にしいて区切りをつけるように、一つ一つ思い返しながら煙草を吸っていた。一息吸うごとに煙草の先がボーッと赤く光った。何だか漠然たる不安が私を十重、二十重に取り巻いているような気がした。その不安の一つが、今日、ポカッと口を開けて現実の世界に醜い姿を現わしたのではないだろうか。

今までのすべての出来事が、幸運への数多い偶然の集積であるとするなら、これからは、今日の事件を皮切りに、次から次へと不幸への、やはり数多い偶然の集積がこの艦にのしかかって来るのではないだろうかという不吉な予感が襟元をかすめさった。

「軍医長、火を貸してください」

「ああ火か、失敬、失敬」と私は下士官が火のついていない煙草を持って先ほどから立っているのに気がついて早口に言った。

「今日は軍医長の書入れ時ですね」と冗談交じりに言う。いつもなら何とかやはり冗談交じりに言い返すところなのだが、朝からの不愉快な事件で疲れたのか、適当な言葉が出て来ない。私は看護長と、「ひげ兵曹」と呼ばれている機関科の下士官とが仲の良いのは前から聞いて知っていたが、「カルピス」というのは全然初めてであったので、

「カルピスっていうのは誰だい？」

と尋ねると、笑いながらこんなことを語り出した。

話は捷一号作戦の出撃直前のことだった。魚雷の搭載と同時に、艦には官給品の飲料として、サイダーとコーヒー、レモン、メロン、グレープ、紅茶等のシロップの他にカルピスが各個人に配給された時、看護長がカルピスを基地隊にいる親友の下士官

にやろうとしたことから起こったのだった。

看護長が、カルピス二本を荒縄でゆわき、ブラブラと本部前からの長い道を基地隊に歩いて行く途中、女子挺身隊の臨時作業をしていたある娘とぶつかった瞬間、しっかりゆわえたつもりの縄が解けて、カルピス二本がコンクリートの上に落ちて壊れてしまったのだった。このことがきっかけとなって、「すみません」「いや、大丈夫ですから心配しないでください」というようなことから二人はだんだん親密になって行ったが、その娘の姉の婚家が、親友の「ひげ兵曹」の下宿の近くで遊技場（今のパチンコ屋の前身）をやっていたので、二人でこの遊技場に遊びに行ったりしているというのがその話であった。後部ではそのために、看護長は「カルピス」とか、「長いの」と呼ばれているとのことだった。「長いの」とは勿論、「鼻の下の長いの」の略だろう。

私はこの話を聞いているうちに、今までの緊迫した不愉快さをちょっとの間だが忘れることができた。

気分を変えることができたので、私は元気よく艦内へ飛び込んでいった。

士官室では、大部分が上陸したらしく、第二卓で掌水雷長と潜航長が、ガソリンが相当入ったような風で、ブツブツ言う声が兵員室のほうまで聞こえていた。私は士官室へ入るなり、「やってますね」と帰艦の挨拶の声をかけ、外廊下の釘に短剣と軍帽を掛けてから食卓のほうに向くと、連管長が兵員室のほうへくぐり抜けているところだった。

掌水雷長と潜航長が話の調子を変えて、私が席につくなり話かけた。

「軍医長、申し訳ありません。とんだ余計な御迷惑をおかけしまして。……海軍へ入ってこの方、善行章三線になるんです。それで……つい先だって、軍医長も御存知のように、任官して、ほんの間もないのに、こんな……事をしでかしてしまって。……すみません。……部下を信用しすぎてたんです。……他の艦から注意されるなんて、……まして『大和』なんかから、それに何もかも運が悪いんです。軍医長がお留守の時に、……しかも昨日、軍医長から御注意を戴いたのにもかかわらず、……なんです。申し訳ありません。……軍医長……」

と言いながら掌水雷長は泣き出さんばかりに興奮していた。隣りで、潜航長が、時々、「いいよ。……分かったよ」と言葉を入れるが、掌水雷長は私のほうに向いて次から次へと詫びたり、嘆いたりしていたが、だんだん興奮して来るようであった。

「軍医長、……申し訳ありませんでした。私を艦から下ろしてください。私がいなくなれば、うまく行くんです……」

「馬鹿なこと、言っちゃ駄目だよ。掌水雷長のことは、皆、信用し、尊敬しているんじゃないか。ちょっとしたつまずきで、気を腐らしちゃだめだよ」

「軍医長、でも、もう駄目です。艦長に、あんなに言われちゃ。……駄目です。……艦長が、私に降りろって言っているんです。……軍医長、お願いですから降ろしてください……」

掌水雷長は酔っているようで、同じことを幾回となく繰り返しては、私に退艦を要求した。

潜航長が、何やかや一緒にいて面倒を見、注意したり元気づけたりしていたが、私が食事を終わって陸の少し離れたところにある便所から帰って来ると上陸したあとだった。従兵が差し出した結び文の置手紙を開くと、「軍医長、先夜のところにてお待ちしてます。是非、お出ください。㊣」と書いてあった。

遅くなったので、廠内バスもあるのかないのか分からなかった。工廠入口の名ばかりのバス待合所の付近に立って、北の山々を見ると背筋が寒くなるような暗い冷たさであった。いつの間にか、秋も過ぎ去り、眼の前にある夜空は冬のものであった。

こうするうちに暮れやすい晩秋の日々が、士官室のカレンダーを毎朝破り取るごとに、足早に過ぎて十二月に入った。その十二月の一日に、私より後任であった砲術長と分隊士が海軍大尉に進級した。心配していた士官室の空気も表面上は無事平穏で笑い声が絶えなかったが、その声の大部分は一卓からで、二卓はひっそりとしてなんとなく卑屈な感じさえする時があった。それでも時には、潜航長が実演する冗談混じりのジェスチュアと、掌水雷長が上陸前にやるウイスキーのコップ飲みが二卓での見物だった。

人間魚雷

　十二月上旬、艦は「舫《もやい》」を解いて軍港をあとにした。連合訓練のための出港だということだった。途中、試験潜航、深々度潜航が慎重に行なわれ、深々度潜航では三、四ヵ所水の漏るところが発見された。

　翌日、艦は第二特別基地と呼ばれる基地に向かった。第一特別基地隊というのは呉の倉橋島にあって、開戦以来の特殊潜航艇の訓練教育の基地であり、第二特別基地隊は徳山湾内大津島にあり、「丸六」と呼ばれる「人間魚雷」の訓練基地で、第一特別基地隊すなわち「一特基」よりこの「二特基」のほうが今では特に秘密となり、「二特基」と他の交通は厳重に制限されているようであった。

　昼近く大津島基地前面に錨を入れた。「解《わか》れ、休め」の号令で甲板に出て見ると、艦橋付近に水雷科の下士官、兵が集まって、大津島と反対のほうにある小さく点在する島のほうを指差しながら、声高に興奮して話している。

「あそこだ、あそこだ、ほら、あの島の右に波を立てて走っているぞ」

「すごく速いんだなあ。二十ノットぐらいかな。……あ、潜っちゃったぞ……」

「どこいら辺ですか？　先任」

「今、ほらその小島の右のところで潜ったんだ……なかなか、浮かないなあ……」

「こっちだ、こっちだ……」

「ああ、浮いた、浮いた。……てんで、見当がつかないな」

「速力を落としたな。……基地のほうへ回頭してるぞ。……ハハァー、小さな潜望鏡を出してるんだなあ。……完全に、魚雷だなあ」

「人間魚雷って本当にあるんですね。……あいつへ乗ったら助からないんだろう？」

「ボタン押すと、敵艦にぶつかる前に、飛び出す仕掛けがあって、海ん中へほうり出されるっていうんじゃないか？」

「そんなうまく行くかなあ」

「ほうり出されたって、魚雷が爆発すりゃ、爆風でやられるんとちがうか？」

「貴様、馬鹿に心配してんだなあ。貴様が乗るんじゃないから、そう心配すんなよ。

それとも血書志願する気があんのか？……」

「おら、いやだな。潜水艦でさえ、こんなにきついんじゃけん、あんなこまいんじゃ、もたんわ……」

などと勝手なことを言っている。

人間魚雷は速度をぐっと落として陸岸に近づいて行った。魚雷の走った跡には海面に小さな波が立ち、スクリューから少しの長さだけ、透明な海水を透して青白く見える航跡がある。これが日本海軍得意の無航跡魚雷の特徴なんだなと思いながら、眼は人間魚雷の天蓋とその前部につけられた細い真っ黒な小さな潜望鏡とが曳く線を追っていた。

島は周囲一里ほどの小さなもので、漁民の家が三十戸ぐらいある。中央の、割に小高い丘の中腹にかけ半分ぐらいが点在していて、残りの半分は海岸線に沿って南のほうにまばらに立ち並んでいる。

これらの民家の一団とちょっと離れて右手のほうに軍隊のものとはっきり分かる大きなバラック建てが七つ八つある。そのうちの一つがポツンと小高い中腹に離れている。遠眼にも、白木の木肌が明るく見え、搭乗員宿舎だということだった。

私は艦橋に登って、十倍の固定双眼鏡の防水蓋を開いて、初めて見る第二特別基地隊を覗きはじめた。基地の建物から眼を民家に移す、別に変わった物も見えない。民家の壁に貼られた「浪曲」の宣伝ビラの字が一つ一つ良く見える。特攻隊基地と貼られた浪曲のビラに私は何か妙なコントラストを感じた。

島にばかり気をとられていたら、左手の海面に大きな「浮き起重機」があった。一番高いところまで、二十メートルではきかないだろう。辺りの美しい瀬戸内海の風景の調和をかき乱して、異様な醜形が四角い浮き船の甲板に、がっちりと四本の足をふんまえて立っている。ははあ、これで人間魚雷を潜水艦の甲板の架台に乗せるんだな、と私は思った。

基地隊のやや広い中央の空地の前から海中へ、コンクリートの桟橋が出ている。砂利の多く入った粗いコンクリートに美しい緑色の苔がうっすらとかかっている。今しも、先ほどまで走っていた人間魚雷だろう、スクリューを止めて浮いている。付近に収容の整備員が爪棹をつっ張っている。魚雷の天蓋が開いて、人が出て来た。頭髪が肩のあたりまでかかっている。潜水艦の見張員と同様に飛行服を着けている。左の胸に小さい白い布がついている。きっと名前が書いてあるのだろう。名前の字は見えない。整備員は白い作業服である。私は見ていて、一つも変な気がしなかった。やっているいることが、スポーティーであるからだろうか。それとも辺りの風景が明るく美しいからだろうか。

双眼鏡の接眼レンズが体温で曇り出したので眼を放した。と、そばの下士官が、「軍医長、よろしいですか。見せてください」と言って、私に代わって双眼鏡についた。

いよいよ連合訓練が始まった。最初私は、潜水艦同士が集まって、何か特別な訓練でもするのかと思っていたらまったく違っていた。連合訓練というのは、人間魚雷と潜水艦の連合訓練であった。すなわち、潜航中の潜水艦から人間魚雷を発進する、発進訓練であった。発射といわないのは中に人間が乗っているからだな、と私は考えた。

発進訓練などなんでもないだろうと最初考えていたが、これが大きな考え違いであるのが、すぐに分かってきた。人間魚雷は私が勝手に想像していたのと違い非常に多くの欠点があり、特攻隊員の苦労は生やさしいものではなかった。

連合訓練の第一歩は「回天」の搭載であった。大きな起重機で吊り上げられ後部甲板の架台に置かれた人間魚雷は、幅十五センチもある分厚いバンドでしっかり固縛された。私は砲術長をつかまえて回天の説明をしてもらっていると、それと分かる搭乗員が艦に乗り込んで来た。

乗り込んで来た搭乗員は各自の回天の天蓋というか、マンホールというか、その中央にある出入口の蓋を開けて内部を点検していた。私はその脇から内部を覗き込んだ。人間一人がやっと座れる程度の空間であった。魚雷前後方の壁が真っ白いペンキで塗ってあった。前方の壁の左側には赤いペンキで「矢印」があり、その下には「起爆装置」と書いてある。起爆装置は、目標に突入する直前に引っ張ると一・六トンの炸薬の安全装置が除かれて、目標衝突の瞬間爆発するようになるのである。もしこれで爆発が起こらなかったら、そのすぐそばにある第二の起爆装置を引くのだそうだ。その第二の装置というのは電池の電流によって爆発を起こさせる装置であった。

座席の周りには深度計だとか起動装置だとか、魚雷本来の深度、針路、速力の調節装置などが所狭きまでにごちゃごちゃとある。そして座席の直前には魚雷のジャイロコンパスを利用した羅針盤が股の間に入るようにできていた。この羅針盤は潜水艦から発進する直前に、電話でもって、潜水艦の本物の羅針盤と方角を合わせるのだそうで、この艦の上に小さい海図を置いて、羅針盤と海図を引き較べながら水中航走するのだ。この小さな玩具のような羅針盤の直上に、これまた小さな一メートルの観測用潜望鏡がついている。

人間魚雷の搭載が終われば、もはや「軍機」について臆測する要がなくなったのでかえって話は魚雷そのものよりも、この特攻兵器がはたして成功するかどうかという心配のほうに変わって行った。

私はこの日初めて、すでに人間魚雷が敵の前進基地ウルシー環礁、およびパラオ島コッソル水道の襲撃に使用されたのを知った。「回天特別攻撃隊菊水隊」の戦闘詳報の「ガリ版」を見ることができた。イ三十六、イ四十七のウルシー攻撃隊が成功し、コッソル水道に行ったイ三十七は途中消息を絶ってしまい応答が今なおないということだった。

戦闘詳報の中にはウルシーの飛行偵察による敵艦船の環礁内配置図が半紙一面に記してあり、小指の爪くらいの大きさの船の型の上にはB、C、D（＊）、△、の記号があった。そして、戦艦のBと、空母のが幾つも書いてあった。発進回天数は合計五基で、戦果の確認は勿論できようはずがなかった。ウルシー基地に大火柱と鈍い爆発音を認めたのがせめてもの慰めであった。回天の隊長として自ら先頭を切ってウルシーに突入した仁科中尉の遺稿が、同様「ガリ版」でできていた。人間魚雷の提唱者で採用になってから、徳山湾で訓練中、海底の泥中に魚雷頭部を高速で突き刺し後進ができないために、同乗の樋口大尉とともに窒息して殉死した黒木大尉の写真を胸ポケットに納めて発進突入して行ったのだった。

搭乗員と整備員が回天の整備点検を終えるといよいよ発進訓練に移った。総員潜航配置のままで艦は浮いたり沈んだりした。どんなことをやっているのか、私にはまったく分からなかった。ただ、非常に慎重にやっていることだけは分かった。私は定位置の士官室で、「くろがね文庫」を読むともなく頁をめくっていた。実際馬鹿らしい本だと思う「くろがね文庫」は暇をつぶすのにはもってこいのものだった。いくら読んでもそばから忘れてしまう本である。蛍光灯の昼光色の冷たい光に普通電灯の橙色が混じっていた。

と、突然、発令所から先任将校が、

「軍医長、軍医長、搭乗員が変になったぞ。」と怒鳴るのと、伝令が、

「潜航止め、浮き上がれ」と言うのが聞こえて来た。

艦は艦首を上げて、海面に浮き上がり出していた。私が発令所に行く頃にはメインタンクブローが終わって低圧排水ポンプの音がやかましく、艦はすでに浮上していた。と、司令塔から伝令が、「降りるぞ……」と言うと間もなく飛行服の下士官搭乗員が降りて来た。ふらふらして、ちゃんと床に立っていられないようであった。顔は真っ赤で、酒でも相当飲んだようであった。私は近寄って体を抱いてジャイロの台の所までつれて来た。

「どうした、大丈夫か？」

「ハイ。気持が悪くなって……」

「吐きたいか?」

「ハイ……」

私は、すぐガス中毒だなと思いながら、その搭乗員の脈を検べていた。

そんな馬鹿なと思うようなことである。中毒は基地でも時々あったという。酸素供給の不足状態で機械を動かせば一酸化炭素が出るはずで、これが後部の機械室から魚雷の操縦席の搭乗員を中毒させる可能性があった。単なる魚雷であった時には考えなくとも良いことが、人間が乗ることによって設計上の不備な点が現われて来たのだろう。不完全燃焼による一酸化炭素ばかりでなく、高オクタン価ガソリンに混ぜてある四エチル鉛という毒物が主役を演じているのか、いずれかははっきりしないがいずれにしろ考えると、ぞっとするような不完全な代物である。

強心剤を注射して艦内で一番通風の良い発令所の隣りに休ませた搭乗員は、三十分も経つと元気を回復した。元気を回復したのでまた訓練を続行することになった。発進訓練中ある一基が発進後、機械の音が聴音室から悪いという報告があった。潜航中の潜望鏡では青白い海水の中に人間魚雷が残した気泡だけしか見えない。うまく動いていてくれれば良いがと思う。一度発進してしまえば連絡はできないし、すぐ浮き上がってもどうにもならないのだろう。ただただうまく行ってくれれば良いがと焦慮するだけである。最後の一基を無事発進させて、すぐ浮上した。海面上には何も見えない。艦長の額には冬だというのに油汗が滲んでいた。

砲術長が士官室に降りて来て、

「いやだなあ」

なんて言っている。そばにいた先任将校が、

「とにかく人間魚雷なんて戦の邪道だ」と誰に言うともなくぶつぶつ言った。

艦内は何となく晴々しなかった。私はだまって話を聞きながら考えていた。一体どうやって百名以上の秘密兵器の搭乗員を集めたのだろう。潜水艦関係者でさえあまり知らないものを。その兵器の恐ろしい性質の秘密を良く知って進んで志願して行った者ばかりなのだろうか。それとも、軍隊独特の方法で、誰にも責任のない型式によって選び出され、それがその後の自然の結果として、自分が良く知っていて志願したような型式になってしまったのではないかしらと思いめぐらした。この艦に連合訓練に来た搭乗員四名中、一名は兵学校出身の中尉、一名は学徒出陣による予備学生の少尉で他の二名は下士官であった。

これらの人たちに対する艦の人々の気持は一種独特のもので、尊敬と愛情に満ちた

心情がその眼差しによく現われていた。だが、これらの搭乗員のそばにいるだけで、何となく呼吸が詰まるような緊張にとらえられてしまうように感じた。

そんな異様な気持が、回天を発進してしまうと、ホッとして艦内から抜けて行った。

発進訓練が終わって、艦長その他が、研究会に出かけたあと、乗員一同に入浴が許可された。私も一緒の船で上陸し、大講堂を二つに一丈ぐらいの板で区切った馬鹿でかいガランとした浴場で簡単に入浴して、桟橋の辺りに戻って来ると、油圧手が泣き出しそうな妙な顔をして三名ばかりの兵に囲まれて立っていた。ペッ、ペッと時々地面に赤い唾を吐きながら、「変な島じゃ。早いとこ呉へ帰らんかいな」

「上陸できんから腹立てとるんじゃ」

「潜水艦乗りが殴られるんじゃからな」

「あほらしいな」と言っている。

基地隊の下士官に殴られたのだった。潜水艦の家族的な気分に馴れてしまったので、この異様に緊張し切った基地の人から見ると眼にあまるものがあったのかも知れない。だが、いずれにしろ不愉快な出来事であった。入浴後の晴々した気分もすっかり目茶苦茶になってしまった。本人にすれば私どころではなかったろう。艦に帰って処置をしながら元気づけてやったが、いつも冗談をいって人を笑わせる人間が黙ってしまった時は致し方のないものだった。だが幸いなことに発進訓練はじきに終わった。そして、母港への帰心矢のごとき心の状態であったので、基地に対する気持も母港の話にまぎれてしまった。

錨をあげて呉に帰りつくと、すでに十二月も半ば近かった。いよいよ臨戦準備が始められた。魚雷を搭載すると自然、皆張り切って来た。今まではぼんやり物思いに耽っている者を時折見かけたが、もはやそんな者は艦内に見当たらない。皆緊張して眼が鋭く光っていた。

猜疑

突入訓練が毎日厳重に行なわれた。特に上陸前の訓練が激しかった。上陸日に当たっている見張員は、上陸する前に幾回となく激しい突入訓練をしなければ上陸が許可されなかった。この訓練中に時々外傷患者が出た。いずれも大した傷ではなかったが、今まで全然外傷などしたことのない連管長が、膝の辺りを紫色にして私のところに治療に来るようになった。

「軍医長、やりました」

と言って腰を曲げ、顔を顰めながら膝を抱くようにして来る。

「大丈夫か？　歩けるか？」

「何とか歩けます。……痛くって、……どうしてぶつかるんだろうな。今までこんなことはなかったんだが……」

「視力はどうだい。減退したような感じはしないか?」

「はあ。変わりないようです。……アッチッチッチ……」

「どれどれ」

診てみると大げさに痛がるほどのことはない。膝蓋骨より少し下の辺りが先日の打撲で少々紫色になっている。その下端辺りが少し腫れている。新しい皮下出血だ。痛がる足を抱えて骨折があるかないかを検べて見る。骨折はないようである。

「大丈夫だよ。湿布すりゃすぐよくなるよ。痛かったら上陸しないで静かに休むといいね」と言うと、

「はあ……」と言って、承知したようにうなずいて足を引きながら出て行くのだった。

翌日それとなく他の者に尋ねると、上陸したということだった。それにとても元気で、出がけに冷やで二、三杯ひっかけて行ったそうだ。

と、また打撲してやって来る。場所もほとんど同じところである。私は不思議に思ったので近くの潜水艦の同僚に聞くと、ある艦で、突入訓練で膝蓋骨の骨折で入院した者があったということだった。

あるいは、ひょっとすると……。でも、そんなことはないと思うが……でも分から

ない。私は何か漠然とした物が眼の前で黒い一つの姿にでき上がって行くような気がした。自ら自分の体を傷つけて艦を降りようとしているのではないだろうか？　そんな疑念が湧いて来ていた。

その翌日から私は、以前にもやったように突入訓練の秒時計係を買って出たりした。突入の素早い動作はキビキビして本当にスポーティーであった。見ているうちにどうも彼だけが何か考えながらやっているように見えて仕方がなかった。

私は自分で突入訓練をやって見た。ぶつかりそうな場所は二ヵ所あった。第一は艦橋ハッチから飛び込んだ所である。第二は司令塔と発令所の間のモンキーラッタルの接合部である。その他の点は私にしてみれば事故原因としては考えられなかった。起こるとすればこの二ヵ所だ。……私は自分で試みたあとで彼に、打撲の位置を質してみると発令所の着床の際だと言う。……そんな事はない。もし発令所の床に近い頃ならばよほどスピードが出ているから、もしぶつかれば、もっともっとひどい外傷が起こるか、そうでなければ全然起こらないか、どっちかだと思った。

私が突入訓練を見守るようになってから、不思議に事故は起こらなくなった。彼はあきらめてしまったのか、足が痛いとも言わなかった。軍医である私だけに分かる心の秘密かもしれない。怪しいのは外にも一、二心当たりがあった。これは先任伍長が監督していた。機関科でも、下士官が一人ぐれかかっていた。私はできるだけこの下士官と親密にした。艦内の秩序をそれとなく守るのには、親密にして励ましてやる以外に方法はない。誰でも皆つらいのであった。なまじっか軍港にいるのがいけないのである。上陸すれば自由があるのである。逃れる道があるということは、苦しい精神状態の者にとっては逃げろということにも通ずるだろう。

一度母港を出れば、皆、気分が一変して、背水の陣で頑張れるんだが、入港している時が危険なのである。早く出港すればいいんだ、なんて私は考えたりした。……だが、やはり、入港していることは楽しいことなのである。

それやこれやで忙しい日が過ぎて行く。士官室では皆、板についた勤務ぶりで、分隊士はもっぱらフラワーのSにM（＊）で困るらしく、航海長はピアノの麗人とでも交渉があるのかきちんとして上陸して行く。砲術長はクラスの連中との会合が多く、水交社の別館に通っているらしい。

比島東方作戦から帰投して以来、時々胃が痛いと言って健胃散を服んでいた掌水雷長が例の入渠中の墜落事件の後、捨鉢になってやたら酒を飲むようになってしまった。最初の頃はそれでもうさが晴れるようであったが、だんだんと日本酒では効かなくなって、いつしかウイスキーのコップ飲みになった。

潜水艦には酒が豊富に供給された。ほとんど二、三合の晩酌が毎晩できるほどであった。それでも日本酒は何かと必要だった。そして眼に見えないところにその酒が流れていった。陸上の部隊では酒保物品などはほとんどあるかなきかの状態であったので、潜水艦にはこれらの部隊からの訪問者が相当にあった。そして、この訪問者は帰りには何がしかの羊羹か、ビールか、日本酒か、あるいはウイスキーを持って帰るのが常だった。あるいはまた、艦の修理をしてくれる工員や基地隊の作業員、そんな関係の人たちにも多少は分けてやらなければ仕事が円滑に行かないのだ。

こんな事情を分かっての上か潜水艦の死亡率が高いのに同情してかどうかは知らないが、軍需部にたのみ込むと、いつも要求が聞き入れられた。そして酒が配給された。日本酒は兵員室で引っ張り凧だったが、ウイスキーの売れ口は悪く、士官室で引き受けなければならなかった。

その引き受けさせられたウイスキーが掌水雷長の胃痛の原因だった。最初は健胃剤で効いていたのだが、今ではロート剤が入っても効かないようだった。そして一人で気の抜けたような顔をしているのを時折見かけたりした。それがとうとう粥を食べ始めたり、絶食したりするようになり放置しておくわけにはいかなくなった。

連合訓練が終わり、呉に引き上げて間もなく、私は掌水雷長から、

「体が本当じゃないから、艦を降ろしてくれませんか？」と頼まれた。

私はこの頼みに応ずるわけにはいかなかった。特に自分から強い酒で胃袋を焼き爛らせたとしか思われなかったから、自然と同情が起こらなかった。とにかく、診断の結果のほうが先決問題だと思い、早速、海軍病院に連れて行ってレントゲン検査等を一通りして見た。

幸いなことに胃潰瘍ではなく、胃炎の程度であった。私は艦に帰って先任将校に報告相談した。そして掌水雷長自身は、体に自信が持てないから艦を降りたいという意向だということをつけ加えた。と、先任将校は口を尖らして、怒った口調で、

「軍医長、今になってそんなこと言ったって駄目だよ。連合訓練は終わったし、回天のことなど、今になっちゃ申し継げやしない。……第一、水雷関係が動揺する。……掌水雷長は、潜水艦がいやになっちゃったんだろう。……そんなことで、いちいち交代なんかできないよ。……下士官、兵なら交代したって、かまわないが、……準士官以上は駄目だな。……それに、軍医長にはまだ言ってなかったが、今度回天で要港襲撃に行く先は、米国が東洋一と言っているニューギニアのアドミラルティなんだ。……これは機密だから注意してくれ」

と言って、私の眼を穴の開くほどジーッと見つめながら言葉を切り、そして、

「もう、搭乗員とも顔があっているんだし、何しろ回天をニューギニアまで運ぶだけだって大変なんだから、今になってそんなことは許されないんだ。注射か何かで簡単に治らないかい軍医長。……そのための軍医長だぞ。薬はあるんだろう。……手に入らなけりゃ司令部のほうに話せば、なんだってすぐ受けられるから……」

「薬はあるんです」

「薬があるんならあとは軍医長のアームだけだ。掌水雷長には俺から話しとく」

と言ってプツンと話を切ってしまい、不愛想な空気が辺りに漂ってとりつくしまもない。私は触れてはいけないものに触ったという感じがして、自分のことのように不愉快になってしまった。

夕食の時であった。先任将校が二卓の方を振り向いて、私の肩越しに掌水雷長に高飛車な調子で、

「掌水雷長、胃が悪いそうだが軍医長によく話してあるから良い注射をどんどんやって早く治さなきゃ駄目だ。……他の方も、出撃直前ですから体にはくれぐれも御注意ください」

と言って、くるりと自分の席のほうに向いてしまった。

掌水雷長は何か言葉が口から出かかったのを呑み込んで困惑していた。

こんな事があったあと、幸いなことに掌水雷長の胃病は増悪しないようであった。いやむしろ急に軽快したかのように思われた。薬も要求しなくなったし、曇っていた顔貌も幾分晴れ晴れしてきて、覚悟を決めたという風にとれる力が口唇に漲っているようであった。私は肩に負ったいやな荷を下ろしたような気楽さを感じた。

いよいよ出撃日時が決定され、士官室と上級下士官にそれとなく発表された。航海長が大きな海図を拡げて三角定規とコンパスで予定航路を記入していた。記入した航路上には点々と×印があり、その印の下に（X－20）とか、（X－8）とか書いてあった。航路は豊後水道を出て、硫黄島、サイパン間を抜け太平洋の真っ只中を南へ下り、トラック島の東を通り目的のアドミラルティ諸島、ハワイ島まで引いてあった。そのハワイ島の真北に×印があり（X－2）と書いてある。攻撃予定二日前の正午にこの×印まで来ているわけである。

「二日間ぐらいゆとりがあるわけですか？　航海長」

「そう、X日が決定しなきゃ分からないが、大体二日くらいはゆとりがあるわけです」

「今度は随分、長期の行動になりそうですね？」

「うまく行って二ヵ月かな。……回天が出ちゃってから何か任務がきっと出るでしょうからね」

「今度は航海長は大変ですね」

「責任重大さ。軍医長、航海士を願います」

「たよりない航海士ですからね。あてになりませんよ。計算を間違えて艦がニューギニアに乗り上げちゃうかも分かりませんよ」

「ハッハッハ……。ところで、もうそろそろ士官室の壮行会をしなきゃならないんじゃないか。日がないでしょう。誰が幹事をやるんかな？」

「先任将校からまだ話がありませんから……」

「先任将校はKA《ケーエー》（＊）が来てるから忘れちゃってるんじゃないかな？」

と言ってるところへ機関長と分隊士が発令所から入って来て、

「分隊士、貴様あとやっとけな」

「機関長、どこかへ行くんですか？」

「機関長は多忙である。分隊士は心配せんでええんじゃ。機関長が艦《ふね》、いごかすんじゃなくて、機械がいごかすんじゃ。分隊士は心配せんでもええよ」

と言って、革手袋を自分のベッドへポンと投げ込んで、航海長に、

「コースきまったんか？　どれどれ」

と言って航海長の隣りへ座る。分隊士は油によごれた軍手を腰のバンドに挟んで食卓の端から海図を覗き込む。

「機関長、今夜お忙しいですか？」

「忙しいね。物によってはだがね……」

「艦長と先任はＫＡが来てるから、チョンガだけで壮行会を先にやろうかって軍医長と話してたところなんですよ」

「チョンガ会なら必ず出席します。分隊士もええんじゃろう？　それともフラワーあたりにエンゲイジしてるんか？」

「フラワーなんて知らんですよ」

「機関長、チョンガ会が仲間割れしますから」

「分かっとるよ。で、どこでやるんだい？」

「無難なところで水交社辺りにしましょうか？」

「鉄砲は知ってんのか？」

「砲術長はまだ帰って来てないんで言ってないです」

「鉄砲はどこだっていいだろう。玉砕主義だから」

「それじゃ、今夜やることにしましょう。軍医長、幹事願います」

というようなことで、私は先任伍長と艦内文庫の図書を買いに午後早めに上陸する予定だったので、その途中、水交社へ寄った。水交社で、ないと言う部屋を無理に作ってもらい、その夜チョンガ会が始まった。

合成酒と、爆雷で獲れた鯛の刺身で座談に花が咲いた。

「もうこの合成酒にも当分お別れだな」

「永遠のお別れかも知れませんよ。機関長」

「航海長はピアノの麗人とお別れですか？」

「そんなのいないぞ」

「そうむきにならなくたっていいですよ」

「どうもデマを飛ばす奴がいていかん」

「火のないところに何とやらと言いますから、デマも案外馬鹿にできませんよ」

「そうだ、航海長は機密保持が厳重だからな」

「幹事、……機関長はこの刺身の眼球が食いたいなあ」

「聞いて見ましょう。あるかどうか……」

と言って給仕にたのむと、あるかもしれないということだった。

「機関長、あるらしいですよ。……通人ですね、機関長は。私は、音戸で一回『鯛の骨蒸し』を食べたことがありますが、うまいもんですね」

「うん、ありゃうまい」と言ってるところへ、先ほどの給仕が徳利を持って現われた。徳利を取って早速、機関長に注ぐと、

「軍医長、こりゃうまい酒だ。こりゃ一級酒じゃないか？」と言って給仕のほうを見ると、「すぐあちらの部屋に長官がいらっしゃってましたの。そのおあまりですわ。

……眼球、すぐ持って来ます」と言って部屋からすっと出て行く。

「何から何まで感激ですな」

「機関長、うんと飲んでください」

「航海長は酒飲まないで一人で感激してるじゃないか」

「航海長は他のことで胸が一杯で飲めないんだ。そうでしょう、航海長」

「勝手なことばかり言ってんな。問答無用だ」

「長官の余滴青年士官を獅子の口に走らす。……あとが出んね。分隊士続けろよ」

「そういうやぼったいのは駄目ですね。もっとスマートな奴がいいなあ」

「機関長、分隊士はなかなかの詩人ですよ。鉄鯨の歌っていう名作があるんですよ。御存知ですか？」

と言っているところへ、眼球ができて来た。眼球を並べているところへ砲術長が私

服で現われた。

「遅いなあ、砲術長」

「砲術長、袴とはしゃれてるなあ」

「クラスの奴がそこへ泊まってんです。借りて来たんですよ」

「よしよし。砲術長のために乾盃。……乾盃。ウォー」

砲術長が来てますます賑やかになったが、九時半頃には時間切れとなって追い出されるように散会となった。

私が真っ暗な街を下宿に辿り着くと、もう下の部屋は暗くなっていた。借りている二階に上がると机の上に下手な字の手紙が置いてあった。おばけからだった。たのまれた物がほうぼう捜してやっと少し集まったということと、今夜「高やん」のお通夜をするから、きっと来てくれということが書いてあった。

「高やん」というのはやはり潜水艦の軍医で私とは潜水学校以来の悪友だった。恬淡として豪快な男だった。奥村、棚橋、坂本……などという奴と一緒に交際していたが、不思議に皆、前回の比島東方作戦に出撃したまま帰って来なかった。

私は和服に着がえるとお菊さんを訪ねた。下宿から一つ置いた横通りからレスの裏口の露路を通り中庭に入った。以前ここの女中が胃痙攣を起こした時、付近の医者が不在で私がむりやり頼まれて来た路だった。メイド部屋と料理場の上が大広間で大勢の賑やかな声がする。戸障子はひどくいたんで見る影もないほどだった。障子の破れ目から防空暗幕がまる見えで、暗幕の隙間から光が暗い中庭に射していた。

遠い表のほうの部屋から、聞き馴れた『潜校の歌』や『炭坑節』が流れて来る。散会前の合唱でもしているのだろう。私は、潜校当時から幾回となく、同期生と来たこのレスの荒れ果てた姿に戦争の背影を感じた。あの当時一緒に来た連中はもはや、この世にほんの数えるほどしか存在しなかった。私には自分が生きているのが不思議だった。

メイド部屋の前の階段を女たちが三、四人でがやがや降りて来た。

「やのさまださん（＊）、すのさとっぷするちうて、きのさかんけん。うのさちは、このさまってるんや」

「このさんやは、だのさめや、はのさっきり、いのさいんさい」

「ねえさん、いうてんや」

「へのさやの、たのさたみ、あのさげてしまうんや」

「よのさうじゃゆうても、聞いてくれへんのか？」

「ようゆわんけん」

「分隊士が、でのされ、でのされしてるんと違うか？」

「うちは、でのされ、でのされ、せんけん」

脇の廊下のところまで来て、私はその一人がおばけなのに気がついた。

それから、おばけとおばけの姐さんに案内されて彼女らの合宿所に行った。合宿所は二百メートルも離れたほどの所にあった。細い露路の奥の低い平屋の建物だった。

玄関へ入ると、一坪のタタキに夥しい女下駄が乱雑に脱ぎ捨ててあった。おばけがその真ん中を足でかき分けて、式台までの道をつけてくれた。

案内された部屋は四畳半ぐらいの小さな部屋でおばけの姐さんの部屋だった。蓄音器、洋服簞笥、鏡台、衣架が女の部屋らしく配置されていて、その南側の文机の上に「高やん」の軍服姿の小さな写真が黒枠に入って立っていた。

代わる代わるお線香を立てては手を合わせ、簡単なお焼香が終わると海苔巻と羊羹とウイスキーが出て雑談になった。羊羹は私が持って行ったものだった。高やんが好きだったあの聞き馴れた虎造の浪花節のレコードが何枚かかけられた。哀調を帯びた独特の節回しが薄ら寒い部屋に流れた。

私は今さらのように彼が生きていた頃のことを思い出した。台湾沖に機動部隊が来るちょっと前だった。戦況は刻々と悪くなっていた。そしてわれわれは言わず語らずのうちに出撃が近いことを知っていた。そしてそのことから来る焦燥、……前途に対する光明のまったくない……絶望。その焦燥と絶望が孤独な軍港生活を荒《すさ》ませていた。

そして、一人でいることができないほど人間が恋しかった。トランプに夢中になってみても、碁に夢中になっても駄目だった。留守宅の父母や兄弟に手紙を出そうとしても書くことがなかった。艦のことや戦況のことは禁じられていた。と言って外に何を書いたらいいのだろう。女々しいことは自尊心が許さなかった。その焦燥と孤独の中で、何くわぬありきたりの型のような文章に託して、ただ、自分が生きているということを知らせるために筆を持った。そして何回も今までに書いた判で押したような文章を書き終えると、ハタとと絶えて一言一句出て来なくなるのだった。まあ、いいやと思っては尻切れな文章の終わりに、右取不敢近況御一報迄と書いて投函してしまうのだった。そしてそんな手紙を一本書くと何か救われたような気がしてホッとするのだった。

だが、そのホッとした気分は長くは続かなかった。前よりももっと激しい焦燥と孤独が空虚な心を駆り立てて気まぐれな馬鹿騒ぎを演じたのだった。本当に馬鹿になりたかった。気違いになりたかった。学問とか教養といわれる物から逃れたかった。そんなものはこんな異常な世界では何の価値も尊敬も払われないのだった。そして、そういう物を持っていればいるほど自分を苦しめるのだ。そう思っては今まで罪悪とし か思えなかったようなことを酒の力を借りて仕出かしたりした。だが、酔いが体から抜け出すと泣きたいような淋しさに襲われてしまうのだ。そうしては、急に酒や女から逃げ出して、下宿でもって、リンデンバウンやローレライを大きな声で唱ったりして、その淋しさから逃れようとしてあがいていたのだった。

出撃が決まった晩だった。彼と約束した時間より一時間も遅れてしまって、約束した部屋に行こうと思って廊下を行くと、向こうから女たちが声を立てて逃げて来るのにぶつかった。何だ、と聞くと素っ裸になった「いがみの権太」が大暴れして仕方がないんだと言う。部屋に行ってみるとやはり彼だった。そして、貴様もやれ、と言ってきかなかった。

それが、彼との最後の思い出だった。

その彼が、今は、黒枠の中から真剣な眼つきで私を見ていた。

何だかしんみりして話は弾まなかった。簡単なお通夜が終わり、出がけに襖の上を見ると、海軍士官の写真が一列に五、六枚、小さな額に入って襖の上の壁に掛けてあった。

私にはこの女たちの気持が分からなかった。知る辺なき雑然たる軍港の中での孤独に耐えられず、一時の慰めを求めるためにあるこれらの女たちが、どうしてこんなことをするのか理解できなかった。しいて私の常識からすれば、とうてい普通の結婚のできないこれら女性と、これまた生きているうちにはちょっと結婚できそうにもない船乗りとの間に生まれた道徳の最終型式なのではないかと思った。その型式は、それほど美しいものでもなければ、それほど下劣なものでもないと思った。やはり人間のゆがめられた限界内の出来事であると思った。

決意

十二月十九日になって先任将校から、今夜士官室会ができないだろうか、何とかしてやってくれとたのまれたのですぐ連絡すると、幸いなことに部屋の都合がつくということであった。この日以外に士官室会を開く日はないわけだったので誰もが用意していたようだった。

薄ら寒い甲板で煙草を喫っていると先任伍長が寄って来て、真実に恐縮そうな顔をして言いにくげに、

「軍医長、誠に申しにくいんですが。……実は今夜私んとこで出撃のお祝いをやろうってことになったんですが、何しろ酒がないので……それで実は、誠に申しにくいんですが軍医長に持って出ていただきたいんですが。……古い兵科の下士官、兵だけ十

名ばかりが集まるんですが……」

「どうやって衛門出るんだい？」

「トランクに入れて、……軍医長が先に歩いて行っていただきゃいいんです。衛兵のところで、『下士官一名出ます』って言っていただき、私があとをついていきますから」

「考えとくよ」

と言って、私は艦内に入ろうとハッチの入口に近寄ると、本部前陸岸からカーキ色の陸軍の下士官がポンツーンに近寄って来る。軍港じゃめずらしいなと思っていると、長い重そうなサーベルを橙色の革の長靴で蹴りながら、ポンツーンから私の艦へ掛けてある渡り板を危なそうに渡って来る。左の腕に「憲兵」と書いた赤い腕章をつけている。

「先任伍長、陸さんが来るよ」と言って私は艦内に入った。

士官室では砲術長が水上電探係の電測兵に何か怒鳴っていた。出撃までに何かやっておくべきことをまだやってないのが原因のようだった。すぐそばで分隊士が電測兵をだまって見ている。

「分隊士、今度は褌何本持ってく？」と私が聞く。

「二本だ」と言う。

「随分遠慮したもんだなあ」と言うと、

「二本で充分だよ。使ってるうちに黒くなったら裏返して使ってね。それが汚なくなったらまた裏返すんだ。本当は一本だっていいんだけど、一本はスペアーさ」

「随分思い切った話だね」

「私物は一切陸揚げだ。沈んじゃうともったいないからな」

「陸へ揚げときゃ誰かのお役に立つっていう寸法か」

「まあそんなとこさ」と言って平気な顔でいる。

と、兵員室の方からガチャガチャという音が聞こえる。憲兵だなと思っていると案の定、足だけがバリケットの中に見えた。案内しているのは先任伍長だった。

しばらく経って、先任伍長に案内された憲兵が軍帽を手に持って士官室を通った。長いサーベルがあちらこちらに打ち当たり、足にからまり、突起物の間に挟まったりするのがなぜか妙におかしかった。

先任伍長の酒のことを潜航長に相談すると、

「兵隊さんは可哀想なんですよ。明けりゃ明日出撃でしょう、自分の家が、すぐそこなんですからね。できたら軍医長、持って行ってやってください。なり代わってお願いしますよ。私もたのまれちゃってるんで。あいつは内縁関係をはっきり届け出るんで、まあ結婚式のやり直しなんです」

「そいじゃ仕方ないから一役買わなきゃならないかな？」

「そうしてやってください。もう生きて帰れるかどうか分からないんですから。ひとつ、そうしてやってください」

「最近、うるさいんじゃないんですか？　酒保物品の持ち出しが」

「それはそうなんです。でも明日出ていくんだってことが分かりゃ、人間なら、そううるさいことは言えないはずですよ。……話は別ですが、掌水雷長の坊んちが悪いっていうんですが……」

「知らなかったね」

「何にも言いませんでしたか。先だってから悪いらしいですよ」と言う。

悪い時には悪い事が重なり合うものだ。われわれの知らなかった掌水雷長の私生活が、彼を苛酷に責め苛んでいたのかもしれないと思うと、彼への同情が湧いて来て、胸に熱いものがこみあげて来る。

私は掌水雷長の家を訪ねようと決心した。出撃直前なので上陸員整列はいつもより早めだったが、衛門への道は天気のせいもあって真っ暗だった。潜水艦基地隊の前を過ぎた頃、あいにくと防空訓練の真っ只中に飛び込んでしまった。

「訓練空襲警報発令」と言う声が遠くのほうでしたかと思う間に、今度はすぐ近くから、「空襲。空襲。……退避。退避。……防空壕へ入ってください」と大きな声で怒鳴りながら、がっちりした体の下士官が赤い旗を振って、上陸を急いでいる通行人を東側の横穴防空壕に追い込んでいた。私も手近の壕にもぐり込むと、あとから先任伍長が例のトランクを大事そうに持って壕に入って来た。真っ黒いトランクには白い紐がぐるぐると巻かれている。

「軍医長、どうぞ掛けてください」と言って、そのトランクを壁に押しつけて立てた。

「危ないだろう。壊しちゃったら大事件だからな」と言うと、大丈夫だと言うので恐る恐る浮かすようにして腰を下ろした。

「今日の憲兵は何だったんだい？」

「はあ、困りましたね。うちの元気のいい奴が広島で陸さんと喧嘩しましてね。その取り調べなんです」

「そいつはまずかったね。で、どうしたい？」

「海軍は何してるんだ、というようなことから始まったらしいんですが、……馬鹿な話なんです……」

何だって今日はこうも悪い話ばかり聞くんだろう。出撃が明後日だっていうのに、と私はますます憂鬱になってしまった。

「出撃間近になって変なことはいやだね。縁起を担ぐわけじゃないが、けちがつくのは良いことじゃないね」

「そうなんですよ。でうまく話しましてね。ウイスキーを飲ませてから、艦内神社のお札を拝ませて追っ払っちゃいました」

「それは、よかったね」

「ほっとしましたよ。憲兵って奴はね。うるさいですからね」

と言うと、話がと切れてしまった。冷え冷えする壕内の空気はコンクリートの臭いが強く、奥のほうでピタピタと水の落ちる音がしている。

やがて、外で人の足音がし始めたと思ったら、

「解除。解除……」と言う声がして来た。

街へ出てから教わった道を北の方にまっすぐ歩いた。

掌水雷長の家は海軍墓地の近くにあった。電車道を右に折れて随分奥まった所だった。二階建て一棟二戸に四世帯が住んでいるトタン屋根の家だった。玄関のガラス戸を引くと小さな土間に下駄が乱雑に脱ぎ捨ててあり、その中に子供下駄がひっくり返

っていた。

　掌水雷長はその二階に住んでいるのだった。土間の左側は、すぐ二階への曲がった階段になっていた。そして、その階段の隅に海軍の短靴が一足置いてある。声をかけると二階から骨張った顔が下を覗いた。連管長だった。私は何かドキッとした。今まであまり考えなかったことが、この場で急にはっきりしたような気がした。そのために盲点が明るくなった時の驚きのようなものを感じた。連管長は掌水雷長の直属の部下なのである。私は今まで全然別々に考えていたのが今頃になって、こんなはっきりしたことに気がつくなんて随分間抜けだなあと思って、ドキッとしたのだった。

　子供の病気は麻疹だった。麻疹に肺炎が合併していた。重症の肺炎であることは外からでも一見して分かった。子供の眼が赤くぐちゃぐちゃして眼脂が一杯であった。聴診器を胸に当てると、異様な雑音が、バリバリ、ピューピュー、プップッと聞こえた。私にはどうにもならなかった。すべてを現在の主治医にまかせておく以外に道はなかった。

　それにまずいことには、手伝いに来ていた掌水雷長の老母までが倒れてしまっていた。

　その翌々日の十二月二十一日の早朝、艦は勇ましく大軍艦旗を掲げてドン亀溜まりから出撃した。在泊艦船は総員見送りの位置についているようであった。その見送りの中を、敵港アドミラルティ襲撃の第一歩を踏み出した。艦は十二ノットの快速で、一路、第二特別基地隊へ、大津島へと向かった。

搭載

呉を出撃した、その日の午後大津島に着いた。艦首を北に向けて錨を入れた。錨を入れるが早いが、すぐに浮き起重機が近寄って来た。そして用意してある人間魚雷四本の搭載が始まった。

今にも白いものが降りそうな灰色の空に無気味に巨大な起重機が、長い流線型の人間魚雷を持ち上げて、潜水艦の甲板に吊り下ろしていた。甲板では大勢が群がって大きな声で怒鳴り合っている。その中で、ホイッスルの音が赤い合図の旗があがるのと同時に鋭く鳴っていた。その明快な笛の音と赤い旗の合図で人間魚雷が、潜水艦の架台の上に正確に静かに降りて来た。

三本目の人間魚雷が下ろされた頃には、もう辺りはすっかり暮れてしまって潜水艦の甲板にも浮き起重機の甲板にも電灯がつき、その電灯の近くだけみぞれがパラリパラリと降っているのが見えた。基地の建物にもあちらこちらに電灯がついて、背後の丘の稜線が真っ黒く灰色の空に浮いて見えた。

遅れた食事が終わると士官室はひっそりしてしまった。出撃前の忙しい生活の反動でもある。第一卓の人は皆基地に上陸してしまっていた。今夜はきっと特攻隊員の送別の宴があるのだろうと思った。私は二卓に座って東京の父母宛に手紙を書いていた。明日でも、誰かに頼んで投函してもらうつもりだった。配給の褐色の角封筒へ表書を書いていると、当直の信号兵が通信紙を持って来た。「グヨグ、ビンダスキタレ」とあった。基地隊の軍医長からだった。グヨグとは、軍医長より軍医長への略である。私は思いがけない基地隊軍医長の思いやりに感謝して、間もなく来た内火艇で基地に上陸した。

軍医長は急患があったので医務室で待っていた。医務室は海岸寄りの北の端にある小さな漁民の家を改造したようなバラック建てであった。初対面の人だと思ったら、潜水学校で講習を受けていた当時、沖に碇泊して私たちのところに遊びに来た潜水艦軍医だった。診療が終わって、艦から見た、あの新しい建物の食堂に案内された。廊下の板もまだ新しかった。今夜は搭乗員の送別会がどこかであるのだろう、食堂は思

ったほど人が多くなかった。出撃前のありきたりの挨拶をしているうちに、

「失礼ですが、学校はどちらですか？　え、そんじゃ後輩がきっとここにも来ていますよ。早速探して見ましょう」

と言って出て行った。軍医長が出て行くと入れかわりに若い士官搭乗員が三名、私と同じ食卓についた。その一人が新聞紙の包を開き始めながら、

「お袋が送って来てくれたんだ。今晩はひとつ、金剛隊のやつらの出撃を祝って大いにやるか」

「貴様の田舎じゃ、こんな乾物をこしゃえとるんか？」

「自分の家で作るんだ」

「こりゃ鮎だろう。……こいつは何て言うんだ。岩魚っていうやつじゃないのか？」

「そうだ。いろんな名があるらしいな」

「従兵長、急げ。お客さんが待っとるぞ」と他の一人が言う。

私は快活に振舞っている特攻隊員たちのすることをそれとなく注意して見ていた。一人は髪が長く、他の一人はそれほどでもなかった。ピチピチした感じだった。そして何にも物を考えないで、きまった事をきまったようにする時のような平易な安定感が感じられた。この搭乗員も近いうちに帰らざる壮途にのぼるのだろうに、悩みもな

さそうに、いや、むしろ楽しそうにさえ見える。死を決してしまえば、死は楽なことなのだろうか。なんとかかんとか、生きて生きて、生き抜こうと考えれば非常に苦しい困難にぶつかるのだな、と私は出撃を前にしてまたまた、今までに幾回となく考えたことを考え直していた。

「やあ、待たせたな。……俺のほうはどうした？」と軍医長が帰って来て、食卓に着きながら言った。

私の後輩は、今急いで調べたところでも三名いるということだった。そして、その三名を今呼びにやっているという話だった。

二人で潜水学校以来のことを話しながら、軍医長へ配給になった酒を御馳走になっていると、飛行服を着た若い搭乗員が二名やって来た。背の高い人たちだった。私の前の食卓の向かい側に立って頭を下げると、

「高等部出身の○です」

「高等部出身の○○です」

「塚本搭乗員の部屋に行ったんですが、どこかへ行っておりませんでした。そのうち来ると思います。捜すように言っておきました」

「まあ早く着けよ。そんな固くなるなよ」と軍医長が言うと、二人は長い腰掛けを引

いて私の前に座った。

元気のいい話が続いて席は賑やかだった。前にいる若い二人の学徒出陣の後輩の話を聞いていると、戦局は急激に好転するような気がした。回天の威力によって祖国の運命は必ず無窮の安泰を取り戻すことができそうに思えた。

待っていた塚本搭乗員はなかなか現われなかった。一人が時々座を立って部屋を見に行ったが、どこに行ったのか最後まで帰って来なかった。

私は塚本君を学生時代から知っていた。よく学校のプールで見かけた。彼は水球の選手だった。ゴール・キーパーをやっていた有望な選手だった。よく、一メートルの飛板の下で立泳ぎをしては、ピョンピョンと飛板に飛びついて、キーパーの練習をしていた。空色の耳穴のある水球の帽子を被って、日が暮れるまでいつも練習していた。あの学生の頃の彼が眼の前に浮かんだ。柔《やわ》いがっちりした体つきだった。その太郎君が特攻隊員になっているのだった。私はなんとか会って、いろんな彼の経過や心境を聞いてみたかった。偶然に今夜、たった今、彼がこの基地にいるのが分かったのであった。

何とか会いたいと思ったが、いつまで待っても帰って来ないようなので、とうとう私は帰ることにした。あまり遅くなって明日の出撃におくれをとるのが嫌だったからだ。会えなかった代わりに私は部屋に案内してもらい、それとなく彼への別離とするつもりにした。

案内された彼の部屋は二階にあった。私はガランとした調度品の少ない彼の部屋に立って、ぐるっと部屋を見渡した。窓からは私の潜水艦の灯火らしいものが真っ黒い海上にポツンとついている。彼の机の上にあった日記帳をとって、私は頁をパラパラとめくった。他人の日記帳であるのに頁をめくって行っても罪悪感などひとつもしなかった。と、パラッと間に挟んであった栞のような紙片が落ちた。私は畳の上から紙片を取ってみると、

「ひとのためには涙を流し

自分のためには汗を流せ」

と書いてあった。私は栞を日記の中に戻して彼の部屋を出た。夜も更けたので暇をこい、急な坂を降りて桟橋に向かった。後輩の二名の青年士官が内火艇を指揮して、私を艦に送り届けてくれた。

十二月二十二日の朝がやって来た。底冷えのする湿った日であった。士官室の黒板には、「一三〇〇出撃」と書いてあった。昼になっても相変わらず冷たかった。簡単な昼食を取ると甲板に上がった。モンキーラッタルの鉄が湿って気味悪いほど冷たく

感じた。

ハッチから首を出すと、降りたりないような雪曇りの空がどんよりとしている。その冷たい空気の中を真っ白い鷗が三羽、四羽、高く低く艦の回りを軽快に飛んでいた。油と海水で滑りやすい甲板には、昨日搭載を完了した人間魚雷が架台の上に真っ黒い流線型の体を横にして、幅の広い革のバンドでしっかりとくくりつけられている。錆び止めの塗料が黒々と塗られ、穴にはグリース潤滑油がベットリとつまっている。頭部の一・六トンの炸薬がつまった部分は他の魚雷部分とは異なって特に真っ黒なのが無気味だ。

間もなく甲板に乗員がぞろぞろと登って来た。出撃直前の内地の空気を吸いに登って来る。準士官以上は紺の軍服、軍帽に短剣という服装の達しにより、電機長が略綬を左胸につけてハッチから頭を出して大きな眼球でギョロギョロと辺りを見回し、軍服が汚れないように注意しながら甲板に出ようとする。そのハッチのそばで兵員が輪になって雑談をしながら煙草をふかしているので、電機長が出て来るのに気がつかないでいると、「誰か手を貸さんかい」とブリブリして声をかけた。引っ張ってもらって甲板に出た電機長は手で軍服をパッパッと払ってから、ポケットから白手袋と煙草を出して輪の中に入った。

「気のきかん奴らばっかしじゃ」と怒ったようなふりをして誰へともなく言いながら、煙草を一本抜き出し右手に持って、まだブリブリしている。このブリブリするのは案外御気嫌の良い時なのである。

「本当に気が利かん奴らばかりじゃ。煙草の火もようすり切らん」

と言う。そばの兵が吸いかけの火のついた煙草を出すと、

「こういう時にはな、ちゃんとマッチをするんじゃ」と言う。そばの下士官が、

「電機長、襟に桜がついたんで馬鹿に威張るじゃないですか？」と悪口を言うと、

「こいつが」と左の白手袋を持った手を握り、横ビンタを張る格好をしてハーッと息を吐きかけたとたん、回りの者がワーッとはやしたら、「あんまり本当のことを言うな」と言って電機長は笑ってしまった。

回天の回りは禁煙になっていたので、飛行機格納筒の前と最後部の辺りに煙草の煙があがっていた。

「総員前甲板」

と伝令が叫んで通った。

格納筒の前からカタパルトの両側を左舷に水兵科、右舷に機関科と分かれて整列した。左舷司令塔よりに艦長、次が先任将校、機関長、砲術長、分隊士、そして最後が

私である。私の隣りには掌長が並んだ。

艦長、先任将校に出迎えられて人間魚雷の搭乗員四名が、そのうち二名が士官、他の二名は下士官であったが、内火艇でやって来た。

連合訓練で知っている顔の柿崎中尉が最先任者で、左舷の艦長の向かい側の位置に並んだ。この頃には空が幾分明るくなり、太陽が雲を通して明るく認められた。誰もがこの明るくなったことで精神の緊張を幾分解かれたようであった。待つ間もなく登舷礼式の笛の音とともに艦隊長官がその小作りな体を司令部の高級士官に挟まれて、飛行機格納筒の付近に現わした。先任将校が艦長に、部下全員の整列のよいことを届けて敬礼すると、艦長は長官に無言で敬礼する。白く塗った小さな台が格納筒の前に据えられ、長官が台の上に立った。われわれと敬礼を交わしてから、長官は壮行の辞を読み始める。

真っ白い大きな紙が冷たい風にまくれ折れる。低いが力強い声で型のごとき壮行の辞を読み進む。頭の芯にジーンと熱いものが浸み込んで来る。搭乗員のほうに眼をやる。薄草色の開襟略服に白鉢巻の服装で、顔は興奮して桜色に上気しているが外見はうれしそうな顔つきだ。

私の頭の中にはこれら搭乗員の気持を、あれこれと自分で想像し、なんとはなしに、漠然たる畏敬の念と特攻隊としての陰の精神的な苦悩に対する同情とでもいうべき気持がごっちゃになって、名状しがたい混乱と統一を交互に織りなしていた。命を国のために捧げた人たち。それは死後において戦死した人たちに捧げられて来た種々雑多な美辞麗句に飾られた、おそらくは本人がそれを用いたならば恥ずかしく思うようなこともあると思われるほどの感激的な形容詞と副詞、それらの詞が必ず使われるにちがいない場面だ。

だが、ここに並んだ四人の人々はどうだろう。死を決してよりすでに小一年の長い間、この大津島基地で訓練に訓練を積み、その途中殉職した人さえあったのだ。その間の訓練は自分が死ぬ直前のホンのちょっとの間の困難な仕事のためのものであるという。そして、その死出の旅路への門出の式が、今行なわれている。その式の中で、うれしそうに童顔をほころばせているのだ。私には分からない気持であった。かえって辺りに並んでいる人たちのほうが異様に緊張して顔も硬ばり、眼が鋭く光って妙な対照をなしている。艦長までが爆雷の四、五発も食った後のような渋い顔をして、口の辺りに異様な力を漂わせている。

その搭乗員の背後の海面には小型の船が、内火艇もあり、渡し船のようなものも漁船のようなものもあり、種々様々な船が一杯漂泊して甲板の上を凝視している。どれもこの基地の人々で大半はやはり搭乗員なのであろう。皆一種軍装をしている。

長官の壮行の辞が終わりに近づき、

「回天特別攻撃隊金剛隊の出撃に際し、いささか所感をのべて壮行の辞となす。昭和十九年十二月二十二日、第六艦隊司令長官海軍中将三輪茂義」

と結んだ。

六艦隊長官は台から降りると答礼しながら舷門の方へ歩いて行く。登舷礼式の美しい抑揚の笛が舷門の近くから流れる。黄色い敷物の美しい乗艇は、艦長始め一同の観送裡に潜水艦から遠ざかる。

長官のランチが遠のくと、付近の小艇から個人的な激励の言葉が潜水艦に投げられ始めた。

と、艦長が舷門から帰って来て、艦首よりのカタパルトの上に立って乗員一同に対し、初めて本艦に命ぜられた任務を公表し、「各員一層の奮励努力を望む」と結んだ。

「伊号第五十六潜水艦万歳」「回天特別攻撃隊金剛隊万歳」を三唱し、次いで乾杯をしてから解《わか》れた。

水兵科は錨を上げているようで、機関科はエンジンの始動の用意を始めた。

ちょうどこの時、左舷艦橋付近にいた内火艇から爪竿で紙片が艦に渡された。私宛の書面だった。細長く折り畳み結びになっており、表に「伊号五十六潜軍医長殿」とあり、裏に塚本太郎と記してあった。昨夜探して分からなかった後輩の塚本君からの手紙であった。

中には鉛筆で走り書きしてあった。

「先輩軍医長の出撃に際し、はからずもお眼にかかれ、こんな愉快な事はありません。私も後から参ります。

塚　本」

私は書面を読み終えて内火艇のほうを見ると、一種軍装姿の塚本君が敬礼をしていた。私が答礼していると艦橋から、「出港！」「出港！」と言う伝令の声がして来た。艦は静かに電動機で推進し回頭していた。その回りを小船が幾隻も群がって見送っていた。

搭乗員の名が何回も繰り返して呼ばれている。

搭乗員は自分の回天の上に立って軍刀を振って答えている。

艦が主機械で走るようになってからも精一杯の速力で艦の回りを走り、いつまでもいつまでも見送っている。その見送りに答えるのに、艦の甲板で寒さに震えながら入れ代わり立ち代わり、手を帽子を振って答え続けた。

私が塚本君を見たのはこの時が最後であった。彼も人間魚雷に乗って、後日ウルシーに突入して戦死した人である。その日記に「人のためには涙を流し、自分のためには汗を流せ」とあった格言は今なお私の頭に刻まれている。この時いつまでもいつまでも見送ってくれた内火艇上の彼の姿と共に。

見送りの内火艇に帽子を振っているうちに、十二月の瀬戸内海の風が艦のスピードにつれて刻一刻体を冷たくした。そして、とうとう歯の根も合わぬくらい冷えてしまい艦内に飛び込んだ。

どのハッチも皆開いているので艦内は冷たかったが、熱い湯が沸いていたのでフーフー吹きながらシロップを飲んでいると、艦長が、

「軍医長……」

と呼ぶ。急いで行くと、

「……司令部からだ」

と言って大きな白い二重封筒を渡された。二重封筒の内側の緑色が外の白い紙を透かして見えるので、外側の紙がよけいに白く見える。表に「伊号第五十六潜水艦軍医長殿」と墨で達筆に書いてあり、裏には何も書いてなく、封筒の「海軍」という印刷の二字だけしかなかった。何か丸い薄べったい柔らかい物が四つ入っているようであ

った。

封を切るとまた中に同じ封筒で二重に包まれていた。二枚目の封筒には何も書いてない。私は、その何も書いてない封筒の厳重に糊付けしてある上端を破いて、中の丸い平べったいものを机の上にあけた。

出て来たのは褐色の薄いセルロイド製の膏薬容器が四個と赤い海軍用紙一枚だけであった。海軍罫紙にはこう書いてあった。

「極秘　回天発進に際し搭乗員に手渡されたし」

私は、褐色の六ミリぐらいの厚さの薄いセルロイド容器を手に取って見た。軽くて、振っても音がなく、手応えもはっきりしなかった。その六ミリぐらいの厚みの容器の蓋と身の間は絆創膏でぐるりと一回り貼ってあった。絆創膏を剥いで蓋を取ると、中にはパラフィン紙の薬包紙に包んだ真っ白い粉末があった。

「青酸カリ」だな、と直感した。

自決用の「青酸カリ」だ。

私は言うに言われぬ嫌な気持がした。

人間魚雷は潜水艦から発進するだけだって簡単じゃないんだ。うまく発進したって、機械が故障しないとも限らない。走っている時には目標を間違えば海のことだから危険な岩などいくらでもある。そんなところへ高速で走れば、それだけだって下手をすれば生命取りだ。そのあげく、苦心に苦心して敵艦か敵艦船にぶつかれば炸薬が爆発する。もしそれで爆発しなかったら、電気の起爆装置がある。それで爆発しなかったら自決だ。自決にはピストルもあるだろう。長官からいただいだ短刀もある。その上にこの毒薬を渡せというのだ。

私は急いでもとのように絆創膏を貼って、容器を封筒に入れ、机の引き出しの奥にしまった

一体なんと言って渡せるんだろう。なんと言うべきなのだろう。私は自分の嫌な役目を考えて思い迷っていると、掌水雷長が唇を紫色にして、フーッと大きな息を吐きながら士官室に入って来た。

「いよいよお別れですね。内火艇が帰り始めましたよ。……軍医長」

「そうですか。寒いでしょう。皆、がたがたしながら帽子振ってるんでしょう」

「出たり入ったりですよ」

「私も、それじゃ、日本にお別れして来ようかな」

と言って甲板に出た時には、もはや九州も四国も濃い紫色と紺色で塗られてしまっていた。

波濤

その日の午後八時頃、豊後水道の機雷原を抜けて太平洋に出た。甲板に貼った対空味方識別の真っ白いケンバスも前回と違っているばかりでなく、もっともっと大きな、無気味な人間魚雷が四本も甲板に並んでいるのだ。ただそう考えただけでも船足がにぶるような気がするのは人間魚雷が作りだす異様な緊迫感からであろう。

艦長も前回とは人が違ったように、無口な人がさらに無口になってしまったように見受けられた。回天搭乗員のベッドには、先任将校の上の砲術長のベッドと機関長の上の分隊士のベッドの二つを提供して、掌水雷長と潜航長は兵員室のほうで寝ることになった。通路側の上段のベッドの上の釘に薄草色の服と白鉢巻が並んで掛かっていた。そしてベッドの奥には錦の袋に入った艦隊長官より贈られた、万一、攻撃失敗の折に用いる自決用の短刀がぶら下がっている。薄暗い箱のようなベッドの中に錦の袋だけが明るく輝いて見えたのは私の眼の僻みであったのだろうか。

特別の人間に対する乗員の心使いも、何から何まで行き届いていると言うか行き届き過ぎていると感ずることがあった。第一に士官室を通り抜ける下士官、兵が、今まではチラリと一瞥を与えるだけであったのが、何かジロジロと覗くような感じで見るのが度々で、搭乗員も何か迷惑そうな顔をしているようであった。

士官室の連中も搭乗員との間の共通な話題といえば、敵を攻撃する時のいろいろな専門的な話の他は、何か話が固苦しくて、両方が何となく興ざめるような具合でどうもまずかった。こんな特別の感情を交じえた会話というのは、どだい面白いものではないので自然話が少なく、ぷっつり切れた話を私が転換しなければならなかった。最初は私もこの固苦しさの中に落ち込むのが嫌であったが、だんだんと親しみが増すにつれ、固苦しさも薄れていくようになった。

攻撃する軍港というのが赤道を越えた南半球の側にあるので、種々の眼に見えぬ苦労があるようであった。第一が、人間魚雷が航海の途中で破損しないか、という心配であった。このためには搭乗員はもちろん、水兵科の連中がガソリンとか酸素とか浸水とか錆止め、電池等の整備に大童で、一日二回の浮上の大部分は単なる充電のための浮上ではなく、「回天整備」という大きな仕事が加わっていた。それもいつ敵から攻撃を受けるか分からない状態の下で、灯火も露出できない甲板で整備するのであるから並大抵のことではなかった。

出撃してから四日目に物凄い荒天がやって来た。艦は低気圧の中心にでも飛び込んでしまったように、ピッチングとローリングを始めた。

「回天が架台の上で踊り上がりそうだ」と掌水雷長は心配していた。潜航すれば荒天なんかはなんともないのが普通であるが、先を急いでいるらしくなかなか潜航しない。搭乗員も自分自身の回天が心配で、ほとんどつきっきりで整備しているようであった。

心配した荒天も無事にやり過ごし、艦は東方九十度の方向へ変針してサイパン、硫黄島の間を抜けてハワイの方へと一路進撃していた。この頃から搭乗員も潜水艦の居住に幾分馴れたようで、日出前と日没後の浮上時の回天の整備の時と、机上訓練と潜望鏡の訓練以外は、私と先任伍長が呉で苦心してかき集めた「五十六文庫」の本などを読んだりしていた。体の調子もすこぶる良いというので心配していた体の変調も案外軽くすんだようでホッとした。

陸上勤務の人が潜水艦に転勤すると生活環境がガラリと変わるので、大抵一週間目ぐらいには下痢、腹痛などを起こしたり、風邪を引いたり、ひどい糞づまりになったりするものであるが、この体の変調も無事通過したのは、小さな潜水艦たる人間魚雷の訓練を半年間もやって来ているからであろうと考えた。他の乗員もほとんど変わりがなく、結膜炎患者が二名と呉で毛虱をもらって来たのが一名いただけで、医務科の業務は平穏無事であった。

ところが出撃直後、先任将校から、「軍医長、星球儀を作ってくれないかなあ」と言われ、うっかり安請合いをしてしまったので、そのほうの仕事が忙しくなってしまった。

機械長に頼んで工作兵に旋盤で木の球を作ってもらい、その球へ紙を泥状につぶして糊を混ぜ合わせた物を厚く塗り、乾くとまたその上に塗って円い球を作り、それに一等星、二等星をなるべく正確に黒く記入する仕事であった。これは今度攻撃する敵の軍港が赤道を越えた南半球にあるので、敵前における天体観測の際に、星が北半球と南半球では少々違ってくるので、もし観測を急いでしなければならないような場合に浮上した時、観測する目標の星の位置を潜航中になるべく正確に観測するために必要であったのである。

艦内が湿っているので糊がなかなか乾かないので製作は思うように進まないが、それでも球は少しずつ、大きくまるくなって行った。日出前、日没後の浮上時には艦内で一番通風の良い機械室に吊して乾燥に努めた。雑用紙を水で泥状にして糊を混じたものは、潜水艦ではそう簡単には乾燥しなかった。このぼてぼてした星球儀の原型がブラブラと吊されて乾かされ、その表面が、いくらかカサカサして来たと思う頃には、艦はサイパンと硫黄島を結ぶ線上に近づいていた。

ちょうど夜間にこの線上を通過して、ハワイ側の太平洋に出てしまおうというのが艦長の考えで、艦内各部各員に対して、「艦はいよいよ、サイパン硫黄島連結線上を本夜半通過の予定なり。総員警戒を厳重にして万遺漏なきよう注意せよ」という訓示が出ていた。電探兵、逆探兵、電信兵は真剣に各機械の整備をしていた。見張員には非番中の読書を中止させて、視力の増強を計っていた。

このほか、細かい心使いが別に命令でなくて、各自が、自分の最善を尽くすことから自然に生じているのであった。

艦は日没後、甲板に無気味な人間魚雷を乗せた異様な姿を海面上に現わして、東へ東へ物凄い速度で白波を長く艦尾に曳いて走っていた。艦橋の見張員はもとより、発令所も電探室も逆探室も真剣で皆鋭い顔をしている。二十ノット近い快速である。ディーゼルエンジンの轟々たる音が艦内に響き、調子に乗った艦はエンジンの振動と共振しているようであった。どのくらいの時間、水上航走ができるかが問題であった。

電探室から聞き馴れた兵の声で、「艦橋、電探感度なし」という報告が五分おきぐらいに聞こえて来た。士官室の搭乗員のベッドに、いつの間にか吊されたマスコットの小さなフランス人形が真っ赤なフレヤーの多いスカートを、艦の振動と一緒に、上下に細かく動かして踊っていた。ベッドの四角く区切られたベニヤ板張りの箱の中には例の短刀が奥のほうで赤く光っている。

柿崎中尉は、先ほどから回天の整備に出ているようであった。私は電探室の反対側の潜望鏡筒の側面に背をよりかけて、狭い通路越しに電探ブラウン管の蛍光面上のエレクトロンの運動を見るとはなく眺めていた。硝子の面には電波を発信すると横に一本の線が美しく現われた。この線が縦になったら大変なのである。目標物が現われたことになる。電探兵は電波発進を休めた時に、時々眼をこすっている。ふとそばを見るといつの間にか柿崎中尉が立っていた。

「整備は終わったんですか？」

「ええ」

「変わりありませんか？」

「もう回天が錆び始めませんか？」

「今夜はうまく突っ切れると良いんですが、どうでしょうかね？」

と言うと、黙ったままうなずいていた。真っ黒く汚れた軍手が海水で光っている。これも黒く汚れた戦闘帽の下から肩近くまで長髪が伸びている。特攻隊の搭乗員には創始者仁科大尉を始めとして由井正雪ばりの長髪が流行していた。

「搭乗員には長髪の人が多いようですが何かわけがあるんですか」と尋ねると、

「別にありません。回天の中で、潜航中に下手をすると海面に浮き上がった際に、天蓋に頭をひどく打つことがあるんです。それで、いつかしら長髪になったんです」と低い声で話す。

「煙草ありますか？　なければ私が持っていますから」と言うと、

「あります」と言って、ポケットからぐちゃぐちゃの「桜」の箱を出した。

マッチで火をつけてうまそうに一服した。煙がエンジンの吸気口のほうへ細い線になって、その中を巻煙草の先の火の粉が混じって飛んで行く。本当の「風煙草」で、まずいのを習慣的に吸っているのである。

神経質そうな手付きで煙草を吸っている色の浅黒い痩せぎすの小柄なこの特攻隊員は、何か浮世離れしたというか、自分から浮世と絶縁したとでもいうような不愛想な感じの人である。私も煙草に火をつけて、一体何を考えているのであろうか、と私なりの世俗的な推理をし始めたがすぐ止めてしまった。

艦は少しローリングが加わり左、右と傾くのに調子を合わせて、手で体を支えながら私たちは雑談をしていた。と、電探室から、「艦橋、十九キロメートル、飛行機編隊……」と怒鳴るのと、警急電鐘が大きな音をたてて「ジャーン」と鳴り出すのと同時であった。

私は備えつけになっている竹の子の水煮の空缶の水の中に、吸いかけの煙草をたたきつけるように投げ込んだ。ディーゼルエンジンは急に停止して無音になった。艦が無気味に少しずつ回転し始めた。艦首が下になり、傾斜し始めるのだ。蛍光灯が真っ白くポッポッと点滅しているうちにパットついた。電探兵が、狭い一メートル四方ぐらいの室から首を出したまま、

「B29の編隊のようです。東京か硫黄島の爆撃でしょう」と言う。

「電探があるからいいが、なかったら頭の上に来たって分からないからね。便利だけど恐いようなもんだね。うちの電探は性能はいいのかい？」

「自慢じゃないですが、今度のやつは自信があります。以前に較べれば感度は素晴らしいです。うまくいけば二十五キロメートルぐらいで飛行機を捕捉してみせますよ」

と自信満々であった。

エンジンのシリンダーの中のガスが艦内各区の通風口から嫌なくさい臭いを吐き出

す。急速潜航独特の臭いである。約二時間ほど潜航の後、再び浮上航走に移ったが、航走約三十分ぐらいでまたまた電探に飛行機が現われて忙しい急速潜航をした。こんなことが何回も起こるので、サイパン、硫黄島連結線上、幅約六十カイリの間を横切る間に前後六回の急速潜航をさせられてしまった。まったく急速潜航の猛訓練のようなものであった。潜航後浮上までの時間が最初は長かったが、だんだん短くなり、最後には三十分程度になった。そして翌日の日出前に日施潜航に移った。これで第一の離所を切り抜けたわけであった。そして敵の警戒の薄い海面に出たので、ほっと一息ついた。

そして九十度転舵して艦は南へ、南へとトラック島を目指して南下して行った。もちろん浮上時には毎回回天の整備を行ない慎重に慎重を重ねて点検を繰り返している。

私は一日三回、毎食後、艦乗員が全部起床している頃を見計らって、艦内を巡視というかぐるぐると見て回るのを日課にしていた。そして誰彼となく雑談をし、艦の位置、戦況などを話すのが患者のない艦内の軍医の生活であった。

水兵科の見張員は非常に疲れるらしいのであまり雑談しないようにしていたが、機関科のほうでは話したい下士官が多く、したがって私は後部にいる時のほうが多かった。下士官の顔には一日一日と不精髭が伸びて早くも山賊のようなのが二、三人でき上がっていた。

サイパン、硫黄島連結線を横切りハワイ側に出て、九十度の大変針を行なってから三日目のことであった。

小夜食後も浮上航走していた。というのは警戒手薄な海面なので、時をかせぐ意味で思い切り走っていたのである。低気圧から遠ざかったので、海上には丸くて大きな月が出ていた。私は戦況も閑散のようだし、警戒もそう厳重ではないようで、艦内には第三警戒配備が下令されていたので、南の島の夜景でも見たいと思い、先任将校から艦長にお願いして艦橋に登ることを許可してもらって、思いもかけず太平洋の夜景を潜水艦の艦橋から眺めることができた。邪魔にならないようにと思って、早速に発令所に降りたが、烹炊室前の煙草盆の辺りにいた機関科の下士官兵から、熱心に海上の模様を聞かれた。そして、

「羨ましいですね……。一度でいいから南の海が見たいですね」

などと言われた。

まったく破格の光栄であった。実際、機関科の将兵は、艦がどこへ行こうが安全な港に入港するまでは、海上の風景を見ることができないのである。

先年の春頃は、それでも所によっては浮上航走中、甲板で煙草を喫えたという話が

あったが、今ではまったく夢物語であった。瀬戸内海を出れば事前通告のない限り、まず海上にある艦船はほとんど米国の艦船で空飛ぶ飛行機は皆敵さんである、というのがどん亀乗りの常識のようであった。こんな状況となれば、ますます甲板上の風景を眺めるのは機関科の連中にとっては羨望の的であった。

風速二十メートル近い速度の風となって、艦橋ハッチから飛び込んだ海上の空気は、司令塔を抜けて発令所から電探室と烹炊室の狭い通路を吹き抜けて、機械室でエンジンのシリンダーの中に飛び込んで行くのである。その風の中で胸を膨らませて呼吸するのが機関科員が唯一の幸福を味わう瞬間なのである。そして当直交代前後の湿った黴臭い煙草がそのつまのようなものであった。艦がローリングする度に時々お互いにぶつかり合うのがよけいに親しみを増すもとであり、床のリノリュームは海水が飛び込んで来て滑りやすくなっていて、機械室への段々で滑って弁慶の泣き所をいやというほどバリケットの縁にぶつけて、大笑いされるのが数少ない茶番なのである。

「見張員交代用意」、「見張員交代」で見張員が登って行った。そしてしばらくして眼を真っ赤にした下番の見張員がドスン、ドスンと発令所に降りて来た。見るとブルドッグの掌水雷長が手に光ったものを持っている。

「軍医長、おみやげですよ」

と言って、私にくれたのは飛魚であった。艦橋に飛び込んだのだそうだ。美しい銀鱗が赤茶けた艦内電球の光りにキラキラと光っている。魚にとっては、とんだ迷惑なことであろうが、乗員にとっては飛魚が船に飛び込むのは善兆であるという話であった。

「明日の朝の食事で艦長にでも差し上げましょう」

と言うと、我が意を得たりというような顔をしていた。この飛魚が本艦唯一の生糧品であった。

飛魚を食器棚の皿の上に乗せて、私は自分のベッドにもぐり込んだ。循環冷却通風をしているので、送気口からは「ゴーゴーゴーゴー」といくらか冷えた風が流れ出していた。私は向かい側の扇風機の角度を少し変えて、ベッドに風が良く入るようにした。どうせ寝てしまえば次の人がまた思う角度にかえる扇風機ではあるが、これが、これから寝ようとする者の特権であった。

何分ぐらい経ってからか分からなかったが、私は眠っていた。それが突然、警急電鐘の鼓膜が破れるかと思うような、「ジャーン」という音で眼が覚めた。

警急電鐘で眼を覚ましたのはこの時が初めてではなかったが、「一体何だろう？」「飛行機かな？」といつも起こる疑問が連続的に起こった。と、鉢巻姿の掌水雷長が発令所から士官室に飛び込んで来た。その頃には、艦は例によって艦首を下に傾き始めていたが、その傾き方がいつもとはちょっと違っている。刻一刻と傾き、廊下にいた掌水雷長はもう物につかまらねば、立っていられなかった。

発令所から兵が深度計を読む声が聞こえて来る。「六十五、七十、七十五、八十……」と急速度である。それにもうちょっとで安全潜航深度を越してしまいそうだ。いつもならこの辺で潜舵の上げ舵が効いて来て、艦首が持ち上がって来てもよいはずなのだがと思うが、持ち上がるどころかますます傾斜がひどくなる。

「いかん危険だ。潜舵が効かないほど、艦が傾斜してしまったのかしら」と考える。

掌水雷長がベッドの柱につかまるというよりは、すでにぶら下がっている。棚の引き出しが「ストン、ストン」とソファーの上に飛び出す。食器棚の食器がガチャン、ガチャンと艦首よりに集まって音を立てる。先ほど掌水雷長からもらった飛魚がリノリユームの床の上に投げ出されている。頭の上の棚から書物が机の上に落ちる。発令所が水平面よりずーっと上のほうに上がって来たので、上眼使いで机にかじりついていると自然に発令所の中が見える。いつもなら、かがんで、やっとのことなのが楽に見えるのは誠に変なものである。

前にいる掌水雷長の顔が刻一刻と、真剣になり真っ青になっていく。舷側でガーガーというメインタンクブローの時と同じような空気と海水が入り混じるような音がする。「百、百五、百十、百十五……」と例の声が無気味に数を増していく。いつもならば、もう艦首がたち直ってもよいはずなのに、と繰り返し同じことばかり思う。不安な心持ちが恐怖に変わっていく。何かわけの分からぬ甲高い先任将校の声が発令所から響く。掌水雷長がぶら下がって、真っ青になりながら、「やった、やりやがった」と一人で変な怒声を吐き出す。私は何が何やら分からず、ただ非常な危険が眼前に迫っているということを直感しただけであった。どうしようもない。ただ机にしがみつき、ソファーの背に足を乗せて上のほうに当たる発令所を見ていた。

「ネガチブブロー（＊）終わり」と潜航長が金属性の声を上げた。何か最後の手段が終わった、とでもいうような語気である。

それから長い無言の時間が続いた。私には随分長く感じられたが十秒かせいぜい二十秒ぐらいの時間であろう。艦が少しずつ水平になって行くのが感じられた。その間も深度を読む声は聞こえていたが、私の耳には入らなかった。その声が再び聞こえ出した時には、前よりずっと深度の増加が緩慢になっていた。だが安全潜航深度はとうの昔に超過してしまっていた。それどころか深さ二百までも行った艦は、それから少しずつ水平になり深さを減じ出して、やっとのことで深さ百八十で安定した。

まったく油断大敵であった。今ちょっとのところで艦は飛行機の失速と同じように、浮力を失って、海水の圧力で押し潰されるところであった。

イ三十三潜が瀬戸内海で沈んだのを笑うことはできなかった。潜水艦ではちょっとの操作の誤まりが、命取りなのである。搭乗員は潜水艦のことをあまり知らないので、こんなことが普通なのかというような顔をしていたが、私も別に教えようとは思わなかった。こんなことを教えても始まらないと思ったからであった。

この危険な出来事の後日、皆非常に真剣になって潜航するようになったので、二度とこれに類する出来事はなかったが、赤道が近くなるにつれ、さすがに乗員の疲労は、私の眼にちらちらと映るようになって来た。そこで私は、先輩から聞いた艦内新聞を発行することに決め、艦内二ヵ所に艦内新聞原稿募集、締切日十二月三十一日として発表した。そして搭乗員にもぜひ奮って応募してくれるように話したが、皆うれしそうに承諾してくれた。

進撃

艦は南へ、南へと走っていた。背中に乗せた回天さえなければもっと快適に走れるだろうが仕方がない。艦内にいる者には回天など何も見えないし、また感じられもしないのだが、背中に乗せているのを知っているだけで、いかに乗員の気持を重くしているか分からなかった。それに、眼の前にはその回天に乗って行く搭乗員がいるのだ。この搭乗員に対して一人一人が抱く人間感情が艦内を以前と異なり遠慮っぽい、よそよそしい、型式的というか、搭乗員を神格化した厳粛さが、艦の隅っこの空気までを重苦しいものにしていた。その空気の緊張で搭乗員が迷惑しているのじゃないかと思うことが度々であった。だが、そんなことを感じている私自身が搭乗員と話す時になんとなくとらわれているのに気づくのだったが、なんとしても振り払うわけに行かなかった。

今度の出撃前に艦の乗員全部から寄付を集めて、先任伍長と一緒に呉の古本屋に行って面白そうな本を物色した。古本屋といっても貸本ばかりで、五十銭から二円ぐらいまでの保証金を置けば、最初の三日間が十銭、次の一週間が十銭というような仕組みになっていた。その貸本を五十冊ばかり艦内文庫に加えたのが各居住区別に回覧されていた。その図書をベッドの中から頭と書物を少し外に出して、蛍光灯の光で読む時が一日の中で一番楽しい時間であった。もちろん潜航中だけである。浮上すればいつ敵から攻撃されるか分からないから書物などゆっくり読む気になぞなれない。

搭乗員は浮上すると潜望鏡の観測訓練と回天の整備で忙しいので、潜航するとホッとするらしく、私のベッドの頭の辺りにある本立てから回覧本を選び取って読んでいた。柿崎中尉のベッドは機関長の上で、頭を艦尾方向にしていたので、私は寝たままで彼の頭が見えた。どんな種類の本を読んでいても顔には何の表情も現われない。まったく能面のようである。その身に課されたあまりにも大きな困難と苦しい責任が、絶えず彼の内なる心を悩ませているように見えた。

私は当直の交代の時には必ず起きることにしていた。一つには皆の人と話ができるのはこの時以外にないからである。食事も必ずこの時間に出すようになっていた。この交代の時間に、戦況だとか現在位置とかいろいろのことを知ることができた。もちろん士官室の短波の受信機で敵側のニュースを聞くことは私の日課の一つになっていたが、疲れ切って死んだようになって寝ている痩せた先任将校や、毛脛をベッドからブラリと外に垂らし、山本元帥のような顔にバラバラのまばらな鬚が生えた砲術長の無心な寝顔を見ると気の毒で、ラジオのスイッチを入れるわけにいかなくなってしまうのだった。

星球儀の製作もほとんど終わってしまい、艦がトラック島近くに来た頃には星の位置も記入し、一等星、二等星には名前も入れ、あとは機関科の工作兵が緯度計を作り終えれば完成であった。電灯からぶら下げてある丸い球が、時に人が触ったのであろうクルクルと回ったりしていることがあった。この星球儀の完成が近づいた頃には乗員は相当疲労して来たので受診患者がぽつぽつ出ていた。いずれも大した病気ではないがそれぞれの体の悩みがあった。不潔な生活から起こる第一の病気は結膜炎であり、腹痛であった。潜水艦では顔を洗ったり歯を磨いたりするのは贅沢の一つであったので、不精者が尊敬される傾向さえあった。そんなことから結膜炎が一番多かった。といっても毎回二、三名から五、六名程度である。その二、三名が当直の関係や浮上、潜航の関係でなかなか手間取るのであった。他の病気は、引っ掻き傷や、できもの、蛔虫、便秘症と缶詰の盗み食いによる腹下しが時々あった。床の上にはどこもかしこも缶詰ばかりなので、やたらに開けて食った罰である。

トラック島の東方で西南へと大きく回頭する頃には暦が早くも十二月三十一日になっていた。だが、戦闘海面を一路南下する艦には大晦日の感傷などはなかった。それでも翌日の昭和二十年の元旦は、初日の出前の浮上充電を終えると、直ちに潜航して水中で心ばかりのお祝いをした。初日の出を拝んだのは司令塔配置の者と特攻隊員だけであった。冷却通風をフルにかけて、できるだけ涼しいお正月にしようと電機長が苦心するのは、内地のお正月と考え合わせると面白い違いであった。主計長も張り切って赤や緑の食用染料を使って苦心の料理を作ったので、皆子供のように喜んでいたが、食欲はあまり出なかった。暑さと疲れからである。

元旦のお祝いも二時間ぐらいで終わってしまい、あとはまた予定コースの進撃である。元旦の夜から私の仕事は艦内新聞の原紙切りになった。前部兵員室の厠の脇にある一メートル四方くらいの診療室に入って原紙をジージーと鉄筆で切り始めた。

診療室の机の右上には給気管がある。普通は人がいないから給気管の蓋を閉めておくのだが、仕事をしている時には蓋を全開しておくと、スースーと軽い音をたてて、やや冷たい空気が狭い室内に飛び込んで来るので、とても涼しい。時々、その給気管の中から、遠くのほうの物音が聞こえて来て面白かった。

一月二日の早朝、小型水上艦船を電探に感じて急速潜航した。航海長の判断では海底通といわれる伊三七一がトラック、メレオン両島へ食料を運送して、ちょうどこの辺を通っているはずだということだった。

艦内新聞が刷り終わったのはその二日の夕食前だった。部数は三十部であった。かい、んぜよりで綴じ終わって士官室に入ると先任将校が電令板を見ていたので早速一部を差し出した。

「できたね。御苦労様……」と言って表紙を見ていたが、

「軍医長、……これは回天のことが書いてあるから、『軍極秘図書』になる。一貫番号をつけて、なくさないようにしないといけないぜ」と言った。

なるほど、そう言われればそのとおりだ。軍隊ていうのはほんとうにうるさいところだなあとしみじみ恐れ入ってしまった。これから敵港に突入しようというのに「軍極秘」だなんて馬鹿らしいと思いながらも、早速秘印を捺し、一貫番号をつけて発刊した。

投稿した者も、しなかった者も皆大喜びだった。三直交代の進撃また進撃で疲れ切っている人たちが、皆一様にうれしそうに顔をほころばせて、ガリ版の新聞を受け取

るのだった。看護長が描いた潜水艦の画や回天の画が人気を呼んだ。先任伍長の作った「いそろく潜水艦」という詩が圧倒的人気であり、次が機関科下士官の「南征の歌」であった。分隊士の「鉄鯨の歌」も人気があった。他に一つ、投稿者不明の漢詩があった。立派な出来であったが人気がなかったのは残念であった。

何か賞品をと思ったが、呉在泊中、何かの折に使おうと思って、例のおばけに集めてもらったプロマイドにした。おばけに話してみたら、皆が持ってるし、町にも少しは売ってるかもしれないと言って引き受けてくれたのだった。そのプロマイドの包のために思いもかけなかったお通夜にまで出席してしまったのだ。

私は机の引き出しの中から四角いプロマイドの包を取り出した。取り出す時にその隣りに投げ込んであった「青酸カリ」の包に触った。しばらく忘れていた、私がしなければならない嫌な任務のことを思い出してしまった。その任務を果たさねばならない時が一刻一刻迫って来ていた。

プロマイドは百三十枚ばかりあったので、原稿の人気順に一人一枚ずつより取ってもらい、残ったのを皆に分けた。皆大はしゃぎで喜んでいた。田中絹代だとか、高峰三枝子なんていうのはすぐ分かったが、名前の分からないのもあったり、随分古そうなのもあった。峯銀子なんていう断髪もあった。岡田嘉子の写真もあったが最後まで売れ残ってしまった。

士官室ではチョンガ会の連中にも写真を配った。ＫＡのある連中には遠慮申し上げたわけであった。こんなつまらぬ物でも、枯渇しかかった精神生活への慰めの水の役割を幾分かでも果たしたように思えた。昔、船乗りほど人間を恋しがる者はないという話を誰かから聞いたものだが、海また海と長い航海をすれば誰でも、他の人間に会いたくなるのは人情の常だろう。海や空や星を眺めることができてさえそうである。まして居住の極めて悪い潜水艦乗員の気持は想像できるだろう。

士官室で、潜航中、チョンガのメンバーがプロマイドの品定めをやって冗談口を叩いていたら、いつの間にか艦長が後ろに立って微笑しながら覗き込んでいたので一同、ビックリしてしまった。

「砲術長、その砲術長の持ってる女優はなんて言うんだい？　なかなか美人だね」

と言う。砲術長はまばらな山羊鬚に手をやって、なんて言ったらいいのかと当惑顔をしている。

「軍医長からの慰問品か？　艦長には配給しないのかい？　軍医長。ハッ、ハッハッハッ」

艦長が珍しく笑ったので、皆、大笑いしてしまった。

艦はその夜、いよいよアドミラルティ三百カイリ圏に侵入した。先任将校が黒板に力強い字で大きく、「緊褌一番」と書いた。

アドミラルティ三百カイリ圏に入ってからは警戒が一層厳重になった。日出前、日没後の浮上充電、水上進撃の時間も以前より短くなった。搭乗員は潜航中は士官室で襲撃訓練の図上演習と研究をしていた。私たちは、そんな時にはなるべく邪魔しないようにと思ってよそに行っていることにしていた。

アドミラルティ諸島の海図と、そのハワイ島の拡大図、それに水路誌の中の同島の横観図等が机の上に拡げてあった。ハワイ島の湾口は想像以上に狭く、安全な航路面は四、五百メートルほどのようであったが、湾内は非常に広く米国の太平洋艦隊が一度に碇泊できるほどの広さで、しかも湾内の水深は三十メートルから五十メートルという深いものなので、真に天然の良港であるとのことだった。

水路誌に描かれている島影の形と、海図の島の図とを照らし合わせて、人間魚雷の観測用潜望鏡で見た島の型を想像しているのである。湾口五カイリの発進点で、潜水艦の潜望鏡で陸標により正確な艦位を決定し、艦の羅針盤と人間魚雷のジャイロとを合わせて発進するのである。発進後速力幾ノットで何分進んだ時には潜望鏡で湾の後方の山がどのくらいにどのように見えるか。湾口三カイリでは、二カイリでは、一カイリではどう見えるだろうか。湾口におそらく敷設してあると思われる防潜網はどんなになっているだろうか。また防潜網の上をうまく躍り越えることができたとしても、材木などを海面に浮かしたりなどしていないだろうか。もしあった場合はどうするか。発進予定時刻の午前四時にどのくらい明るくなるだろうか。何分ぐらい経ったら明るくなって、潜望鏡で湾口の目標や湾内の艦船が明らかに判別できるようになるだろうか。というような細かいこと、いや、おそらくもっともっと細かい点までも四人で協議、研究していたのだろう。私が、ちらっとそばで見聞きしただけでもそんな項目があったのだった。

いよいよ赤道を横切って南半球に進撃の一歩を印す時が来た。平時の商船ならば、赤道祭で船内が大騒ぎするのだろうが、今はそれどころではない。敵港は眼前に迫っているのだった。赤道無風帯を横切る時にする仕事といえば、回天の入念な手入れだけであった。もしこれが、潜水艦でなくて駆逐艦だったら、敵港まで三時間か四時間ぐらいの距離なのだ。飛行機なら三十分もかからないのだ。本当に敵前だ。それでもなんとなく、赤道という仮定の線を越えることに、忘れかけていた感傷が、皆の顔や短い言葉に現われた。でも、それは搭乗員のいないところでの話であった。いるところで、本能的にそういうことを顔に現わしたり、言葉に出したりするのを遠慮していたからである。ただ単なる零度という緯度線を通過したということなのである。そして搭乗員の顔にはさらに緊張の色が加わった。

アドミラルティ飛行偵察の結果が、もうそろそろ入電しても良い頃であった。おそらくトラック辺りに大切に隠して置いた飛行機で偵察するのだろう。うまく偵察できればよいが、という心配が、うまく行くだろうかという疑問になってしまう。もし偵察できなければ、特攻隊員は何を確信して発進して行くのだろう。どうか、できるならば大艦隊といわないまでも、空母か戦艦が三、四隻も在泊していてくれたらなあという思いは、乗員一同の祈念しているところであった。もしそうなら、艦長も発進の命令を下す時に、幾分でも気が楽になるのではないだろうか。

だがもし小さな船ばかりしかいなかった時にはどうだろう。搭乗員はどんなにがっかりすることだろうか。私は心配になってある時、柿崎中尉に聞いて見た。と彼は、

「必ずおります。あれだけの軍港ですから、それに、きっと、浮きドックなんかがあるんじゃないかと思います。浮きドック一つ沈めても特設空母以上の価値はあります。……それより、湾口にうまく侵入できるかどうかということのほうが問題なんです……」

と言って、プツリと黙ってしまった。

待ちに待っていた偵察の報告が八日になって入電した。その電文を中に置いて、艦長はじめ主な人たちと搭乗員が鳩首協議していた。アドミラルティの湾内を数十区画に区切り、その区画に約束の番号が付してある。その番号によって駆逐艦はD、輸送船はTというふうに略号で在泊位置を教えて来たのだった。案じていた空母とか戦艦のような大艦は不幸にも在泊していなかった。だが柿崎中尉が言っていた浮きドックが二つも湾内の一番奥まった辺りに並んでいた。

搭乗員は在泊艦船を自分の紙にていねいに写し取ってそれぞれの工夫をこらしていた。

協議を終わった艦長が、艦長室に入ったかと思うと、すぐ出て来て私に小さな白いボール箱を手渡して、

「軍医長、うまくやってくれ……」

と言っただけで司令塔に登って行ってしまった。

注射薬だった。夜間視力増強用の注射薬であった。箱の中に説明書があった。牛の脳の抽出液であり、本品を成人に一筒注射すれば暗調応（＊）の速度を速め、夜間視力を倍増する、と書いてあった。

九日の早朝いよいよ百カイリ圏に入って、日出前の浮上航走中に海面に浮いている

空缶や木箱などを見張員が発見した。敵の輸送路線なのだ。見張員も、電探、通信の者も一様に真剣さが加わり無駄口をきかなくなった。見張りを終わって発令所に降りて来る見張員がグッショリ濡れている。スコールに叩かれたのだろう。ニューギニアは雨季に入ったので雨が多いのだ。

来るぞ来るぞと言っているうちに、聴音にスクリュー音があった。単独の輸送船である。船団を組んでいないのをみると全然警戒していないのだろう。刻々に近づいて来てやがて船底通過だ。シュル、シュル、シュルというスクリューが水をかく音が無気味に続いてだんだんと消えて行く。普通なら早速血祭にするところだが回天があるのでそうもいかない。

柿崎中尉はじめ搭乗員の体の状態は一般に良好だった。ただ柿崎君がそれまでに時々下痢というわけではないが、軟便になるというので一番無難なビオフェルミンを処方しておいた。

翌一月十日になって、第六艦隊長官から「各艦は所定の奇襲を決行すべし」という電令があった。

とうとう来るべき時が眼前に一秒一秒近づいて来て、今やもう時間の問題になっていた。

緊迫した空気のうちに十一日まる一日の長時間潜航で陸標による位置の確定と、目標を搭乗員に潜望鏡で望見させてから反転五十カイリ付近に浮上し、急速充電を終わり、潜航漂泊して時の来るのを待った。

奇襲の時の来るのを待っているのはわれわれだけではなかった。ウルシー泊地では伊三十六が、ニューギュアのホーランジャ泊地では伊四十七が、グアム島泊地では伊五十八が、パラオ島コッソル水道泊地では伊五十三が、昭和二十年一月十二日午前四時を待っていた。帝国潜水艦隊の生き残り伊号潜水艦の全力を挙げての、最後の希望をかけた悲壮な奇襲なのだ。

従兵がチンケース（＊）に、循環冷却通風機の冷却パイプの表面にできた露滴を溜めた水を持って来て搭乗員に向かって、

「水がここにありますから体を拭いてください……。口を洗うのは、ヤカンの水にしてください」と言っている。

柿崎中尉が黙って頭をちょっと下げた。ベッドの回りを整理していたが、私のほうを見ると、

「軍医長、済みませんが、無事、呉に帰投できましたら、これを届けてもらいたいんです。……水交社にいるんです。……別館の方です」

と言って、私に大きな白い封筒を差し出した。表には、

○本　藤　○殿

とあり、裏には「海軍」という印刷の左側に、

柿　崎　　実

と書いてあった。

私は非常に厳粛な貴重な時のように感じて固くなって、

「承知しました。もし本艦が無事呉に帰投できたら必ずお渡しします」

と答えた。

そしてすぐに机の引き出しの中にその封筒を入れてしまった。その時、封筒のことやその宛名の人のことや呉のことなど漠然と慌ただしく脳裡を過ぎて行った。

私は用意しておいた氷水で抹茶を一服たてて決死行の餞とした。ごくり、ごくりと咽喉仏をゆっくり動かして音を立てて、水だての茶を飲んだ。喫し終わって無雑作に茶碗を置くと、決心をしたとでもいうふうに、

「うまかった。ありがとう」と言って席を立った。

チヂミの夏シャツが垢で真っ黒である。代えてやりたいと思ったが、呉出撃の時、分隊士同様、不必要品は全部基地隊に預けてしまっていたので一枚もない。砲術長も

同様だし、おそらく皆がそうだろう。搭乗員は着がえなどは持って来ていない。仕方がないとあきらめてしまった。

私が他の搭乗員を見回って士官室に帰って来ると、その柿崎中尉が新しい下着を着ていた。艦長が自分のをやったのだった。

アドミラルティ

時計の秒針は正確に時を刻んでいた。暴風雨の前の静けさというか、われわれは午後十一時を待っていた。十一時からいよいよ突入するのだ。敵は全然気づいていないからうまく行けば湾口十カイリぐらいの点まで水上進撃できるかもしれない。そうすれば、奇襲は完全に成功したと考えても良いのだ。十カイリぐらいまで浸入して、潜没する直前に第三、第四号艇の搭乗員を甲板から乗艇させ、発進点まで潜航突撃をし、次いで第一、第二号艇には艦内から交通筒を通って搭乗員を乗艇させ、陸標により正確に発進点に来てから発進突入を命ずるようになっていた。

応急食料のビスケットも缶詰も配ってあった。飲料水も各区画別に、チンケースやヤカンにたくさん用意した。もちろんサイダーもある。しかも飲料水には〇・三パーセントの割に食塩を混入した。各人には航空ビタミン錠でビタミンB五十ミリグラムとビタミンC五百ミリグラムと少量のカフェインが与えられていた。夜間視力増強剤の注射には、出撃時乾熱滅菌して用意した注射器がある。

無音潜航をして音が出そうな物は皆、かたずけられてしまった。足がぶつかって音が出そうな物には繃帯が巻かれた。扇風機には油が差された。機関科のいろいろの機械はもちろんのことだ。巨大なディーゼルエンジンがコトリとも音をたてずに眠っている。機関兵が林立するシリンダーに大きな油差しで注油している。もう間もなくこの機械が眼を覚まして動き出すのだ。

十一時二十分前には、さすがに寝てもいられないと見えて艦内はざわつき始めていた。従兵も白い鉢巻を結んでいた。

十一時、艦は浮上した。進撃が下令された。羅針盤の針は百八十度を指している。真南である。その真南には目指す虎穴が口を開いているのだ。

艦は刻一刻と高まる速力につれて、左に右に前に後にゆっくりと、大きなうねりの山を越すような感じで揺れ動いた。その大きな動きと別に主機械から鉄殻を伝ってシリンダーの振動が早いテンポで体をゆする。

搭乗員の顔からは感情の色がまったく消えていた。ただ固く緊張した表情筋が、浅黒く痩せた皮下脂肪のない顔に固着しているようだった。

対水上電探も、対空電探も、逆探も、それに敵信傍受のために電信員も全員配置されていた。聴音もそうである。艦の持つ総力を挙げていた。敵を発見することが目的なのではない。敵がわが艦を発見したかどうかが大事なのであった。速力が安定して来て、艦が素晴らしい速力で水面を突っ走っているのが感じられた。第三戦速くらいかもしれない。

私は誰もいなくなってしまった士官室に座って、炭酸ガス測定器を何ということなしにいじっていた。そして、あと私に課せられた嫌な仕事をできるだけ手早く事務的に終わらせることを考えていた。考えても考えても、自分の思うような良い言葉が出て来なかった。確かに頭が固くなっているのだ。

浮上進撃の最初の緊張が少しずつ艦の振動で解けて来ると、瞼が重くなり疲労が表面に現われて体がだるく感じられた。私は狭苦しい汗の浸みたソファーにより掛かって眼を閉じた。艦体の細かい振動が頸筋に伝って来てくすぐったく感じた。

私はほんのちょっとの間だったろう、うつらうつらとしたが、発令所のほうの人声でハッと眼を覚ました。司令塔と発令所の間で盛んに人声がするので、座を立って発令所に入った。

発令所から司令塔を見上げると、司令塔の伝令が電信室や電探室と伝声管で声高に話している。何か感度があったらしい。緊張した忙しい声が往復する。発見されてしまったのかなという疑惑が生じた。だが、艦は依然として南へ南へと水上を物凄い速さで進んでいる。

私は邪魔になるかなと思いながら、怖い物見たさで司令塔へのモンキーラッタルを登って行った。もし何かあったら、すぐに飛び降りる用意をしながら。

私は、浮上中なので電灯の大部分を消してある薄暗い司令塔に首を入れた。伝令が伝声管にとりついて立っている。その後部が明るい。電信室である。二名の電信員が耳にレシーバーをつけて座っている。もちろん、アドミラルティの基地の電波の波長に同調させて聞いているのだろう。あるいは飛行機の発信電波が目的なのか私には分からない。

と、電信室から、緊張して上ずった声が、

「アドミラルティ基地がSを連送し始めました。……S連送しています」

と言う。伝令がすぐ艦橋に怒鳴り上げる。艦橋からは、

「逆探感度ないか？　二十二号電探発射はじめ……」

と艦長の声がする。艦橋も意外なS連送でざわついているようであった。物凄い勢

いでハッチから飛び込んで来る風が肩を押す。もう降りようかなと思ったが、何か起こるような気がして立っていると、

「強速」

と言う声が聞こえる。速力が落とされた。電信室からまた、

「S連送しています……」

と言ったかと思うと、

「飛行機の電波が入ります……」

と言う。

伝令が艦橋へその度に怒鳴る。私は形勢が怪しいので発令所へ降りて、電探室の方へ歩いて行った。なんともいえぬ落ち着かない気分である。

私が電探室を覗こうとしたとたん、警急電鐘が、ジャーンと鳴り響いた。

ベント弁(*)を開いたらしく騒がしい音が舷外でするのが伝って来る。

対空電探に飛行機が入ったのだった。艦橋見張員が、ズドン、ズドンと発令所に飛び込んで来た。皆、眼を真っ赤にして興奮している。手拭で顔を拭いて、

「見つかったんか?」

「飛行機か?」

と言って電探室を覗いた。

電探兵が、「小型機です」と説明する。

皆不安そうな顔をしているうちに潜横舵が、カラカラと音を立てて回る。艦首が段々下がって深度計の針が動く。先任将校が、「ベント閉め」と鋭く言う。舷外で厚い鉄板がぶつかり合うような音がする。ガガーン……と無気味に。ベント弁の閉まった音だ。

深さ四十で艦は静かになおも南へ南へと進んでいた。時々無音潜航をしては哨戒艦艇の有無を調べていたが、一時間も経たないうちに哨戒艦艇らしい音源が湾口方向から幾隻も出て配備につくように見えた。対空電探には飛行機の感度がある。艦位は湾口まで三十五カイリほどのところだ。時間は刻々と過ぎて行く。哨戒艇らしい音源は遠く近く漂泊したり、動いたりして引き上げようとはしない。

回天の能力を最大に発揮するとしてもあと二十カイリは接近しなければならない。だが接近して、回天を発進してしまったあとでは、とても充電どころの騒ぎではないだろう。しかも奇襲予定時刻までに潜入するには水中速力を速めなければならない。速めれば電力の消費は幾何級数的に多くなってしまう。

先任将校が司令塔に登って行ったと思うと、間もなく再び降りて来た。

攻撃は一旦、中止された。

艦は潜航のまま反転していた。羅針盤が、ゆっくり回転している。

そして長い潜航が続いた。攻撃は一日ずらして、再び決行することに決定した。

搭乗員は今まで張りつめていたのが、二十四時間延期と聞き、当惑したような、解放されたような複雑な顔付きで所在なさそうにしていた。奇襲は、今や電探とか無線とか高性能飛行機によって、われわれがちょっと想像するように簡単なものではなくなっていた。

翌日の日没後、艦は十八時間潜航で重苦しくなった汚染された空気をシリンダーに吸わせるべく、湾口外六十カイリ付近に浮上した。すぐに充電である。艦長はじめ司令塔配置の者は重大な責任に、前日より以上に緊張していた。誰も無駄口どころではなかった。是が非でもせねばならないのだ。それに、おそらく他の潜水艦から発進した回天が幾つかの敵の軍港を震駭させてしまったであろうから、奇襲はより以上に困難さを加えたことは皆に良く分かっていた。昨日は搭乗員が、確かに一番緊張していた。それが良く分かったが、今日は区別がつかなかった。誰もが、一人の別なく緊張している。

その緊張の中を、発令所の艦内神社に手を合わせる下士官、兵が多かった。

虎口

充電が始まった。ディーゼルエンジンの力のほとんどの大部分をダイナモの回転に使い、残りの少しの力で微速で航走していた。時間が経つにつれて電池が熱くなり、亜硫酸ガスが電池室の排気管からねろねろと各区画に均等に開かれている管の開口部から流れ出した。そして床の上を匍って機械室へ流れて行った。

　積算電流計のガラス管の中の赤い液体が、じわじわと高い数値の方へ少しずつ進んで行った。電池室では電池に蒸溜水を入れたり、比重計で硫酸水の比重を測ったりしていた。その測っている兵が熱い亜硫酸蒸気にむせて咳込んでいる。前部兵員室の厠の前にある電池室への昇降口から電機長が下を覗いて、「何度かい」とブッキラ棒に言うと、中の子熊のような電機の兵長が下から、「だいぶ上がったわ。七十六度」と答える。電機長が左の人差し指を右の人差し指で十文字に叩きながら、「もう、チョンするぞ」と言って、首から吊したホイッスルを口にくわえ直して、発令所のほうに消えた。充電も終わりに近いらしい。私も電機長の後を追った。

発令所へのバリケットをくぐると真正面が艦内神社である。電機長は立ち止まって頭を下げていた。私がその後から、一尺五寸四方くらいの艦内神社を見上げると、いつも左右にある榊がない。榊を差す瀬戸の瓶だけである。鼠が食ったんだなと思った。もうこの辺からディーゼルエンジンの音は激しく聞こえる。そのエンジンの音に混じってホイッスルが鋭く聞こえて来る。私が機械室に入った時には、もう充電が切り換えられて主機械が全力でスクリューを動かし始めていた。機械長が折り畳みの椅子に腰掛けて、左右両舷の機械についている下士官に手先信号で何事か命じている。下士官の眼の前の硝子の窓の中を濃い飴《あめ》色の重油が帯のように流れている。鉢巻で幾分眼が吊り上がっている、その下士官の鉢巻の正面に榊の葉が透けて見えた。

いよいよ突撃が開始された。私は電池室の空気のことが心配になって引き返して、排気管の蓋が全開されているかどうか見てから、また発令所に入った。スピードが出て来たらしく床が揺れ始めていた。ゆっくり、ゆっくり、大きくうねっていた。何か波の背に乗って岸へ岸へとつき進んでいるような感じである。

時間は刻々と過ぎて行った。十分、二十分、三十分、……五十分。海上にはスコールがあるらしく艦内に飛び込んで来る風は濡れていた。電探室の前で煙草に火をつけて頭を上げると、白鉢巻をつけた柿崎中尉が来て立っていた。煙草の箱とマッチを黙って渡すと、ちょっと頭を下げて煙草を箱から出して火をつけた。私はこの特攻隊員の心境を聞いてみたかった。だが、そんなことを聞くことは、まったく恥知らずのやることに思えた。人間である以上、もし許されるなら生きていたいに違いない、と自己流に解釈した。ちょっとした沈黙が続いて、エンジンの騒音が、通路の両側に別々により掛かっている私たちの間の空間をかき乱していた。

「突入のやり直しなんかで、奇襲がやりにくくなったでしょうね？」

と大きな声でエンジンの騒音越しに怒鳴った。

「…………」

「柿崎君から見ると潜水艦が随分臆病に見えるでしょうね？」

「…………」

「…………」

私も黙って話の継ぎ穂を考えていると、ポツリと、

「生きるほうが困難です。……死ぬのはやさしいです」と言う。

「でも生きることへの執着は本能ですからね」

「…………」

私は話の糸口が見つかったような気がして、思い切って聞いてみた。

「どんな気持です。今？」

「…………」

「…………」

「早いほうがいいですね。他じゃ皆、やったでしょう」

「…………」

私には何だか彼の気持が分かるような気がした。艦は大きいうねりの山を乗り越したように艦首が下になり大きく揺れた。見つけたと思った話の糸口はもう見当たらなかった。エンジンの幾つもの激しい騒音が糸口を分からなくしてしまった。と、伝令の声が司令塔のほうから遠く、

「電探室。……用意よろしいか？」

と聞こえて来る。

もうそんなところまで侵入したのかなと思うのと同時に、柿崎中尉は煙草を捨てて、私に軽く目礼して司令塔のほうへ歩き去って行った。私も落ち着かない気分で、煙草

を捨てて、電探室と司令塔へのラッタルの間の電探のU字管のところに立った。U字管のうしろには二本の太い潜望鏡の鏡筒が並んで白いペンキの上に海上のスコールのしぶきがかかってテラテラと光っている。

発令所の階下から、

「アイスクリーム固まったか？」

「うまそうだぞ。……見ろ」

と言う声が聞こえる。冷却機で一昨日来、特攻隊員が発進する時に持たせてやるように用意しておいたものである。こいつを作るのには乗員が幾時間かの暑さを我慢しなければならないのだった。

「艦橋、電探用意よろしい」

と電測兵が伝声管で答える。いよいよ水上突撃が始まるな、と思わず緊張する。

時計を見ると零時十五分過ぎだった。もうだいぶ突っ込んだな。四十カイリ圏には飛び込んだろう。うまく見つからないでくれるといいんだがと、ただ一人ぼっちの士官室で無事を祈っている。不安な心細い時が刻々と過ぎて行く。何か不吉なことが起こりそうな気に襲われて、無意味に書棚の本を開いたり閉じたりしている。なんだか落ち着かないのでとうとう立ち上がって電探室に行き中を覗く。暗くした狭い室内に電測兵が無表情な顔をして座っている。また引き返して発令所のラッタルの辺りに来た時、司令塔と艦橋でやり取りする声が聞こえる。何かあるらしい。

「十三号に感度があります」

「…………」

「感度、続いてあります」

「しっかり見張れ」

「…………」

「電信室、感度ないか?」

「感度なし」

「逆探に感度があります」

敵の艦船かその他か、いずれかの電探の発射する電波が感じられているのだ。見つかったかなと思うが、艦はなおも真南に向かって猛烈に突っ込んでいる。この調子ならあと一時間ちょっと走れば、もうしめたものなのだ。その間、敵に確認されなければいいのだ。むこうの電探兵がチュウインガムでも噛みながら、ちょっとぼんやりしていてくれるといいんだが、とそんなつまらぬことを考えたりする。

敵の電波を感じてから、もう五分も経ったかと思われる頃、電信室から、

「艦橋……、S連送を始めました」

「電信室。……しっかり受信して刻々報告せよ。……電探室……電測始め」

「了解。……電測開始しました」

とうとうまた、発見されてしまったらしい。どうか間違いであってくれればいいがと思いながら、また電探室を覗く。暗い電探室の中にブラウン管が青白い。その中央に電子の描き出す水平線がキラキラと輝いている。

「艦橋……、飛行機の電波が入ります」

「二十二号電探感度なし」

対空電探にはまだ感度がないのだ。うまく行かないかな。水上進撃の速度は同じ時間の水中の二十二倍近くに相当するのだ。羅針盤は百八十度、真南を指してわずかに左右にゆるやかに動いている。エンジンの音が忙しいリズムで時計のように時を刻んでいる。

「艦橋……、大型機の離陸の電波が入ります」

と、電信室から怒鳴るのと警急電鐘がジャーンと鳴るのとが同時だった。エンジンが停止して艦が傾き始める。発令所が急に人で一杯になってしまう。

電探室から電測兵が出て来て、不安そうな顔で私に、「飛行機です。十五キロです。

小型機のようです」と言って心配そうに上を見上げた。蛍光灯がパッとつく。

大丈夫だ。飛行機はもう頭上を過ぎたろう。確認はされなかったなと思う。見つかっていれば爆雷か爆弾が飛んで来るはずだ。見つからなかったのが、せめてもの幸いだ。

私が士官室に入ると、柿崎中尉が自分のベッドのところに立っていた。泣き出しそうな妙な顔をしていた。

「駄目ですね」と言うと、困ったという顔をしてうなずいたが、発令所のほうに行ってしまう。

私がヤカンの水を注いで飲んでいるところへ機関長、先任将校、分隊士と掌水雷長が入って来た。

「見つかったんか？　先任将校」と機関長が言う。

「すぐ、電探でやられちゃうんだ」

「何カイリくらいのとこです？」と私が聞く。

「四十カイリ頃から感ずるんだ。むりして突っ込んでるんだが、三十五カイリくらいのとこじゃないかな」

「じゃ発進点まで、まだかれこれ二十カイリくらいあるんですね」

「うまくいくかな。潜航で行くんか？」

「分隊士、そこの電気いくら入ってる」

分隊士は積算電流計のほうに歩み寄ってゲージを見ていたが、

「機関長、千七百で一杯です」

「充電は一杯だが、二十カイリ潜航してからが問題だな。だが払暁までにってことだと大変だな。発進点をもっと沖にどうしてもできんのですか？」

「回天は計算じゃ四十カイリというんだが、湾内の目標決定やなにかで十カイリはスペアー残さにゃーね。油や酸素が足らなかったなんてことがあったら大変だからね」

「…………」

「それに陸標で正確に発進してやらないとうまく湾口に入れるかどうかね。何しろはじめてのところだからね。それにスコールなんかがあるからね。うまく入れるかどうか。……だからどうしても十五カイリまで入りたいんだ。……せめて、十五カイリまではね」

「そうだなあ。……困ったことになったぞ」

「艦長がどう決めるか」と言って、先任将校は座を立って発令所に入った。

「魚雷だったらなあ。ポンポンと撃っちゃえばいいんだがね」

「水上一時間たらずですね」

「たった一時間がね」

「敵さんの警戒も相当なもんだな。ホーランジャがやられたからな。電探で見つけてから偵察機が離陸するまで、たった五分とはね。……それに、小型機のあとから大型機まで出しやがるんだから念が入ってら」

「飛行場が二つあるって、いつだか鉄砲が言ってましたね」

「とにかく、奇襲なんて昔と違ってなかなか思うようにこれからはいかんな」

話はぷっつり切れてしまった。分隊士がヤカンとコップを取って水を注いで飲む。

「こんなに警戒が厳重じゃ、発進したあとも手荒いぞ」

「最微速で三十時間くらいの電気はとっとかなくちゃなりませんね」

「艦内から乗艇できる一、二号艇だけでやるようになるんじゃないかな。浮き上がれないんですからね。潜航のまま突入して、発進すればできないわけじゃないですね」

「だけど水中高速は出せないぞ、……出しゃ、あとの電池がなくなっちゃうぞ。……発進してから浮上して急速充電なんて時間がないだろう」

「電池を節約して微速で行くと発進の時刻が真昼間になっちゃいますね」

「そうだなあ。……全部潜ってったとして、発進後電探圏の四十カイリから脱出するまで五十時間でどうかな……。え、分隊士？」

「電池はなんとかかんとか行くかも分からないですが、酸素の方はどうだい？　軍医長」

「今度は気量が少し減っているから四十五時間が限界でしょうね。ちょっとむりかな。さっきの急速潜航でシリンダーのガスがだいぶ入りましたからね。随分損してますよ」

「ありゃ俺の責任じゃないよ」

「いや機関長に言ってるわけじゃないですよ。ただ、急速潜航やられると一酸化炭素だとか炭酸ガスが増えて、酸素が少なくなるんですよ。戦闘の要求だから仕方がないですがね」

　と言っているところへ先任将校が現われた。

「潜航突入するそうです。艦長は決行する覚悟らしいです」

「軍医長と今その話をしてたんですが、全部潜航して行って一、二号艇だけ発進するようにしても電探の外に出られるかどうか分からないんですよ」

「その時はその時だ。艦長が決められたんだから」

　と、先任将校が怒ったように言ったので皆黙ってしまった。司令塔で艦長と意見でも衝突したのか気が立っている。

艦はいぜんとして百八十度に向かって微速で進んでいた。聴音室と司令塔との間の伝声管連絡の声が静かな艦内でうつろに響く。

「聴音百五十度方向にタービン音。感二」と遠くのほうで聞こえる。

微速で走っていた艦は半速にスピードを増してなおも湾口へ向かっていた。艦の進退は艦長の命のままなのである。事の成否は一に艦長の判断によるのである。誰がこのような場合に最も良い道を正確にやすやすと決めることができるだろう。回天搭乗員の生命はもちろんであるが、潜水艦乗員の生命もまた宿命の岐路に立っているのだ。皆、黙って自分たちに与えられる宿命を待っていた。

発令所から潜航長が、「先任将校、深さ十九にします」と言う。司令塔からの命なのだろう。先任将校は発令所に出て行く。カラ、カラ、カラ、カラ、と潜舵、横舵が軽やかな音を立てて回る。

と、発令所の伝令が、

「……発令所……機関長へ。……了解」

と言ったと思うとバリケットから顔を出して、

「機関長、モーター室から速力を原速にするそうです」

「了解。……原速で突っ込むんだな」と機関長がぶつりと言って何か考えている。

「深さ十九」

と発令所の伝令が怒鳴る。対空電探でも発射するのかな、それとも潜望鏡で露頂観測でもするのかな、と、皆、それぞれの頭で考えているのだろう。誰もなんにも話さない。前部兵員室へのバリケットのところに立っている掌水雷長が、蛍光燈のためか馬鹿に青白に見える。搭乗員が乗り組んだので、掌水雷長は発射管室に移っていて、ほんのたまにしか顔を合わせなかったので、ついうっかりしていたが痩せたのが急に眼についた。出撃以来、あれっきり、胃袋のことを何とも言って来ないがどうなのかな、と心配になる。鉢巻をしているので、その勇ましさに隠れていたことに、ふいと気づいたとでもいう感じである。

聴音室のほうで何か伝声管で怒鳴っている。哨戒艇でも出たのかな、と不愉快な想像がちらりと意識の表面に浮かんだが、いやいや確認されたわけじゃないからとしいて打ち消してしまう。

私は落ち着かないので、発令所から最後部の兵員室まで出かけた。看護長とでも何か話していると気が楽だからだ。それに機関科の連中に情況を話してもやりたかった。油まみれのもぐらたちが皆、待ってるのを知っていたからだ。

私が中部兵員室に入った時、「無音潜航」の号令がかかった。精密聴音のためだ。私は後部兵員室の一段高くなった板の間に靴を脱いで上がり、蚕室の棚のようなベッドの隙間から看護長を捜すと、奥のほうにある伝声管についていた。と、伝声管に当てていた耳を放して大きな声で、「無音潜航止め」と怒鳴って、私のほうに気がついたらしく、眼で合図すると中ほどの広いところに出て来た。

「変わりないか？　看護長」

「ありません。見つかったんですか、軍医長」

と聞く。一応簡単に現況を説明していると、私のうしろにいつの間にか来ていた小学校の教員から応召して来たインテリの下士官が、

「飛行機の特攻と違うから、搭乗員が可哀想ですね。私だったら自殺しちゃうか分かりませんね」

と同情して言う。相手が軍医の私だからこんなことが言えるのであった。

「生死の境を彷徨するっていうが、こんなのが本当にそれなんだね。顔を見てると、全身全霊で頑張ってるんだね。襲撃するんなら完全に成功する点にまで持ってってやりたいね。せめてね」

「だけど軍医長、何回も、攻撃を中止したりまた始めたりしたら、参っちゃわないで

しょうか？」

「俺には分からないなあ。……つらいことは確かだろう。早く飛び込みたいのは分かると思うね。……こういう特殊な精神はわれわれには分からないというほうが正直だろう。三机（＊）で特潜が秘密訓練した時なんかも、随分目茶苦茶なことがあったらしい話を聞いたんだが、そんなのもやはり謎だね」

話は特攻隊運送係という嫌な仕事のことばかりになってしまう。やはり皆も魚雷戦の方が好きなのだ。何か割り切れない気持があって、晴れ晴れしないのである。皆が一様にそう思っているのであった。

私が話を切り上げて士官室に帰って来ると、先任将校を中にして皆が話している。

「で、どうなったんです？」と機関長が言う。

「聴音にだいぶ感度があるが、やれるところまでもう少し突っ込んでみるそうです」

と先任将校が答えていた。

だが幸か不幸か、刻一刻、潜航侵入もまったく不可能ではないかというような情況になって来ていた。とうとう断念しなければならない情況になってしまい、最後に、

「突入を中止して、再起を計る」と司令塔から発表された。

まったく仕方がなかった。決定するべきことが決定されるべきように決定された。

それと同時に皆、ホッとした。紙一重である。艦は水中で回頭して〇度方向に向かって進み始めた。この警戒至厳な軍港には蟻の入り込む穴もないのだった。そして、そのことがこの艦を、命ぜられた美名の惨虐から救った。だが母港に帰ってなんと報告するのだろう。艦長としてこれ以上つらいことはないに違いない。搭乗員もつらいだろう。入営で即日帰郷を命ぜられたどころの比ではない。つらいことに違いない。あの出撃の日の寒風の中の見送りが、きっと搭乗員を苦しめるに相異ないと思う。

艦は反転してからもしばらく潜航していた。艦が湾口に尻を向けたら、皮肉というか、聴音の感度はどんどん低下していく。うまくいくとすぐ浮上して離脱できるかもしれない。艦内は、艦が北を向いて走り出しているということだけで、今までの緊張がどんどん解けて行ってるのが分かった。実に敏感である。互いに見合わす顔の筋肉にも軟らかみが浮かび出て来ていた。

かなりの時間が経ってから、暗夜の海上に浮き上がった。そして北へ北へと走った。

進退

士官室には私の他に先任将校と機関長がいた。総員配置から第二警戒配備になったらしい。そこへ突然、掌水雷長が発令所から飛び込んで来たが、顔が真っ青に引き攣っている。

「先任将校、……艦が南に向いて走ってます」

と言う。先任将校は、何を血迷ったことを言うかというような顔をして、脱いでいた靴をつっかけて発令所にくぐって行った。機関長はベッドから起き出して、

「掌水雷長、いつから南へ向いて走ってるんだい。本当か？　本当なら重大事件だぞ」

と言いながら、チヂミのシャツのボタンをかけ合わせ始めている。そこへ先任将校

が帰って来て誰にともなく、

「艦長が、もう一度、突っ込んでみると言い出して、五分くらい前から百八十度に回頭したそうだ」

と妙に落ち着かず、ゴツゴツした調子でしゃべる。掌水雷長が、

「駄目だちゅうこと判っとるに、なんでやるんかね。あほらしいな」

聞こえよがしに吐き出すように言ってから、腰を屈めてバリケットをくぐりながら、

「知らんわ」と言って、前部兵員室に消えてしまう。

「どうして回頭する気になったんかな。電探と喧嘩してみる気になったんか？」

「駄目なのが分かっとるのに」

と機関長と先任が口説くが、艦長の決断となれば致し方がない。

かくしてまた湾口への突撃が再開された。だが、この突撃がそもそもの間違いであった。ものの十分も経たないうちに二つの電探で交錯され、哨戒機に次いで哨戒艇が今度は続々と本格的に出て来た。そして広い配備につき、互いに連絡しているのであろう、探信儀で潜水艦を検べているような様子になってしまった。幸いなことに深海でないので、艦位が正確に出ないのかすぐ近くまで来てもまた遠のいてしまう。だが、潜水艦にすれば、今度は浮上離脱などできない。いよいよ持久戦が始まってしまった。

そのような混乱の中で艦長から、「搭乗員司令塔」という号令が下った。きっと搭乗員を集めて爆雷攻撃を受ける前に、再三の湾口突入の不成功を説明でもするのであろう。

十五分もした頃、柿崎中尉が士官室に現われたが、何か張りつめた気が急に抜けてしまったようにポカンとしてソファーに腰を下ろした。彼にはこれから何が起ころうとしているのか分からないだろう。また知らないだろう。もう彼は、それまでに非常な力を使ってしまっていたので、任務から急に解放されて放心してしまったのだろう。

私は、彼がこの二日間、ほとんど眠っていないのを知っていたので、

「少し休んだらどうです。今のうち休んどいたほうがいいですよ。何かあると大変ですから。それまでベッドへ入ったほうがいいですよ」

とすすめた。彼はうなずいて、ベッドへ上がった。私はカーテンを引いてやってから、どんな状況かなと思いながら聴音室のほうへ歩いて行った。

最初は、またじきに湾内に引き上げちゃうだろうと簡単に考えていた哨戒艇がなかなか引き上げない。なかなか頑張るなあと言っているうちに十時間が過ぎてしまった。十五時間過ぎても辺りをうろついている。空気が汚れて来た。二十時間過ぎても音源が消えない。広い配備についているのだ。これではっきりと見つかりでもしようもの

なら、それこそよってたかって目茶目茶にされるのは歴然としている。頑張り通すよりほかに道はない。

覚悟を決めた真剣な持久戦が本格的に始まったのは二十四時間後だった。この頃になるとさすがに艦内の空気は汚染されたのがはっきりと分かるのである。ちょっと動き回るとすぐ呼吸が忙しくなって来る。艦内温度がじりじりと高まって来て艦内を蒸し風呂のようにむせ返らせ始めた。だがまだまだこんな程度ならばと比島沖の経験があるだけに心強い。音源が消滅する時を一刻千秋の思いで待っているのだが一向に引き上げない。艦内にはだんだんと焦燥の色が濃くなって来ていた。

搭乗員は疲労が急に出たのだろう、襲撃を断念してからベッドへ入ったままなので、従兵に聞いてみると、食事は一度だけしたということだった。何か、困難な試験でも終わったあとの学生のように放心状態が続いて、その見えないエネルギーの回復をしているのだと私は考えていた。だが、空気が悪くなって来たので、不安になって来たのか二十四時間を過ぎた頃から起き出していた。

一月十三日の二時三十分頃に潜ったのだが、今はもう十四日の四時二十分を過ぎている。日出前に浮上して換気する可能性はまったくなくなってしまっていた。私は、それまでにも何回となく命じておいた酸素の節約をまた改めて、発令所の伝声管で各区に命じた。酸素の節約と言っても、特別に何ということはないのだが、ただ各人が動き回らないように、またあまり話をしたりしないようにするだけのことなのだが、これがなかなか困難なのである。

二十四時間を過ぎれば、普通の状態で呼吸している人の吐き出す空気を集めてその中で呼吸している状態なのだ。温度も酸素も炭酸ガスもそんな悪い状態になっているのだ。その悪い環境の中で皆、じっと頑張っている。荒い大きな呼吸をしながらじっとしているのだ。じっとしながら動きたい衝動と戦っているのだった。環境が悪くなると不安になる。特に酸素が少なくなり炭酸ガスが多くなると、呼吸が荒くなり、じっとしていられなくなるのだ。つい、体を動かしてよけいな運動をする。よけいな運動をするとすぐまた、それ以上の酸素の欠乏が一時的に体の中に起こって来る。そんなふうに頑張りの弱い者ほどよけい苦しい思いをしなければならないのだ。三十時間近くなるとその状態がさらに激しくなる。わずかの空間に汚染されない酸素の多い空気が残っていると、すぐ吸ってしまいたくなるのだ。あとに取っておいて楽しむというような余裕がなくなってしまう。

私は三十時間目に酸素の放出を進言した。だが、以前によく理解したはずの先任将校がもっと苦しくなってからのほうがいいんじゃないか、と言う。早いほうがいいんです。確実な実験的根拠があるんです。三十時間目くらいで全部放出したほうが効率がいいんです。取っておいても、最悪の状態になってからでは、この前のようにあまり効果がないんですと、口を酸っぱくして説明したあげく、なおも疑いながら渋々と司令塔に登って行った。

ちょうどこの時、第六艦隊長官からの電令が入電した。現在までに奇襲の決行ができなかった艦は攻撃を中止して帰投せよ、という命令であった。やがて放出の号令が下った。先任将校が電令板を持って発令所へ降りて来て、私に電令板を渡した。私は電文を読んで、重い荷から解放された喜びを感じた。と同時に与えられた仕事を果たせなかった淋しさを感じた。

酸素が放出されると気分的にも随分楽になった。そしてあちこちで軽口を叩く者などが出て来たりしたが、間もなくまた前と同じようにだんだんと息苦しくなっていった。特に新しい乗員が一番眼につく。比島の苦しい経験をなめて来た連中は、じっと言われたように静かに蚕棚の上で寝ている。不用の電燈は消され、発熱の少ない蛍光燈だけが青白い光を投げている。

三十四、五時間になって聴音の感度が突然、薄れだした。しめた、敵は、とうとういないものとあきらめて引き上げ始めたんだな、と苦しい呼吸の中で考えた。眼の前の明るくなる思いである。だが、そう簡単に浮上はできない。

呼吸筋を努力させなければ胸が苦しくなる。その呼吸筋が疲れて来て、だるい。その疲れた筋肉を意志の力で、一回、一回働かせて呼吸しているのだ。ちょうど重症心臓病患者の呼吸のように、アップアップと呼吸しているかと思うと、今度は急に忙しくパクパクパク呼吸する。四十時間になった時にはさすがに私も、坂道を駈け上がった時のように荒い呼吸になってしまった。他人のことをゆっくり観察するゆとりが、もうなくなりかけて来ていた。

四十時間だから空気の検査の時間だ。私は努力して、用意しておいた測定器で検査を始めた。簡単な順序をちょっと考えるだけでも額に油汗が出て来て、呼吸は荒くはずむ。温度は三十二度だ。助かった。この程度ならなんとか、もう四、五時間は頑張れるかなと考える。苦心して測った炭酸ガスが五・五パーセントだ。ちょっと多すぎる。酸素は十四・三パーセントある。炭酸ガスは海上の空気の六百倍もある。私はもう一度正しく測定しようと思ったが、だんだん息苦しくなるので馬鹿らしくなり中止してしまった。仕事をしたので呼吸がよけい苦しくなったのだった。静かにしているにこしたことはないと考えてソファーに横になって蛍光燈をジーッと見ていた。一回一回の呼吸に力を入れて呼吸する。だんだん落ち着いて来る。と、発令所から伝令が入って来て、荒い呼吸をしながら困ったというような顔で、「軍医長、後部で患者が出ました」と言う。私は起き上がって、眼顔で了解の合図をする。皆、同じ空気なのに、体質があるんだ、困った奴だな、と思いながら、いつも割の悪い役目だなあと心の中でこぼしながら後部へ行ってみる。途中、どこでも皆、同じように、ハァ、ハァ、ハァと配置についた連中が荒い呼吸をしている。

後部で患者の手当てをして発令所に戻ると、潜横舵手が炭酸ガス吸収缶を防毒面につけている。私は後部まで歩いたので呼吸が一番荒くなっていた。先任将校もアップアップしている。酸素が少なくなれば仕方がないんだが、眼に見えない物によって悩まされている様子は、ガラスの窓でもあって覗いて見たらさぞ滑稽だろう、と馬鹿な想像をすると次の瞬間には、もう一生懸命呼吸しなければならない。

突然、司令塔から無音潜航が下令された。苦しい呼吸の中で皆一様に、浮上だな、と思う。海上の空気が待ち遠しい。まだかな、まだかな、と慎重な聴音で長引く潜航にじりじりしていると、

「潜航止め、浮き上がれ……」

と待ちに待った浮上の号令が下る。深度計が○に近づき艦が動揺する。伝令が大声で怒鳴る。

「メイン、タンク、ブロー……」

　浮き上がった。艦は浮き上がった。

　ハッチが開くと、すぐ低圧排水ポンプが勢いよく、シュ、シュ、シュと忙しく音を立てる。エンジンが動き出すと同時に艦橋から、ゴーと音を立てて海上の空気が飛込んで来る。サッと顔を撫でる冷たい夜の空気を胸一杯に吸う。舌に甘い味が浸み込む。生きているんだ、という生存の自覚がたまらなくうれしく心を揺する。聴音がどうあろうと電探の感度がどうあろうと、そんなことはどうでもいいというようなボーとした気持になってしまうのだった。私は眼を閉じて甘い空気を何回も味わって呼吸した。呼吸するというより、舌の上で転がして味わった。何回も何回も。私が眼を開くと隣りに柿崎中尉が立っていた。私が、

「空気って甘いでしょう?」と言うと、うれしそうに笑いながら、

「甘いですね」と答えた。私は眼がくらくらするほど何回も深呼吸をした。

　無事離脱した艦は湾口を後に、赤く錆びた人間魚雷を背にしたまま、北へ、北へと帰路を急いで、ちょうど二十日目に豊後水道の入口に到達した。

帰投

艦は豊後水道機雷原の斜めの安全航路を慎重に航行していた。所定の点まで斜航してから面舵を大きくとって、一路伊予灘へと走りつつ、第六艦隊司令部宛に、「イ五十六帰投セリ」と打電した。人事を尽くしてのこととはいいながら、今さらのようにアドミラルティ港口前の一進一退、生死線上の逍遥を思い返すと感無量なものがある。

艦内は合戦準備そのまま艦内警戒第三配備となったので、皆言わずして豊後水道通過を知っていた。

士官室では、搭乗員が服を整え、身回り品を整理するので、ベッドへ顔を突っ込んでモソモソと何かしている。出撃の時の美しい鶯色の第三種軍装も今では、汗、垢、油に汚れて黴臭く皺になっている。みすぼらしい姿である。長い髪が赤茶けてバサバサになり、肩に掛かっている、柿崎中尉の頬から顎の辺はひげが垢のためによけいに黒々と見える。

豊後水道を内海に入った時から、搭乗員の艦内における地位はただの海軍軍人になっていた。別に誰が言うわけではないが、自然に、必要のない存在であるからかも分からない。あのアドミラルティ攻撃中止を最後に決定した瞬間から搭乗員の地位は以前とは変わっていたが、それがさらに変化したように思われた。

この搭乗員たちが出発の時に、再び踏むことのない祖国の土地として、最後に踏んだ大津島の基地が刻々と近づきつつあった。一緒に出撃していった金剛隊の特攻隊員の多くはすでにこの世の人ではなくなっている。きっと基地に帰るのは要港襲撃直前の精神的苦闘よりさらに耐え難いものかもしれない。きっと、町内会や隣組、職場などの人々に送られて入営した人が、入営後の身体検査などで即日帰郷を命ぜられて、自宅に帰る時の気持と似ているのではないかと私は勝手に想像していた。だが、この人たちは、基地に帰っただけではすまないのだ。次に控えているさらに困難な滅私奉公があるのだ。

アドミラルティ攻撃に出発したあの晴れがましい出撃の日から数えて今日で四十四日目である。その四十四日間、誰も口には出さないが絶えず生死の境を彷徨し、生への誘惑と死への激励が、この人たちの心をどんなに切りさいなんだことだろう。その証拠を私は搭乗員の顔に新しく刻まれた苦悩の皺から読み取った。艦が戦場を駆けている間は、私たちの心も異常に緊張し、常にある色のついた心のフィルターを透して、搭乗員たちを見ていたのが、今、豊後水道を内海に入った瞬間にそのフィルターがとれたような感じである。

私も食卓の引き出しやベッドの周りを整理し始めていた。捷一号作戦の時と違い、私物の大部分は基地隊に託したので整理は簡単な物だった。そのうち、

「合戦準備用具、納め」

「ハッチ開け」

が下令され、四十三日間「鉄の棺」の中に缶詰にされていた連中が、すでに夕暮れてしまった甲板に出て行っては、間もなく歯の根も合わぬようにガタガタとふるえながら艦内に飛び込んで来た。皆、前回に較べてあまり元気がない。寒いせいもあるだろう。だが、寒さより、何より、攻撃に成功しなかったということが第一だと、私には思えた。

大津島基地に着いて錨を入れた。

垢にまみれ、憔悴した搭乗員が、艦長らと一緒に出迎えの内火艇に移った。その内

火艇で迎えに来ていた搭乗員服を着た青年士官が溌剌としているのが、帰還搭乗員に引き較べ、なぜか馬鹿に私の眼についた。

搭乗員と艦長を見送って艦内に入ると兵員室で何かがやがや集まって話をしていた。寄って行って聞くと艦長が転勤だということだった。豊後水道を入って間もなく電報があったのだそうだ。転勤先は潜水学校で教官配置であった。

艦長が艦を去るという話はすでに艦内に広がっていた。この人を中心に生きて戦うという意志が、瞬時にくずれかけた。大きなショックだ。団結の中心を失ってしまった。開戦前からの潜水艦乗り組みの長い経験と円熟した技量の艦長に対する乗員の気持は信仰に相当する気持であった。混沌とした戦闘の局面の冷静正確な判断、処置の適切機敏、そして黙々たる実行力。われわれの望んでも得られない艦長であった。その艦長の下で苦労して来た数々の出来事が、今では何かずーっと遠い昔の出来事のように思われる。そして、なんとも言いようのない淋しさが真冬の冷たい風と一緒に、ハッチから艦内へ入って来た。

士官室に座っていても、前部兵員室の下士官、兵の声が聞こえて来る。冬は潜水艦の中でも音が良く響いた。その声の中に時々、「……転勤だ……。いつ転勤だ」と交じり、「転勤」という言葉が妙に甲高く響いて来た。

翌二月四日、艦は背中の人間魚雷を下ろして呉へ入港した。特別な出迎えもなかったが、潜水艦桟橋付近に舫《もや》っていた潜水艦の乗員が集まって来て労をねぎらってくれた。どん亀溜まりは相変わらずどろっとして真っ黒なメタンガスの泡の立っている海水がよどんでいた。私は机の引き出しから青酸カリの封筒を取り出して破り捨て、容器の絆創膏を剝がして蓋を開いた。中には薬包紙に包まれた薬が、一部分茶褐色に変じていた。私は薬包みがベッタリくっついた容器を黒い海の中に投げた。容器はちょっとの間浮いていたが間もなく沈んでいった。黒く汚れた海の中に。

動揺

　整備作業がその翌日からまた例のように始まった。工廠本部前には回天特別攻撃隊金剛隊に参加した潜水艦があちらこちらに舫《もや》っている。ウルシー環礁の攻撃に行った「イ四十八」がやられたらしいという噂が飛んでいた。初めて出撃して行った艦だった。捷一号作戦前と較べると本部前のドン亀溜まりがガランとした感じだ。異なるのは「伊二〇〇」とか「波号」などという艦が、一人前のような顔をして舫っているのと筑紫丸の司令部が陸にあがったことだった。潜水艦も残り少なくなったので、司令部だけが軍港の真っ只中の豪華船に乗っている必要もなくなったし、はずかしくなったのかもしれない。

　その陸に上がった司令部で、二月七日、回天特別攻撃隊金剛隊作戦研究会が行なわれた。医務科関係も別に、潜水艦乗組軍医科士官特別研究会が開かれた。

会は金剛隊の各潜水艦の行動およびその期間中の医務科関係の諸事項の型式的な報告に次いで、潜水艦という特殊環境における各種の疾病および疾病準備状態、その症状、経過、処置等について自由討論が行なわれた。だが、それは潜水艦軍医長として、自分も同一環境、同一条件にあるため、なかなか詳細な客観的観察ができない関係上、誰もが歯がゆく思いつつも成り行きにまかせるほかなかったので、陸上にいる者からみると誠に心細い報告になってしまった。炭酸ガス濃度、酸素濃度にしたところで、気圧も気温も刻々変化するし、測定に必要な真水が得られないし、計器が大き過ぎて取り扱いが不便な上に計測する時ちょうど敵前で、敵制圧下のこととて実験室内のデータのようにはきちんと行かないのである。それを、こんな席上で報告するとなると偉い人から問題にされないで、簡単に聞き流されてしまうのであった。

「食事はどうかね、脂肪食の結果はどうかね」

などと、冬の内地陸上での脂肪に対する嗜好と赤道直下の潜水艦内での嗜好とを比較しようなどということ、それ自体がまったく間違いのもとであるのに、一人一人聞かれるのであった。

私は、潜水艦の番号順に座っていたので一番最後に近かったが、一人一人の質疑、応答を聞いているうちに、なぜか、イライラして落ち着いて聞いていられなくなって来ていた。

私の頭の中では、こんな討論はまったく無意味な気がして来ていた。この前の行動でも、今度の行動でも私の艦がなぜか最悪の条件に恵まれていたので、報告のデータは私がたくさん持っていた。帰ったら一番正確な報告をしようと思って看護長を督励して測定調査した多くのデータも、今では何の意義もなく思えた。一方では、回天の特攻隊員が生と死の境界を行ったり来たりして苦しんで、あげくの果てに体当たりして死んで行くのである。特攻隊を送り出した潜水艦は水も漏らさぬ敵の警戒を首尾よく逃げ出せれば良し、間が悪ければ、今度の「イ四十八」のようにやられてしまうのである。

もはや戦局は高脂肪食や高ビタミン錠や、人工太陽灯や、ドイツ式炭酸ガス測定器ではなんら変化しないのは明瞭な事実であり、こんな論議は潜水艦に何の利益もないんだ、というような追いつめられた気持になっていた。それに艦長が転勤になったということが艦の乗員のすべてに大きな衝撃を与えており、私の心も本当に顚倒していた。この人の下でなら、と思っていた思いつめた気持が、ガクンと来ていたのであった。われわれが乗る「いそろく潜水艦」が沈む時まで、でき得る限りの詳細なデータとでき得る限りの冷静な観察を記録しておきたい。よしその記録が潜水艦と共に深海に朽ち果てようとも、そんなことはどうでもよい。ただ記録したという「心の誇り」が、死ぬ瞬間の自分自身への最大の贈物なのだ。もし、そんなことはほとんどあり得ないが、その記録が後に、沈没潜水艦の引き上げと共に世に出ることがあったら、それに越した喜びはないと信じていたのだ。

それが、こんどの作戦から帰投して以来、日一日と崩れて行きつつあった。こんなただ一つの心の拠りどころが、この席上完全に崩れてしまった。潜水艦の中の記録は、その苦しい状況下では大きな仕事かもしれないが、一度陸上でその報告を見るならば、穴だらけの、まったく根拠の薄弱な記録となってしまうのだった。自分が一生懸命やって来たことが、ただ、そういう状況を知る不完全な記録でしかないのだ。そんな淋しい気持と、そのような環境は自分で体験しなければいささかも理解できないのだ、ということが明瞭に分かったような気がした。そして、何か腹立たしい、じりじりした絶望感が襲って来た。広々とした部屋は薄暗くぞくぞくと寒かった。

イ五十三の軍医少尉が立ってブッブッ口を尖らして説明していた。次は私であった。イ五十三が終わると司令部の進行係の軍医少佐が立って、

「次は、イ号第五十六潜水艦」と呼んだ。

私は立ち上がって用意していた記録を読んだ。読み進むうちに体の中に漠然たる大きな忿懣がブスブスとくすぶり、次第に火を吹き出して来て、とうとう最後の頃に爆発してしまった。はっきりした忿懣の相手がない爆発であった。ただ、眼の前に、一段高い段上にゆったりと座っている「偉い人たち」へぶちまける以外になかった。私は原稿を机の上に閉じてしまった。そして潜水艦環境をいかに調査しても潜水艦戦力は増強できないこと、原因はすでに艤装以前に遡って、潜水艦の設計から始めなければ駄目であること、計器の取付位置から艦内照明を根本的に改め、蛍光灯一点張りにすべきこと、炭酸ガス除去装置を解決すべきこと、強力無音冷却機と酸素供給源の研究の欠くべからざること、用兵者において潜水艦の使用法を根本から考えなおすべきこと、潜水艦乗員の新陳代謝を速やかにせざれば遅かれ早かれ精神の消耗を来し、戦時神経症を発し、実力が低下し、ために急速潜航などの操作を誤り、自ら水圧の前に「自潰」すること……。

そして、潜水艦乗員と高脂肪食、高ビタミン錠を供給することは確かに有効適切なるありがたい心使いであるが、時すでに、戦場は日本本土近海となっているので、さほど問題にならないこと。それよりも、高温高湿環境下では食塩の適当なる供給を監督することのほうが大事であり、イ五十六における調査はこれを如実に物語っていることを次から次へと話したが、私自身が言いたいと思うことの十分の一も言えない。ただ咽喉が乾いて声がかすれて来て、いらいらして来た。

私は一つ一つをゆっくり説明するだけの忍耐力がなかった。分かる人にはこれだけで分かるんだ、これで理解できない人は、いくら説明しても分からないのだと、あきらめてしまっていた。

話し終えると私は、「終わります」と言って席についた。と、私の斜めうしろにいた潜水艦衛生研究所の井戸垣少佐と藤井大尉が、眼顔でもっと、どんどんしゃべればと合図して来たが、たとえ詳細に話したところで、もはやどうすることもできないんだという考えが、私を強く辞退させていたので、私のほうに体をのり出していた藤井大尉に、

「意味ないです」と言うと、

「君、大事な報告だ。もっと細かく話したまえ……」と熱心にすすめる。私は無愛想にぷりぷりしてくる自分を制することができなかった。

「話したって無駄です。意味ないです……」と言った切り、どんなことがあってもこれ以上は話すまいと決心した。そのうちに進行係のまとめの言葉に次いで、足羽艦隊軍医長の訓示があって研究会は解散した。

工廠本部前行の内火艇が出るというので桟橋に行くと、潜水学校から今日の研究会に出て来ていた新しい軍医中尉、少尉の一群が一斉に敬礼した。私は何か妙なはずかしい気持がして、答礼もそこそこに待っていた内火艇に飛び移った。

艦に帰ると、甲板にいた先任伍長が妙な顔をして近寄って来て、神経質な上ずった声で、「軍医長。……機関長、航海長、砲術長、分隊士、それに掌水雷長がみんな転勤です」

と言って、淋しそうな顔をしていた。今にも泣き出しそうな顔をしていた。

「じゃ、先任将校と俺だけだな。下士官、兵のほうは……」

「二十七名転勤です。連管長、空気、油圧、……古いとこが出ます。……軍医長は転勤しないでしょうね？」

「軍医は普通一年から一年半くらいだよ。心配するなよ。え、先任伍長」

と言って、肩を強くポンと叩いて艦内へ飛び込んだのだが、内心は決して平静ではなかった。

翌日からの士官室は、今までとは空気がまったく変わっていた。転勤が発令になってしまえば、もはや他の家の人間も同然であった。何の関係もなくなるのである。彼と我との間には眼に見えないが画然たる一線が引かれていた。その一線のためになぜか皆が、とらわれてしまっていた。それもそのはずである。一方は生への希望があり、一方はその希望がないわけではないが、つらい忍耐の下で極めて少なかったからだ。転勤になった人たちが忙しそうに荷物の整理や書類の整理をしているのを見ると、その態度が明るく朗らかに見える。その朗らかに見える態度が、私に向かって、「やれやれ、これで助かった。『鉄の棺桶』ともお別れだ。軍医長、あとはよろしく願いますよ」

と言っているように思える。

いけない、いけない、俺がこんなことを考えるようじゃ、皆だって考えてるだろう。どうしてドイツの潜水艦みたいに、一緒に乗った者は一緒に降りるようにできないのだろう。今まで、一蓮托生の気持で、しっくり行っていた者が、転勤の電報一本で、お互いに割り切れない気持になってしまっている。言う事、なす事すべてが、互いに素直に受け取れなくなってしまった。今まで、喜ぶべきことは一緒に喜んで来、怒る時は同じことで腹を立てたりしたのが、今では完全に別々の心になってしまった。転勤して行く人々に心の底から、「転勤だってね。御苦労様でした。よかったねー」と言えないのであった。口の先だけのペラペラの口調になってしまいそうで言えないのだ。子供のような若い従兵がわだかまりのない言葉で転勤者の手伝いをしているのがうらやましく思えた。

「分隊士、どこへ転勤ですか？　これもここへ入れますか？　これはどうしますか？」

「そいつは貴様にやるよ。……ほら、これもここへ入れろ」

「分隊士、これは素晴らしいですね」

「どれだ、ああそれか、シンガポールで買ったんだ」

「荷造りができたらどうしますか？」

「基地隊の部屋へ届けといてくれ。基地隊にある荷物と一緒に送るから。……掌水雷長、じゃなくて、今度は、食卓長は潜航長だったな。潜航長、酒保物品はまだ来ないんですか？　陸上部隊は酒保物品が少ないから、少々しこんで行かなくちゃ。……よろしくお願いしますよ」

と言っている。そう言う言葉の調子が弾んでいる。その弾んでいることから何か嫌な気持さえ起こってくる。羨望と言うべきか、嫉妬と言うべきか、生存への本能が大脳の中で働くのを禁ずることができない。これじゃいけないと思って、

「分隊士、なるべくたくさん貰ってったほうがいいですよ。陸じゃ何もないそうですから」と言うと分隊士も、

「何だか悪くってね。死人の上前をはねるみたいな感じがするからなあ」と言う。

私はそばにいるのが苦しくなってしまい、兵員室に逃げ出した。だが兵員室でも同じようであった。ただ、兵員室のほうがはるかに、言葉の上では露骨であった。

連管長の額からは、いつもあんなに眉と眉との間に深く切れ込んでいた皺が見えなかった。私の眼のほうが怪しいのかもしれない。そばに寄ると、にこにこして、

「軍医長、お世話になりました」と言うが、今度は不思議にすらすらと、

「よかったね。元気でやれよ」と口から出た。

発令後一日、二日は、転勤者はそれでも何かとやりかけの仕事があったが、各配置の後任者が来ると厄介者扱いされるのが普通であった。先任将校も落ち着かないようで、「さあ、転勤の方はなるべくお早く退艦ください」なんて真面目な顔をして、冗談めかしく退艦を促したりした。この過渡期的人員過剰も、二月十二日、紀元節の式のあとで総員帽振れの中に解消した。

退艦者と入れ代わりにすでに新しい艦長が着任して来ていた。真新しい少佐の襟章が光っている。見るからに優しそうな、人の良さそうな人である。前甲板で、新旧艦長の交代の紹介があり、新艦長が小さな即製の台に登って着任の挨拶をした。

「……私はこの武運赫々たる伊号第五十六潜水艦々長として、前任艦長のあとを受け継ぎおよばずながら全力を尽くす決心である。本艦におけるすべてのことを皆、今ま

で通り、やって行くつもりである。諸子においても今まで通り、今まで通りの敏速果敢にして確実なる動作で答えられたい。一言述べて着任の挨拶に代える」と結んで台を降りた。当直将校の先任将校が「休め」の号令を下す。下士官兵は皆、新旧艦長を見較べてガヤガヤとささやき合っている。先任将校が新艦長へ敬礼して、

「解れさせます」と言う。艦長が、

「ああ、解れさせてください」

と返事して新旧艦長は何か話しながら艦内へと降りていった。

その翌日であったろうか、艦はイ五十三と一緒に第四ドックの奥に並んで入渠した。水門から見て右にイ五十六、左にイ五十三、手前には海防艦が一緒に並んで船台の上に赤い腹を見せていた。

艦長が退艦したのは入渠した翌々日頃であった。ドックの岸の道路に並んで、海軍独特の「帽振れ」のお別れをした。

去り行く前艦長の少し斜めに被った汚れた軍帽、無雑作に吊った短剣、毛のすり切れた軍服の後ろ姿に帽を振った。振っているうちに眼頭が熱くなってきた。そして鼻がつまった。

帽振れ

前艦長が退艦してしまうと半舷休暇が始まった。新乗艦者の身体検査を終える頃には艦内は一見明るく見えたが、それは新乗艦者の誰もがやる失敗と、戦闘の苛烈さを知らない素直な心とが艦内に反映していたのだった。新乗員は新しい乗員同士のほうが話は合うようであった。士官室では古いという点から、亀の甲よりなんとやらで、自然何かというと先任将校と私とが雑談の中心であった。百人からの所帯となると、新しい主人より古い番頭のほうが何かと知っているものである。

だが私の心の中では、急にはこの新しい人たちを全幅信頼できなかった。猜疑の眼がちょこちょことこれら新乗艦者の一挙手一投足に向けられていた。もとの艦長はこんな時には、こんな風にやるだろうとか、いや、あんな風にやるかもしれない、と考える時があった。もとの砲術長だったら……と、どうしてそんなことを考えなければならなかったのだろう。第一に、新乗艦者は皆前任者より若かった。特に、前任の砲術長が大尉であったのに引き代え、新砲術長は色の白い可愛らしい少尉であった。私は昔映画で見た『トムソーヤー』を連想したほどであった。たとえ、その砲術長が三月一日には中尉に進級することになっているのが分かっていても何か不安であった。

来るぞ来るぞと言っているうちに、二月二十日、硫黄島に敵が上陸してきた。ちょうどその日、ドックを出た。それまではあまり個人的なことについては話さなかった先任将校が、時々私にうちとけた話をするようになった。

「軍医長、おいてきぼりになっちゃったね。軍医長と俺がこの艦のバックボーンだ。死ぬまで頑張ろう」

「ええ。私もできるだけやります。この間は皆と同じように相当ショックでした。何しろこう一度に転勤するんじゃ。……水上艦船とは違いますからね」

「そうだよ。俺もつらいんだ。でも軍医長は独身だからいいなあ」

「でも結婚している人のほうが落ち着いているっていうか、安心しているっていうか、最後まで頑張る力が強いっていうんじゃないですか」

「いや、うるさいもんだよ。なんだ、かんだって。チョンガのほうが良いね。……結婚するんじゃなかったよ。未亡人をこしらえるようなもんだよ」

「でも結婚しなけりゃ、本当の幸福なんて分かんないでしょう」

「もう幸福なんてないさ。硫黄島にまで来てるんだもん。もうすぐ戦爆連合でやって来るよ。特攻千早隊が行ってるけれどどうかねえ？　その次は沖縄か」

「陸上基地からじゃ、潜水艦は浮き上がれなくなっちゃいますね」

「よほどうまくやらなけりゃ駄目だね。いずれにしろこれからは大変だよ。休暇は俺が先に行ってくるからね。そのあとで、交代に軍医長行って来いよ」

と言う。こんなことはそれまでなく、こんなにうちとけて話などしたこともなかった。先任将校は本当に変わっていた。

先任将校が短い休暇から帰って来ると、交代に私に七十二時間の休暇が出た。まる三日である。東京まで十七時間、東京に四十時間いて、また十七時間で帰って来るのである。それでもなお家へ帰りたかった。家に帰って自分の部屋の畳の上にごろりと横になって、そばの本箱から抜き出した幾冊かの本、みんな学生時代の臭いがまだ残っているその本の頁をパラパラとめくる。読み疲れて本を枕に寝ていると、下の部屋から親父と弟の話し声が聞こえて来る。そうしていると、母か妹が熱い番茶を持って来てくれるのだ。ただそれだけで満足である。

私はそんなことを思い浮かべながら車中の人となり、忙しい四十時間の東京の生活を楽しんで、再び夜行で呉へと向かった。汽車が新橋駅を通り過ぎる頃から白いものがちらちらと降ってきた。その綿のような雪をデッキの戸を開けて見ていた。もうおそらく二度と東京へは来られないような予感がした。

汽車は二時間ほど遅れて呉についた。呉も大雪であった。その雪の中を書物を二十冊ばかり包んだ風呂敷包を下げて海仁会のところまで行くと、ちょうど廠内バスがいた。

本部前で降りてポンツーンのほうへ歩きながら付近に伊五十六がいないかと見渡してみたが見当たらない。ポンツーンの左手に見馴れない潜水艦がいた。近づいてみると「伊八潜」だった。艦橋にいる当番に、

「五十六はどこにいるか知らんか?」と聞くと、

「当直将校に聞いて来ます」と言ったかと思うと、ちょっと経ってから、顔を出して、

「三ドックです」と言う。

変だなあ、ここにいても良いのにどうしたんだろう、また入渠し直したのかな、と思いながら、ひどいぬかるみの道を三ドックへと包を下げて歩いた。

三ドックの端に来て下を覗くと、いたいた。見馴れた鼻曲がりの五十六が眼の下に

雪を被って船台の上に座っていた。艦橋には、ついせんだって兵長になった真っ黒い元気な兵の顔が見えた。私は元気に渡り板を艦のほうへ歩いて行った。艦橋の兵長が出迎えに降りて来て、いいかげんな敬礼をした。いつもは、もっときちんと敬礼する兵だったのに、と私は妙な気持がした。私は包を渡してハッチから艦内へと降りた。士官室へ入ると、艦長以外皆揃っていた。二卓の横で先任将校に、

「ただ今帰りました」と言い終わらぬうちに先任将校が、

「軍医長、転勤だぞ」と言う。

「間違いでしょう。そんなことないですよ」

「いや、もう軍医長は軍医長じゃないんだ」

「………」

「新しい軍医長がそこに、着任してるよ」

と言って、第一卓のはじを顎でしゃくった。第三種軍装を着て、襟章の桜も軍医を表わす赤い線も真新しい。色の白い痩せぎすの青年士官が席から立ち上がって、にこにこしながら少々どぎまぎしたような声で、

「軍医長ですか。海軍軍医中尉神寅雄です。よろしくお願いします」

と少し変わったアクセントとイントネーションで挨拶した。

「御苦労様です。学校はどこですか?」

「北大です」

「お宅は?」

「津軽です」

「いつ来たんです?」

「昨日です」と言う。

私は短剣と軍帽をうしろの廊下の釘に掛け、いつもの二卓に座った。と、うしろの先任将校が、

「軍医長、昨日、人事局に転勤取り止め願いの電報を打ったんだ。軍医長は本艦の重要人物だからね。先任伍長なんかも皆、打ってくれって言うんでね。……転勤はできるだけ延ばしてくれ。……ああ、それに、明日付で軍医大尉に進級だよ」

と、ずっと以前の口調に戻って、吐き出すように言った。

昔の士官室だったら、分隊士か砲術長あたりから進級についての冗談でも飛ぶだろうが、今ではそんなことは何の感興も起こさないかのようである。二卓もひっそりして皆一言もしゃべらない。私はもう判然とのけものにされてしまっていた。誰もが私には口を閉ざしてしまった。

しかし、私のもう一つの心は潜水艦を降りることができるかもしれないという生命本能の喜びにふるえていた。だがそう簡単に喜べるかどうかと疑いながら喜んでいた。その喜びが私の心の中で刻一刻、希望の大きな環となって、頭髪に残っている今まで被っていた軍帽の跡から外界へ飛び去って行くような気がした。そして、その環が顔の辺りを通る時に、いくら顔に出すまいとしても顔の筋肉が弛緩するのを止めることができないような感じがして仕方がなかった。

その翌日であった。先任将校が私に一葉の電文を渡した。それにはこう書いてあった。

「イソギフニンセラレタシ」

私はできる限りの詳細な申し継ぎを新軍医長にした。艦の内外、下士官、兵から、私生活では基地隊、水交社から下宿に至るまで、私の知っている事はすべてそっくりそのまま申し継ぎをした。

三月四日、艦で昼食時に盛大に送別会を開いてくれた。乾盃の酒が馬鹿に利いて、頬が熱くほてった。

「総員見送りの位置につけ。総員見送りの位置につけ……」と言う伝令の声で、私は用意をして甲板に出た。生死を共にして来た下士官、兵がドックの脇の道路に並んでいる。艦橋の陰で煙草に火をつけて一息吸うと、後部ハッチから看護長が出て来たが、私のそばまで来ると不器用に立ちどまって敬礼した。その眼に涙が一杯になって落ちそうになっていた。見送人は艦長を先頭に一列に並んでいた。

私は一人一人の前に立って敬礼をして行くのである。艦長の次が先任将校だった。先任将校は敬礼しながらジーッと穴のあくほど私の顔を見ていた。私も痩せた、眼ばかり光っている彼の顔を、その瞳を、その瞳の奥にある心を凝視した。

電気長の大きな顔とグリグリする眼球が怒ったように私をにらんでいた。その隣りには、潜航長が心細そうな敬礼をしていた。

私がひと通り各個人との別離の敬礼を交わし、見送りの列を離れて広い道路のほうへ歩き始めると後ろのほうで、

「帽振れ」

と言う声が聞こえた。

私は振り向いて円を描くように帽子を何回も振った。そして姿勢を正してから頭を下げた。

用語解説

ページ

21　ラッタル　階段のこと。垂直のものをモンキーラッタルと呼ぶ。

23　ケンバス　帆布のことで、厚地の布でできている。

25　モンキーラッタル　鉄棒でできた垂直の階段。

26　バリケット　防水扉のこと。海水と空気を遮断する各区画間の扉。

28　第二種軍装　夏に着用する白の軍服。ちなみに、一種は春、秋、冬に着用する紺の軍服。三種は薄緑色の略装。

36　⌓は日の出、◡は日没、☽は月の出、☾は月の入りを意味するマーク。

50　ツリム　左舷室ばかりに重い物を積むと左に傾くので、左右両舷の重さをだいたい同じにする釣合のこと。

51　プラム　梅毒のこと。アールは淋病のこと。

54　カタパルト　飛行機射出機。

62　どん亀　潜水艦の意。

66　サルゾール　ズルファミン剤の一種。

74　レス　レストランの略。

75　ガンルーム　小、中尉の集まる大部屋。

80 81　インチ　なじみの意。エスは芸者のこと。

89　自動懸吊（装置）　日本の潜水艦にしかなかった独得の装置で、少量の空気で長時間、艦を一定深度に保持できた。

91　特殊給排気装置　シュノーケル装置。

93　半舷休暇　乗員を前と後、右と左というように半分に分け、半分ずつ休暇をとること。

102　いそろく潜水艦　伊五十六潜のことを戦死した山本五十六長官にちなんで、こう愛称していた。

108　一戦速　最微速より最大戦速まで、艦のスピードを状況により下令する。

113　ロ号暗号帳　小型艦艇の使用する暗号帳。三百頁ほどの乱数表に、月日時刻の規定にしたがって使用する長方形の穴の開いたセルロイド板を載せ、その時刻に使用する数字が分かるようにしてある。

116　睡眠潜航　攻撃することも警戒することもない場合、艦内の全ての音を絶って海中に停止する。浅い海域では海底に着いて眠りに入ることもある。

118 感二　聴音感度の度数のこと。感一から感五まであり、感五では肉耳に直接聞こえて来る。

121 陶枕　頭部を冷やす陶製の枕で、当時市販もされていた。

124 之字運動　海上艦船が潜水艦からの攻撃を受けないように、右に左に転舵しながら航行する運動。

128 くろがね文庫　海軍の娯楽用の図書名。

129 平文　暗号電文でない通常語の電文。

129 敵潜水艦　日本最大の巡洋潜水艦伊十一のこと。

131 林分隊長　後の北海道大学教授の林喬義氏。

133 日施潜航　電池をできるだけ消耗せず能率よく航行する毎日の潜航。

141 第三警戒配備　魚雷戦や爆雷防御の緊張から解かれた配備。

155 昼光放電灯　蛍光灯のこと。

173 ブロー　艦外に排出すること。

194 ノーカード　ここでは爆雷攻撃がないことを意味する。

197 ⏏　潜水艦を表わすマーク。

216 潜水学校　大竹にあった。高温高湿環境研究所が付属していて、当時、研究部員として、後の東京大学教授の藤井良知氏等が勤務していた。

247 B、C、D　Bは戦艦、Cは巡洋艦、Dは駆逐艦をそれぞれ表わすマーク。

256 M　もてること。

261 KA　女房のこと。KAKAAの略。

266 やのさまださん……　関西の花柳界、女子学生の一部で使用されていた「のさ言葉」。最初の言葉の次にのさを入れて会話する。やのさまださんは山田さんを意味する。

307 ネガチブブロー　水が入っている負浮力タンクを空気で満たすこと。浮力を得たい際に用いる最後の手段。

319 暗調応　暗闇に眼が馴れていく状態。

321 チンケース　バケツ代用の石油缶。

328 ベント弁　浮力タンクの上部にある弁。潜没の際は、この弁を開いて空気を逃がす。

345 三机　四国にあった特殊潜航艇の訓練基地。

旧版・まえがき

終戦後八年の今日、南方諸島に散華された英霊の遺骨が、あるいは現地に祀られ、あるいは日本に持ち帰られるようになった。だが、ここに永遠に、戦死当時のまま放置されている御魂がある。南海の果て、珊瑚の海深く、巨大なる、分厚き鉄の棺の中に眠る、潜水艦乗員の霊がそれである。

これら数多くの英霊の御魂に心からの哀悼を捧げるために不肖、その任に非ざるを良く知りながら禿筆を舐めなめ、これら英霊のありし日の姿を偲ぶよすがにとも思い、本書「鉄の棺」を記した。

最初、簡単なメモ程度にする心算だったのがいつの間にか、前篇を書き終ってしまった。一体、潜水艦という船は、乗った事のない人には、まったく想像できない環境であるだけに、これを良く読者に判ってもらうには、いきおい凡々たる面白くない記述が多くなる。本書も巻頭一〇〇枚は潜水艦を知っている方にとってはまったく無駄な記述であるが、あえて、潜水艦という環境を理解する上に必要だと思い、割愛しなかった。

前篇を書き終り後篇前半まで筆を進めた頃、健康を害してしまい、手術を受け、療養生活を余儀なくされて、約半ヵ年以上のブランクを生じたが、手術からの回復期を、国立療養所久里浜病院に御厄介になった。ところが、ここで、イ56潜砲術長と兵学校同期生の野村実氏およびイ56潜正田啓二艦長義兄の細井氏と偶然にも病舎を一つにする事になった。この邂逅が動機となり、再び筆を持つようになったが、ちょうど、この頃、伊58潜艦長橋本氏の「伊58帰投せり」が出版されたのも加筆への拍車となった。私とはまったく立場が異るからである。

艦長、砲術長などに当時の記録や記憶を照会したが、いずれも、長年月の経過と、記録の終戦軍命令による焼却等により私の思うような解答が得られなかったのは誠に残念であった。が、砲術長のアンケートは非常に参考になった。

伊56潜は、米国艦隊司令長官キング元帥よりフォレスタル海軍長官宛の公開報告書に昭和二十年四月五日沖縄西方海面にて、米国駆逐艦と交戦の上撃沈されたとの記録がある。橋本艦長の著書にも同じように記されている。これは私が同艦を退艦して間もなくの事だ。沖縄作戦に参加の潜水艦が事実上日本潜水艦隊最後の潜水艦で、こんな事から本書の題名を「鉄の棺（最後の日本潜水艦）」とした次第である。

大量の未帰還潜水艦を一度に出した、非運の比島沖潜水艦作戦における伊56の戦闘照合は行なっていない。なぜなら、照合そのものは、著者が書かんとする事と較べるとあまりにも小さな事であるように思われたからである。

登場人物は当時の乗員の四分の一ほどの方が現存されていると思うので、なるべく職名を用いた。種々なる御迷惑をおかけしたくないためにもと、思ったからだ。ほとんどすべてが、私の感覚を通じての薄れかかった記憶をもとにして書いた物であるが、現在これ以上、より正しく報告する事はできない。

人間魚雷搭乗員の柿崎実海軍中尉（当時）は次後、伊47潜（折田艦長）にて、多々良隊として沖縄戦緒戦期に参加し、米国駆逐艦より爆雷攻撃を受け非常な苦難をされたが、発進の機を得ず、次に、再び神武隊として伊47（艦長同前）にて沖縄に出撃して、洋上敵船に回天特別攻撃をされ散華された。実に、散華されるまでに前後三回の苦しい潜水艦生活をされた上で、純真な特攻攻撃をして本懐をとげられた。

国電田端駅にほど遠からぬところに「太郎湯」と書いた大きな煙突がある。ウルシー環礁に、回天特攻で突入、散華された塚本太郎君の御両親がやっている浴場の煙突である。

登場人物のうち、機関長と機械長は、前任者後任者が、いずれも二人あったが、複雑になるので省略した。

登場人物の対話中、当時の海軍俗語が出て来るが、いずれも、日本語の英語直訳語の、または日本語そのものの頭文字一、二字をカナにしたものである。たとえば、KAはKAKAA《カカア》カカア即ち女房の意である。

本書のでき上るまで種々御協力、御指導、御鞭韃くださった野村実氏、田口英夫氏および富士銀行衛生管理室実弟近江明君に紙上より厚く御礼申し上げる。

最後に、今なお、珊瑚の海深く鉄の棺の中に眠る、潜水艦乗員の霊に心より哀悼の意を表する。

昭和二十八年三月上旬

著者

増補新訂にあたって

昭和二十八年、本書「鉄の棺」（三栄出版社刊）上梓後、全国各地の潜水艦乗員遺族の方々より数多くの御手紙を戴き、できうる限りの御返事を差し上げるよう努力しましたが、その御質問の大半は、夫が、息子が乗っていた伊号第○○潜水艦は、何年何月何日に、西南太平洋のどこで、どんな風にして沈んだのでしょうか、もし知っていたらお知らせ下さいというような文面でした。その金釘流の便りに、妻が夫を想い、親が子を思う情愛の深さが、潜水艦という船の性質上、遺骨を拾う事もできぬ哀しさと共に、戦争の深い大きな傷あとを見せられる思いがしました。

昭和三十二年五月二十五日、潜水艦および人間魚雷「回天」の戦没英霊一万余柱を祀る「殉国碑」が、東郷神社の一隅に建立され、伊予灘で沈んだ伊三三潜引き上げに成功した際の同艦の潜望鏡を殉国碑の脇に立て、毎年秋に例祭が催されるようになった。

終戦直後の昭和二十年十一月九日、人間魚雷発祥の地、大津島基地跡に回天碑が建てられたが、進駐軍からの譴責を恐れた何者かの手により破砕されてしまった。しかし、昭和三十六年三月二十六日、地元徳山の方々と全国の回天生存隊員により進駐軍の許可を得て、顕彰の碑が再建された。

TNT炸薬一・六トンを頭部につめ、十ノットで七十八キロ、三十ノットで二十四キロ、潜航、浮上、変速、変針自由の長さ十四・七メートル、直径一メートル、重量八トンの無航跡人間魚雷の威力は想像に難くない。志願した搭乗員二千名、用意された人間魚雷三百余本、生産目標一千本が、潜水艦よりあるいは二十箇所の突撃隊基地より発進されようとして終戦を迎えた。終戦直後、マッカーサー司令部のサザランド参謀長が「回天を搭載した潜水艦が洋上に何隻残っているか?」約十隻との返事に、「それは大変だ。一刻も早く戦闘行動を停止するよう、厳重な指令をただちに出すように」と身をふるわせたということである。

回天搭乗員の戦死者は、百四十四名。潜水艦の戦死者は一万余名、計百二十八隻の艦を失ったのである。

当時、日本潜水艦の性能は米潜に比し、優るとも劣らぬものであったことは、比島で無傷のまま拿捕した米潜タングより明らかである。

独潜（Uボート）は小型で、魚雷その他を艦内に積み、航続距離は短かったが、光学機械に勝れ、建造方式が合理的であったように聞いているが、レーダーその他は英米に、日本同様ちょっと遅れていたようである。

日本潜水艦にしかなかった自動懸吊装置は、極めて少量の電流にて長時間、艦を一定深度に保持する装置で素晴らしいアイディアであったと覚えている。

潜水艦に軍医が乗るようになったのは、艦の行動が長期化する気配があり、医療面よりも艦の士気昂揚のためと兵員室への情報提供者として、精神的相談役としてのほうが、より重視されていたためである。第六艦隊軍医長より逆に、虫垂炎は腹膜炎症状が明らかに出ない場合は手術を見合わせるようにと厳命されていた。というのは、不潔な艦内で手術を行えば次後の海軍病院での治療が大変手間どったからであった。

「鉄の棺」は上梓後、新東宝、日活により前後三回映画化された。

昭和五十四年三月

著　者

解説

ノンフィクション作家　早坂　隆

行間から呼吸音が聞こえてくるような貴重な手記である本作『鉄の棺』だが、より理解を深められるよう、微力ながら補足的な解説を試みたい。この古典的名作の魅力をさらに掘り下げることができれば幸いである。

＊

まずは、本作の「主人公」とも言える潜水艦の基本的な知識について。

原子力潜水艦が登場する以前の潜水艦は「通常動力型潜水艦」などと呼ばれるが、本作の「伊号第五十六潜水艦」もこれに当てはまる。通常動力型潜水艦は海上を航行する際、ディーゼルエンジンを使って進む。その際、発電機を回して蓄電池を充電する。

潜航する際はディーゼルエンジンの燃焼に必要な空気が不足するため、蓄電池に貯めた電力を使って航行することになる。ディーゼルエンジンを使った海上航行のほうが速度は出るが、敵に発見されやすい。潜航中は敵に見つかる可能性は低くなるが、速度が遅い。換気ができないため、艦内の空気が汚れていくのは、本作で見た通りである。

本作の著者である軍医長らが転任となった後の伊号第五十六潜水艦は、昭和二十（一九四五）年三月三十一日、回天特別攻撃隊の一角として大津島を出撃し、沖縄方面に向かった。しかし、久米島沖を潜航中、米軍の激しい爆雷攻撃に遭遇して撃沈。艦長以下、百二十二名の乗員全員が戦死したとされる。

＊

本作中、伊号第五十六潜水艦の艦内で「空気清浄缶」という器具が使用される描写がある。軍医長はそれを「炭酸ガス吸収装置であって、苛性ソーダが入っている大きな弁当箱のような形をした缶である」と記している。

私は以前、人間機雷「伏龍」の元隊員に話を聞いたことがあるが、その方が空気清浄缶という言葉を使っていたことを思い出した。伏龍とは、専用の潜水服を着て海中に潜み、先端に炸薬（五式撃雷）の付いた棒機雷で敵の上陸用船艇を船底から突き上げる特攻兵たちのことである。その元隊員の一人である片山惣次郎さんは、伏龍隊の装備についてこう語っていた。

「鉄仮面のようなものを頭に被って、下は潜水服。鉄仮面と潜水服は首の辺りで繋ぎ、四本のナットでガチャンと締めます。背中にはボンベが三本。酸素が入っているのが二本で、一本は空気を浄化するための『空気清浄缶』です」

片山さんは空気清浄缶に関して、

「空気清浄缶には苛性ソーダが入っており、炭酸ガスを吸収して汚れた空気を浄化する仕組み」

と説明してくれた。おそらく、潜水艦の艦内で使用されていたのと同様の仕組みだったと考えられる。艦内用だったものを、海中で背負う装備に転用したのではないか。

しかし、片山さんによれば、空気清浄缶は故障が多く、しばしば事故が起きたという。空気清浄缶が破損して海水と化学反応を起こすと、一気に高温になって沸騰し、これを誤って吸引すれば気道や食道などが火傷を起こし、最悪の場合は死に至ったという。

＊

本作では「プラム（梅毒）」など、「海軍の隠語」が時おり登場する。芸者のことを

「エス」と呼ぶのは、「singer（シンガー）」の頭文字からとされる。

これらの隠語からは、当時の海軍兵士たちの等身大の姿を垣間見ることができる。

その他にも多くのユニークな隠語が存在したので、いくつか紹介したい。

「ヘル」とは「助平」のこと。「助」の英語「help（ヘルプ）」から生まれた言葉だとされる。そこからさらに派生し、「猥談」は「ヘル談」と呼ばれた。

その他、「結婚する」は「マリる」、「鼻の下を伸ばす」ことは「ロング」。海軍の軍人も聖人ならぬ普通の男たち。だからこそ戦争は哀しい。

*

本作中、人間魚雷「回天」の搭乗員として登場し、日記帳に「人のためには涙を流し、自分のためには汗を流せ」と綴っていた人物として描かれる塚本太郎については、海軍で彼と親友だったという方に取材したことがあるので、ここに記しておきたい。

慶応義塾大学予科出身の小俣嘉男さんは、昭和十八（一九四三）年十月、学徒出陣により横須賀第二海兵団（後の武山海兵団）に入団。兵科予備学生の採用試験に合格し、長崎県の「川棚魚雷艇訓練所」に進んだ。以降、小俣さんは魚雷を主装備とした小型の高速戦闘艇「魚雷艇」の訓練に入ったが、そこで出会ったのが塚本であった。同じ慶大の出身だったこともあり、二人はすぐに意気投合。寝る場所も、二段ベッド

の隣り同士だった。そんな訓練生活中、日本軍の劣勢を憂う同期生らがいると、塚本は、

「そんな気持ちだから駄目になるんだ。後に続く俺たちは劣勢を跳ね返す気力を持たねばいけないいんだよ」

と周囲を鼓舞していたという。

そんなある日、「特殊兵器の要員を百名募集する」との話が上官から伝えられた。結論から言えば、これが人間魚雷「回天」の搭乗員の募集であった。悩んだ末、小俣さんは申告書の中の「熱望」「望」「否」の中から「望」を選んで提出した。

しかし、小俣さんは選から漏れた。そして、同じく塚本の名前も選抜要員の中になかったという。ところが同夜、小俣さんは教官から呼び出され、こう告げられた。

「塚本学生がこれを持って願い出てきた。小俣学生はこれをどう考えるか」

それは塚本が改めてしたためた選抜を志願する血書であった。小俣さんは驚きつつもこう返答した。

「本人がこれほどまでに熱望するのであれば、本人の希望を叶えさせるのが本当ではないでしょうか」

翌朝、塚本は選抜要員に新たに加えられていた。

数日後、塚本ら選抜要員は山口県の大津島へ向かうことになった。別れる際、小俣さんは塚本と互いの写真を交換した。さらに、小俣さんは塚本に一筆、書いてもらった。塚本が綴った言葉は「果断積極」だった。

昭和二十（一九四五）年一月二十一日、塚本の搭乗する回天は、伊四十八潜水艦から発進し、ウルシー環礁の敵艦船泊地を攻撃。塚本は散華した。そのことを新聞記事で知った小俣さんは、自身の返答によって塚本が特攻要員に加えられたことを改めて思い、

（御両親に申し訳ない）

との感情に苛まれたという。

戦後、小俣さんは、塚本の母親が経営する銭湯「太郎湯」を訪ね、

「本当に申し訳ないことをしました」

と詫びた。すると塚本の母親はこう語ったという。

「太郎はそういう子供でした。だから私の子供であっても、お国のため、私の子供ではないような気がしておりました。そういう御心配なく」

＊

最後に、軍医という職業を担った方々について所感を一つ。私の母方の祖父は、東

京帝国大学で経済学などを学んだ後、東部十二部隊の一兵士として支那事変（日中戦争）時に中国大陸に渡ったが、その後に甲種幹部候補生となり、福岡県の久留米にある第一陸軍予備士官学校に入校した。以降、再度の戦地行きに向けて訓練が続けられたが、ある時、祖父は体調を崩して陸軍病院に入院することになった。

その際、一つの出会いが祖父の生涯を大きく決定づけた。祖父の病名は「肺炎」だったが、ある日、それが「結核」に変わったのである。それは親しくなった軍医と看護婦が、病名を書き換えた結果であった。祖父は隔離病棟に移され、その結果、戦地に送られることは見送られた。祖父いわく、

「東京帝大出のインテリ一人を、どうせ間もなく負けるに違いない戦争で散らせることもないだろうと判断してくれたらしい」

とのことであった。祖父はこうして生きて終戦の日を迎えることができた。

すなわち、祖父も、そしてその後に広がっていった子や孫といった家系も、すべて「軍医の情け」によって存在することになった命と言える。

祖父はその重い事実を抱えながら戦後を生き抜くことになるが、軍医からのそのような温情がなければ、私もここにいなかった。

単行本　昭和五十四年四月　ＳＢＣ企画刊

NF文庫

鉄の棺　新装解説版

二〇二三年三月十九日　第一刷発行

著　者　齋藤　寛

発行者　皆川豪志

発行所　株式会社　潮書房光人新社

〒100-8077　東京都千代田区大手町一-七-二

電話／〇三-六二八一-九八九一(代)

印刷・製本　凸版印刷株式会社

定価はカバーに表示してあります

乱丁・落丁のものはお取りかえ致します。本文は中性紙を使用

ISBN978-4-7698-3303-1　C0195

http://www.kojinsha.co.jp

NF文庫

刊行のことば

第二次世界大戦の戦火が熄《や》んで五〇年——その間、小社は夥しい数の戦争の記録を渉猟し、発掘し、常に公正なる立場を貫いて書誌とし、大方の絶讃を博して今日に及ぶが、その源は、散華された世代への熱き思い入れであり、同時に、その記録を誌して平和の礎とし、後世に伝えんとするにある。

小社の出版物は、戦記、伝記、文学、エッセイ、写真集、その他、すでに一、〇〇〇点を越え、加えて戦後五〇年になんなんとするを契機として、「光人社NF（ノンフィクション）文庫」を創刊して、読者諸賢の熱烈要望におこたえする次第である。人生のバイブルとして、心弱きときの活性の糧《かて》として、散華の世代からの感動の肉声に、あなたもぜひ、耳を傾けて下さい。